幸福森林

The Sylvan's

魏子千／作

目錄

幸福森林　生活公約

1　不可以使用暴力或口出惡言
2　沒被邀請就不得擅闖別人家
3　拿走別人的東西一定要歸還
4　不舒服時記得去診所上發條
5　神不在時不能隨便離開小鎮

Prologue

僅有九十公分高的少女穿著精心剪裁的雪紡洋裝坐在書桌上。米黃色的燈光傾瀉而下，烏黑的髮絲映出茶褐色的光芒。

冷風夾帶雪夜的寒氣，透過窗縫，一陣一陣向少女襲來，少女不為所動。她睜著一雙寶石般的大眼睛，木然地看著伏案於桌前的少年。

「最多只能再給你十分鐘。」

一個靠在牆邊的中年男人說。少年抬起頭，咕噥了一聲：「十分鐘就夠了。」

優美的旋律迴繞在二十平方公尺不到的小房間。放在少年右手邊的，是一臺小型的平板電腦，平板電腦上投射著少女的立體影像，影像中的少女正愉快地歌唱，跳著還有些生澀的舞步。

在確認最後的程序也能順利運行後，少年拿下眼鏡，將腳邊的手提箱放到桌上，從裡頭取出粗細不等、端口不一的電纜線，將他們一一安插到電腦上。

接著，他小心地抱起坐在桌上的少女，將她輕輕放在自己的腿上。那是少女生前最喜歡的洋裝，他不希望桌上的油汙弄髒裙襬。

少年一手摟著少女纖細的腰，另一手在她雪白色的頸後遊走。

在這裡。

他在心中呢喃道。

並將那幾條電線，依序刺入少女的脖頸。

「忍耐點，莎莉，很快就沒事了。」

即使少年如此說道，少女依然沒有反應，她仍瞪著眼，任憑少年擺布。少年明白，此時的她還不是莎莉，僅是一具有著莎莉外貌的人偶。

少年將桌上的晶片插入隱藏在少女長髮之下，後腦杓的微小開口中。

待螢幕顯示接口完成後，少年又將連結在少女身上的電線拔除。

「莎莉。」

少年輕喚著女孩的名字。

「莎莉，聽得見嗎？」

這次花費的時間比過去還久。少年在心中安慰自己這是因為載入資源相較之前更多的關係。雖然電腦上的模擬參數無疑更可靠，但他仍然把額頭與少女相貼，只有這樣，他才能說服自己和少女的距離並沒有如想像中遙遠。

少女的額頭非常冰冷，那是僅屬於無機物的溫度，不過比起眼睜睜看著機體過熱燒壞中樞好多了。

「莎莉？」

終於，少女眨了眨眼以示回應。

「雷？」少女的聲音暖洋洋地。

「對，是我，我是雷。」少年露出笑容。「莎莉，覺得怎麼樣?還好嗎?」

「還好……?」少女的口氣聽起來很不安，她低頭，凝視著自己的手肘處的球形關節，並來回擺動了幾下。

「有任何地方不舒服嗎?活動起來會不會覺得關節卡卡的?」

少女搖搖頭。

然後晃了晃雙腿，洋娃娃的圓頭皮鞋敲打著椅腳，發出咚咚的沉窒聲響。

看來這次神經傳感也沒有出狀況，太好了。少年心想。

「雷，這裡是哪裡?」少女環顧四週。

「我們在叔叔的實驗室。」

「好像有點小呢。」

「真是抱歉。」牆邊的男人輕咳兩聲道。「但這裡已經是波士頓最頂級的研究中心了。」

「波士頓?」少女問:「我們不能回去格洛斯特嗎?」

「抱歉，現在還沒有辦法。不過有機會的話，我一定會帶妳回去的。」

少年苦笑道，並隨手取了桌上的平板遞給少女。

「我希望妳能拿好它，並告訴我這是什麼。」

少女接過平板，她看著浮於螢幕上悠然舞蹈的少女，那個與她有著一模一樣容貌的女孩。

少女笑了。露出和跳舞少女一樣的笑靨。

「這是平板電腦，然後這個在跳舞的女孩是我。」

「覺得重嗎？」

「有一點。」

聽到這個答案，換少年露出笑容。

到目前為止一切都很順利。雖然一臺平板電腦的重量對機械人形而言根本不算什麼——即使是僅有九十公分高，比孩童更為嬌小的型號都能輕鬆背負遠超乎自己體重的重量，但是少年心中的莎莉就是莎莉，不是機器。

他設定的莎莉此時才九歲，所以兩公斤的平板電腦拿在手上肯定是會感到沉甸甸的。

少年接著問：「妳喜歡花嗎？」

少女用力點點頭。

九歲時的莎莉最喜歡在從家後院延伸出去的大草坪裡摘花。

「什麼樣的花？」

「水仙花。」

尤其是水仙花。

「妳能替我畫一朵水仙花嗎？」

少年從少女手中的平板找到繪圖程式，並將一支觸控筆交給少女。

少女接過筆，點點頭。

她開始描繪水仙花，如朝陽般鮮豔卻又柔和的黃色花瓣逐漸顯現，少年知道她畫的是黃水仙，也是格洛斯特郡的郡花，黃水仙遍布了他們的小鎮。

少年耐心等待著少女完成她的水仙，同時偷偷看向螢幕上所羅列的待辦事項。每一次少年都會詢問少女相同的問題，用於確認記憶雲圖的滙入沒有出錯，方才也只是例行公事，實際上接下來才是關鍵。

「雷，我畫好了。」

少女得意地將作品拿到少年面前，少年輕輕拍了拍她的頭，並稱讚道：「畫得很棒哦，莎莉。」

少女害羞地瞇起眼，但還是忍不住露齒而笑。

「莎莉，既然妳能畫出黃水仙（Narcissus pseudonarcissus），那能不能試著畫畫看白水仙（**Narcissus papyraceus**）呢？」

「白水仙？」莎莉歪著頭問。

「嗯，可以嗎？」

少女低下頭低吟了一聲，緊蹙著眉頭陷入沉思。

白水仙。

白水仙……？

什麼是白水仙？少女不明白。

最後她搖搖頭。

「我沒辦法，雷。我不知道白水仙長什麼樣子。」

不安的情緒一時湧上少年心頭，但他告訴自己現在還不能放棄。因為他也從來沒放棄過莎莉。

「那妳覺得白水仙應該是什麼樣子？」

「白水仙……」

少女絞盡腦汁思考著。

可是對少女而言，這是個想破頭也想不出的答案。

因為她沒有看過白水仙。

水仙花，就該是黃色的。因為莎莉九歲的記憶告訴少女，格洛斯特郡的水仙花一直都是黃色的。

少年當然知道這點，他提起這個話題並不是偶然，過去每一次實驗中，少年都問了少女同樣的問題，少女給出的答案一直都沒變——

「我不知道，雷。」少女沮喪地說：「白水仙就是白水仙，可是我沒有看過它，所以沒辦法畫給你看。」

又失敗了。

少年輕輕嘆息，那口氣輕得不願讓少女注意到。

「那麼，莎莉，妳能畫出白色的水仙嗎？」

「可是水仙……」

「對，妳能把黃色的部分改成白色的嗎？我想看妳畫白色的水仙花。」

少年刻意避免直接使用白水仙（Narcissus papyraceus）這個詞彙，而是告訴少女他希望能看見她把黃水仙畫成白色的（Basecoat with white on Narcissus pseudonarcissus）。這是在遵從格式塔原則的前提下，避免ＡＩ直接使用既有數據進行運算而使用的話術。

「好的。」

少女開始繪製另一朵水仙花，與剛才的步驟一模一樣，甚至依樣給它添了黃色的花瓣。

不久，一朵一模一樣的水仙花就完成了。

翠綠的葉片上綻放著淡黃色的花朵，漂亮的水仙。

接著，少女將觸控筆調整成白色，開始塗抹水仙花瓣上所有黃色的部分。

最終的完成品，就是少年所說的，白色花瓣的黃水仙。

「雷，我畫得棒嗎？」

少女帶著期待的眼神，望著少年。

「很棒哦，妳真的很擅長畫畫呢，莎莉。」

少年無法辜負少女的期待，只能說出違心之論。

因為對少女而言，假水仙（pseudo-narcissus）是永遠無法成為水仙（narcissus）的。

此時窗外的夜色顯得更加深沉，遠處的街燈受霧氣籠罩而模糊，少年看了一眼電腦上顯示的時間，已經是深夜十一點半。

他回過頭，看見叔叔對他敲了敲手上的腕表。

少女揉了揉眼睛，打了個哈欠。

少年從剛剛的實驗證明，少女並不是發自內心感到疲倦，而是九歲孩童的生活作息告訴她應該要感到疲倦。

這都是AI運算的結果，不是少女經過思考得出的答案。

「想睡覺了嗎？」少年溫柔地問道。

少女點點頭，接著又抿起嘴。「可是今天是聖誕節吧？如果不小心睡著的話，聖誕老人就……」

「不用擔心，我會幫莎莉注意聖誕老人的，如果發現聖誕老人偷偷溜進來，我一定會叫醒妳。」

「真的嗎？雷不會騙我吧？你可不能丟下我，自己一個人爬上聖誕老人的雪橇哦。」

「絕對不會的。」

「那，一言為定。」

少女輕輕將嘴唇貼向少年的臉頰後，從他的腿上跳下來，緩步走向門邊。

少女踮起腳尖，但是九十公分的身材太矮小了，搆不到門把，她羞紅著臉轉頭問少年：「雷，可以再拜託你帶我回房間嗎？」

九歲的莎莉還不知道實驗室的用途。她離開得太早，很多事情都來不及知道。

少年笑瞇瞇地來到少女身邊並抱起她。

他輕撫著少女的髮絲，那是比最上等的絲綢更讓少年傾心的柔順觸感，他將手放在少女的後頸上，很快地，少女就像睡著了般，動也不動。
少年將捻在指間的晶片放回桌上。
「如何？」男人問道。
少年搖頭。
「莎莉還是沒有辦法靠自己想像出白水仙的樣子。在成功克服容量問題的前提下，應該還有額度能藉由分割閒置運算元讓ＡＩ模擬出最適……」
「就告訴你這不是硬體的問題。」少年的叔叔嘆了口氣。「這已經是公司最新型的產品了，它的性能甚至超越目前的技術瓶頸。」
「我知道。」
「我讀過你的論文，如果這是你走控制的理由，我只能勸你盡早放棄。你不該把才能浪費在無解的問題上。」
「沒有無解的問題，只有還沒解決的問題。」
少年看向那尊放在書桌上的少女人形。
幾分鐘前，它就像個栩栩如生的少女。
而現在，它只是個做工精緻的玩偶。
「聖誕快樂，莎莉。」
少年將手伸進口袋，裡面放著一隻兔子玩偶。
本來，在實驗成功的狀況下，他打算將這份聖誕禮物親自交給少女。

如今，他只能將與少女的回憶連同兔子玩偶再度深埋於心中。
那是他對少女綿綿不絕的思念。
「我會一直等妳，直到妳回來。」

第一幕・歡喜迎接家族的新成員

（圖一・真理亞的家庭）

1

今天早上，兔寶寶真理亞的媽媽忘記叫她起床，所以當真理亞醒來時早就太陽晒屁股了。

真理亞雖然不知道確切時間，但她有預感佐理伴老師的課肯定早就開始了。老師雖然對大家都很親切，可是最不喜歡學生遲到，要是讓佐理伴老師不開心，真理亞就麻煩大了！怎麼辦怎麼辦？糟糕糟糕！

她慌亂地從床上跳起來，結果腳一滑，不小心摔到地板上。

碰！好大一聲響！沒事吧？真理亞，可不要受傷囉，因為痛痛是不會真的飛走的。

「怎麼了呀？真理亞，再不起床就要遲到囉！」樓下傳來媽媽的聲音。

早就遲到了啦！

真理亞不悅地喊道。

匆匆下樓後，看見爸爸和媽媽正在悠閒地吃早餐。爸爸媽媽和真理亞一樣，都是白色的兔寶寶，不過爸爸因為是男生，所以鬍鬚特別地長喲！

「媽媽，妳為什麼不叫我起床呢？今天我要去學校上課呀，要是佐理伴老師生氣就糟了。」

「啊啦，我竟然忘記了呢。」母親把手扶向臉頰。「不過，真理亞本來就要自己記得吧？妳已經九歲了呀。」

「媽媽最討厭了！」

真理亞說完，抓起扔在沙發上的書包，準備出門。

結果才剛走出家門，又立刻折回來。

「忘記東西了嗎？」這次開口的是爸爸。

真理亞覺得很丟臉，悶不吭聲地從桌上拿了片烤吐司才轉身離開。

爸爸見狀，拍了拍自己的肚子大笑：「果然對真理亞而言沒有什麼事情比吃更重要呢！」

討厭討厭討厭！爸爸更討厭！

真理亞走出家門，與正好來送信的郵差——松鼠哥哥擦肩而過，松鼠哥哥揹著斜肩式包包，裡頭塞滿了信件，胯下的紅色腳踏車閃閃發亮。

「早安，真理亞，今天有你們家的信哦。」松鼠哥哥拿著**每天都會寄到真理亞家的信件**朝她揮揮手，但真理亞早就把松鼠哥哥扔在腦後，頭也不回地狂奔著。

沿途她見到了在住家附近散步的綿羊奶奶、正準備要去上班的棕熊叔叔，大家都熱情地和真理亞打招呼，平常真理亞是個有禮貌的好孩子，但今天情況真的太緊急，沒辦法一一和鄰居道早安，所以她只好無視鄰居的好意，直往學校奔去。

下次要找機會跟鄰居們道歉才是，可別忘記了哦。

來到繁華的小鎮商業區，與無數幸福森林裡的好朋友、好鄰居錯身，最後真理亞被迫停在路面電車前，等待電車經過。

好不容易慢吞吞的電車終於駛離，準備要過馬路時，波斯貓姊姊開的酷炫跑車呼嘯而過，隨後跟上的還有浣熊一家的龜速露營車。

真理亞嚇了一跳，心想今天真是從一大早就倒楣透頂。

但車流再怎麼讓人心煩，安全還是要注意。左看看，右看看，確認沒有來車後才能過馬路，過馬路時不忘還要舉起手，否則像真理亞這樣的兔寶寶只有五個蘋果高，行車很容易漏看，要是被撞到就不好了呢！

好不容易終於抵達學校了！噠噠噠，一衝進教室，所有同學都瞪著真理亞瞧，就連佐理伴老師也放下手中的粉筆，看向真理亞。

佐理伴老師和真理亞一樣都是兔寶寶，可是佐理伴老師並不是真理亞家的人，因為真理亞的毛色是如雪花般的白色，而佐理伴老師則是淺淺的灰色。

「老師，對不起，我遲到了。」真理亞向佐理伴老師鞠躬道歉。

可能是看到真理亞氣喘吁吁的樣子（其實真理亞不會覺得累，這是故意做給佐理伴老師和同學們看的），佐理伴老師並沒有生氣，那雙長耳朵晃了晃，有些困窘地反問真理亞：「要不要先吃早餐呢？」

真理亞這才想到她手中還拿著從家裡拿來的烤吐司。

而這也引來了全班同學的哄堂大笑，就連真理亞的好朋友摺耳貓玲奈都捂著嘴偷笑。

不過，真理亞並沒有放在心上，雖然被大家嘲笑有點不好意思，但幸好佐理伴老師沒有追究遲到的事。

萬一老師問起遲到的原因，她總不能說因為今天媽媽沒有叫她起床吧？真理亞已經九歲了，每個和她同年紀的孩子早就能靠自己起床了。要學著獨立一點呀！真理亞。

真理亞把烤吐司湊進嘴邊，發出咬吐司的聲音，嚼嚼嚼，卡滋卡滋後，又把吐司**原封不動**放回書包裡收好。如此一來，早餐算是吃完了。

「慢慢吃沒有關係哦，真理亞。細嚼慢嚥很重要。」老師說。

佐理伴老師是這所幸福森林學園的教師，也是鎮上最聰明的人。佐理伴老師和學園的其他老師不同，她不像花豹老師一樣，每次體育課都要大家跑操場，也不像貓頭鷹老師總是喜歡要大家把燒杯倒來倒去，佐理伴老師每次都會教大家新奇有趣的新知識，所以學生都很喜歡溫柔又睿智的佐理伴老師。

甚至有許多學生暗自下定決心，長大後要成為像佐理伴老師一樣可靠、受學生愛戴的教師。

真理亞也不例外，成為老師是她的夢想。

所以在那之前，她要盡快學習新的知識、看好多好多的書，要像佐理伴老師一樣聰明，未來才有資格教育小朋友們。

「同學們，既然大家都到齊了，那我們就可以準備出發了哦！」佐理伴老師拍拍手道，許多學生發出歡呼。

「大家為什麼都這麼開心呢？」真理亞向坐在隔壁的玲奈問道。

「真理亞真是的，老師前幾天才說過今天要戶外教學啊。」玲奈笑呵呵地說。

唉呀！都忘記今天是讓人期待已久的校外教學日了。真理亞在心中嘲笑自己真是迷糊蟲，這麼重要的事情也能忘得一乾二淨。

真理亞在佐理伴老師的帶隊下，和同學們一起來到校門口，司機哈士奇叔叔從校車上走下來，和大家道早安。

學生接二連三走上校車，真理亞和玲奈坐在一起。校車駛離學校，行經在河畔旁的道路上，佐理伴老師拍了兩下手，向大家問道：「同學們知道這條河的名字嗎？」

「我知道，是黑雷戴克河（Helledike Beck）！」

班上最聒躁的小麻雀同學搶先答道。

事實上，沒有人不知道答案，畢竟整個幸福森林裡也只有一條河，就是黑雷戴克河。

「答對了！就是黑雷戴克河。」佐理伴老師接著問：「那有人可以告訴我，河的盡頭通往哪裡嗎？」

河的盡頭？

聽到陌生的詞彙，許多同學都歪著腦袋思考問題的答案。

河……有盡頭嗎？

雖然真理亞和爸爸媽媽偶爾會去黑雷戴克河旁的草地上野餐，但她從來沒想過沿著河畔走下去——走到所謂的盡頭。

「真理亞，老師說的『盡頭』是什麼意思？」玲奈拉了拉真理亞的袖子問。

「盡頭……就是終點的意思呀。」

「不是啦，我不是問這個，我是說河的盡頭有什麼嗎？」

真理亞聳聳肩，她也不知道該如何回答。

這是九歲的真理亞不曾思考過的問題。

這時，喜歡做白日夢的樹懶同學說：「有一堵好高好高的牆，把大家都圍起來了。牆外有……呃，我還沒想到有什麼。」

老師聽到這天馬行空的答案，笑了笑說：「如果是這樣的話，太陽公公就照不到大家住的小鎮囉。」

雖然這樣也沒關係，因為幸福森林的花花草草就算不照太陽也能生長得很好，還**永遠不會凋謝**。務農的土撥鼠爺爺就說過，不管今天是晴天或雨天，都不會影響到農作物的收成，每年都是大豐收。

不過，真理亞和小鎮的居民還是很喜歡太陽，因為整個大地都會因為太陽而暖烘烘的。

「河的盡頭，還有其他小鎮嗎？」

真理亞也猜測道。

佐理伴老師眨了眨眼睛，反問真理亞：「真理亞有去過其他小鎮嗎？」

真理亞搖搖頭，從有記憶以來，她幾乎沒有去過幸福森林以外的地方。

而她也不曾有過離開小鎮的念頭，真理亞認為自己永遠都會在小鎮快樂地生活著。

佐理伴老師別過頭去，問司機哈士奇叔叔有沒有去過別的小鎮。

「老師，別說是其他小鎮了，我連河的盡頭有什麼也不知道呀。」哈士奇叔叔笑著說。

「所以，今天我想要帶大家一起看看河的盡頭長什麼樣子。」佐理伴老師轉過頭來，向大家說。「等抵達河的盡頭後，我想問問大家看到了什麼。」

小鎮的規模並不大，而黑雷戴克河也不是非常長的河流，雖然哈士奇叔叔的校車速度很慢，比波斯貓姊姊的酷炫跑車慢非常多，大概只比浣熊一家的野營車快上一點點而已，但同學們在車上聊天、唱歌，看似漫長的通車時間很快就過去了。

車子停在道路的盡頭，同時也是黑雷戴克河的終點。

真理亞和玲奈手牽手跳下校車，往黑雷戴克河盡頭的方向看去。

那是斷崖。

不是瀑布，就是普通的斷崖。

黑雷戴克河的河水並沒有延伸到斷崖下方，而是**停在斷崖處**。

水流靜止。

真理亞並沒有對眼前的景象感到驚奇，她只覺得這裡距離崖底好高好高，千萬要小心別掉下去了。

佐理伴老師站在斷崖旁，提醒同學們不要越過她，並隨時注意腳步。

「這裡就是河的盡頭。有誰能告訴我他看見了什麼呢？」

「小河。」一個同學說。

「有沒有更特別的東西呢？」

「樹！」「小花！」「好多草！」「大石頭！」「被切成四等分的太陽！」

同學們說的都是很常見的景物，真理亞覺得佐理伴老師特地把大家帶來黑雷戴克河盡頭，要看的肯定不是這麼普通的東西。

「斷崖。」真理亞說。

「真理亞，除了斷崖，妳還看見了什麼？」

佐理伴老師來到她身邊，將雙手搭在她的肩上，輕輕推著她來到懸崖邊。

「請妳往遠方看，告訴我妳看見了什麼？」

真理亞的視力沒有那麼好，朦朧間看見像是波斯貓姊姊的酷炫跑車的形體，可是比波斯貓姊姊的車還要大得多，同樣的車還有好幾臺。照理來說，擺在遠方的東西應該會看起來比較小才對，但這些車似乎比想像中還大。

就算是是司機哈士奇叔叔，應該都沒辦法駕駛這麼大的車車。

「我看見了車子，有好幾輛。」

「還有呢？」

「還有一些很大的東西……」可是真理亞沒辦法很正確地描述她見到的景色，她認為自己知道那些東西是什麼，但就是想不起來名字。

「沒關係，真理亞。非常謝謝妳的分享喲。」

佐理伴老師讓真理亞回到隊伍中，接著又向其他人問：「還有哪位同學和真理亞一樣看到特別的東西了呢？」

可是沒有人舉手，也沒人再開口。

「老師，如果沒看到什麼特別的也沒關係嗎？應該不會要我們寫作業吧。」頑皮鬼小臭鼬擔心地問。

「不會的，今天只是帶大家出來透透氣而已，一直悶在教室也很無聊吧！不會有作業啦。」

真理亞也和小臭鼬還有其他同學一樣，不喜歡寫作業。

幸好佐理伴老師並不像貓頭鷹老師一樣喜歡給學生一大堆回家功課，比起讓學生動筆，她更喜歡聽孩子們發表自己的看法。

佐理伴老師說，培養獨立思考的能力很重要。即使真理亞並不確定佐理伴老師的意思，但還是把老師的話銘記在心。

當天的校外教學很快就變成野餐大會。好多學生都纏著佐理伴老師要她一同午餐，真理亞雖然也想邀請佐理伴老師，但是遲遲沒辦法搶到和老師說話的機會。

戶外教學結束，同學們搭上校車，讓哈士奇叔叔送大家回家。

「真理亞要去找爸爸嗎？」哈士奇叔叔問。

「嗯，麻煩叔叔送我到爸爸的醫院去。」

真理亞的爸爸勝二是小鎮唯一的醫生，居民如果身體不舒服的話都要拜託勝二治療。每次真理亞去醫院找爸爸，都常常看到勝二忙不過來的樣子，幸好有護士——惠美姊姊的幫忙，才能讓辛苦的爸爸稍稍喘口氣。

向哈士奇叔叔道謝後，真理亞蹦蹦跳跳地跑進醫院，醫院難得沒什麼人，因為大家都認識真理亞，所以每個人都向她打招呼。慈祥的綿羊奶奶甚至拿出身上的糖果給真理亞吃。

「真理亞放學了嗎？」綿羊奶奶問道。

真理亞點點頭。「爸爸在嗎？」

「在裡面呦。真理亞是來找爸爸的呀，真是黏人。」

真理亞不管爸爸是否在問診，爬上樓梯，來到位在二樓的診療間。

「爸爸。」

真不巧，爸爸勝二正在看診，不過對象卻是惠美姊姊呢。

他把聽診器從惠美姊姊的胸前移開，口氣不悅地跟真理亞說：「真理亞，爸爸現在在工作呢。怎麼可以隨隨便便就跑上來呢。」

一，二，繫好胸前的釦子。惠美姊姊調整了一下衣領，打圓場道：「醫生就別罵真理亞了，她一定是迫不及待想看到爸爸了吧，不過真理亞，下次要記得先敲門哦。」

惠美姊姊也是白色的兔寶寶，雖然媽媽很溫柔，但爸爸說要論溫柔的話，絕對沒有人比從來不會生氣的惠美姊姊更溫柔！

多虧惠美姊姊，爸爸的表情緩和不少。

「真理亞是來幫忙的嗎？」勝二問。

真理亞點了點頭。她知道自己今天早上對爸爸媽媽的態度不好，心裡有點愧疚，所以特地來爸爸的診所幫忙。

「那麼，真理亞可以幫忙上發條嗎？」

「包在我身上！」真理亞拍了拍胸脯說。

「上發條」是爸爸開設的診所中最重要的工作，如果小鎮居民感到身體不適的話，通常只要上緊了發條，百分之九十九的問題都能解決。

不過，雖然是最重要的工作，但其實不難，只要把發條對準小鎮居民背後的特殊接口，給它用力插下去，原本沒有精神的居民很快就會回復活力了。

當然，勝二這位醫生，也是不可或缺的，例如現在——

「唉呦，醫生，我的腳好瘦呀，怎麼會這樣呢？是不是需要上發條了呀。」

綿羊奶奶拍著自己的大腿說。

勝二請綿羊奶奶動動自己的腿，並把聽診器放在綿羊奶奶的大腿上，若有所思點點頭。

「嗯，原來是這樣，嗯嗯。如此這般如此這般，我明白了。」

「明白什麼呀？醫生。」

「奶奶您今天早上出去慢跑了吧。那腿會瘦也是很正常的，多休息，過幾天就好了。」

「這麼說的確是這樣呢，我今天早上看到真理亞跑得好快呀，心想自己是不是也能跑這麼快，結果就……唉呀！真是上了年紀，不中用囉！」

「奶奶要多注意身體呢，真理亞最喜歡奶奶了不是嗎？」勝二哈哈大笑了幾聲。

勝二的甜嘴巴逗得綿羊奶奶好開心，向勝二、惠美還有真理亞道謝後，她帶著安心的笑容離開了診所。

像這樣的狀況，真理亞就不用替綿羊奶奶上發條。因為綿羊奶奶只是單純的心理作用才來看診，實際上她的能量很充足。

下一個來問診的是在鎮上經營百貨公司的斑馬叔叔，他告訴勝二這幾天肚子怪怪的，怕是得了腸胃炎。

勝二拿出醫生的法寶聽診器，專注聆聽斑馬叔叔的肚子是不是在咕咕叫。

謹慎思量過後，慎二向真理亞說：「真理亞，幫我拿一個發條給斑馬叔叔。」

惠美姊姊從地上搬起一個巨大發條遞給真理亞。

「小心點哦。」她不忘叮嚀道。

真理亞捧著發條，搖搖晃晃走到斑馬叔叔的背後，惠美姊姊幫忙掀起斑馬叔叔的帥氣西裝，好讓真理亞能將發條插進斑馬叔叔背後的開口。

「上發條」不像打針或吃藥這麼可怕，發條刺入身體裡時不會有任何感覺，所以斑馬叔叔也沒有露出痛苦的表情，反而和勝二開始聊起最近百貨公司的經營狀況。

發條上有個小小的螢幕，原本上面顯示著數字一百，一接到斑馬先生的背上，咻噗嚕噗咚，數字立刻只剩下十。

從一百變成十，代表發條裡有百分之九十的能量都跑到斑馬叔叔身上了。

在一旁的惠美姊姊見狀，驚訝地說：「您有多久沒來診所上過發條了？」

「唔，忙到都忘記有多久了，可能有一個禮拜了吧！」斑馬叔叔說。

「你真是太忙碌了！雖然工作很重要，但也不能忘記身體健康啊。」勝二拍了拍斑馬叔叔的背，斑馬叔叔有些不好意思地連忙點頭稱是。

「謝謝你們。真理亞，尤其是妳，多虧妳替我上發條！我該怎麼感謝妳呢？」

「不用了，斑馬叔叔，我只是幫爸爸的忙而已。」

「這怎麼好意思。不如這樣吧，真理亞下次來我的百貨公司時，就讓妳挑選一件喜歡的洋裝帶回去，好嗎？」

「你真是太客氣了。」勝二說。

這真是天下掉下來的禮物！在爸爸的同意下，真理亞決定接受斑馬叔叔的好意。一直以來都穿同一套衣服的真理亞，非常想要一套新的洋裝。

上完發條後，真理亞把斑馬叔叔背上的發條拔下來，交給惠美姊姊。

「醫生，裡面還剩下一點能量，要繼續用嗎？」

「不用了！我們這兒的發條還很多，就把它送回去吧。」

惠美姊姊拉開診所的窗戶，將發條扔下去，發條正好落到診所外的回收箱裡。每天清晨，發電廠的叔叔阿姨們會把用過的發條收回去，並送能量滿滿的發條來。

因為發電廠很危險，所以大人都不許小朋友接近那裡。

真理亞曾經向爸爸問起發電廠的事，爸爸說發電廠本身並不危險，是因為有長長的管子從發電廠一路延伸到小鎮外，小朋友很容易因為好奇爬上管子，最後走失。

「爸爸知道那些管子通往哪裡嗎？」

爸爸搖搖頭，表示他也不知道。

太神奇了，每天都會收到好多來自發電廠的發條的爸爸竟然也不知道。真理亞接著又問惠美姊姊發電廠的事，惠美姊姊說如果問問看在發電廠工作的刺蝟叔叔說不定會知道。

「但是大人都不准我們接近發電廠，如果問刺蝟叔叔的話搞不好會被罵。」

「說得也是呢，不過這並不是什麼重要的事，畢竟大家在這裡都過得很快樂。」惠美姊說。

真理亞想想覺得也對，便打消這念頭。

不管真理亞、勝二或是惠美，沒有人再提起發電廠和大管子的事。

到頭來，沒有人知道發電廠有什麼祕密，還有那些巨大的管子究竟通往哪裡。

類似這種祕密還有很多，畢竟真理亞還是隻兔寶寶，對所有事情都一無所知，也都抱持著好奇心。像是居民們為什麼要定期上發條、爸爸的聽診器有什麼神奇功能。

諸如此類的問題，在今天又添上了一個。

站在黑雷戴克河盡頭時看見的那些巨大汽車，是誰的車子？

下次碰到佐理伴老師，一定要找她問清楚才行。

勝二下班後，真理亞和爸爸一起走回家。

停在馬路前時，真理亞問勝二：「爸爸有去過河的盡頭嗎？」

「河的盡頭？」

「嗯！黑雷戴克河的盡頭。」

「沒有耶，爸爸沒有去過。怎麼了嗎？」

「河的盡頭有奇怪的東西，看起來像是好大好大的車子。」

真理亞張開雙臂，但即使張開雙臂，只有五個蘋果高的真理亞還是太小了，她知道她看到的汽車肯定比她還要更高、更大。
「哦，聽起來真厲害。」
波斯貓姊姊的酷炫跑車從兩人面前經過，緊接著的是浣熊一家的野營車。
行車都過了，可以過馬路了。
「不知道今天媽媽準備了什麼樣的晚餐。」爸爸說，看來他對黑雷戴克河盡頭的話題不太感興趣。
如果沒猜錯的話，今天晚上肯定又是吃烤雞了吧，畢竟自從真理亞有記憶以來，白兔一家的晚餐不是烤雞就是披薩。
不過，真理亞非常喜歡烤雞，所以就算天天吃也無所謂。
「歡迎回來！」
到家時，媽媽已經準備好豐盛的菜餚了，果然是烤雞啊！烤雞真棒！
「今天學校怎麼樣呢？」
晚餐時，媽媽問起真理亞學校的狀況，真理亞把校外教學的事也告訴媽媽，並且也問了她一模一樣的問題。
「哇，真了不起！」
結果媽媽聽到巨大汽車的事也給了相似的感想。
「如果真理亞很好奇那些車子的話，搞不好這禮拜六有機會哦。」媽媽說。
「是那個啊。」爸爸也附和道。

真理亞知道，爸爸媽媽指的是神明的事。

按照慣例，神明會在每個禮拜六降臨。有時候神明會留在幸福森林和大家一起嬉戲，有時則會挑選幾個鎮民，被挑選的鎮民會被神明帶走一陣子，獲得到神明居所遊歷的機會。

真理亞的白兔寶寶一家很久以前曾獲選過，雖然真理亞想不太起來那段時間到底發生了什麼事，但記憶中依然殘存著對神明的美好印象，只要提起神明的事，腦中就會宛如浮現粉紅色泡泡般，非常幸福。這一點，小鎮的居民都是如此。

「已經很久沒有新的住戶搬來了，所以我想大家都有機會。」媽媽說。

依據過往經驗，新搬到幸福森林的居民獲選的機率比較高。

「但也不是每次神明都會來呀。」

爸爸勝二說得沒錯，神明和小鎮的居民並沒有約定，所以神明是否會降臨全看祂的意思。其實過去已經有好幾次神明沒有在禮拜六降臨的紀錄了，幸運的是，神明不會只在禮拜六出現，平日偶爾能看到神明大人光臨，只不過平日降臨的神就只會留在小鎮，不會招待任何人與祂同行。

唯一不變的只有神明不會在午夜後出現而已，所以這段期間，也是大部分小鎮居民的休息時間。

萬籟俱寂，就連浸淫於夜生活的鎮民都回家了，連街道的路燈也熄滅，除了偶爾映射進小鎮的月光外，此時的幸福森林就是一片漆黑，僅有發電廠的眩目紅光成為小鎮的唯一照明。

真理亞透過窗戶，遠遠地看見發電廠的紅光。她不喜歡這道光，總覺得很不祥。

搞不好神明也是因為懼怕紅光所以才不在深夜現身哩。

晚餐結束後，真理亞上樓回到自己的被窩中，心中做著類似的猜想，最後進入夢鄉。

2

幸福森林一年四季都是晴天。

就算不是晴天，至少也不會下雨，所以真理亞這輩子還沒有看過鎮上下雨。

據說，雨水能夠滋潤大地，生物也需要依靠雨水補充水分才能存活。

但真正碰過雨水的人，只有佐理伴老師。

佐理伴老師說，雨水摸起來濕濕滑滑的，還有股臭味。

這件事據說連鎮裡的大人們都不知道，畢竟大家連雨都沒看過。

真理亞想看雨。

「如果往太陽每次出現的方向看過去，有機會能看到雨哦。」佐理伴老師曾這麼說過。

只不過，今天依然是大晴天，並沒有「雨」。

真理亞從床上爬起來後，走下樓梯，坐到餐桌前，拿起媽媽烤好的吐司，發出卡滋卡滋的聲音。

今天不用上課，真理亞決定跟玲奈一起去斑馬叔叔的百貨公司，選叔叔答應要送她的洋裝。

真理亞和松鼠哥哥、綿羊奶奶及棕熊叔叔打招呼，往美食街走去。

她想先繞去羊駝阿姨的水果攤買些水果送給玲奈的媽媽。

「這麼多水果都是真理亞要吃的嗎？」羊駝阿姨接過真理亞手中的一百元鈔票，問道。

「人家是要買來送給玲奈媽媽的。」

「呵呵，我想也是，偏食的真理亞怎麼會突然想吃水果呢？」

「我才沒有偏食呢！哼！」

真理亞懷裡抱著水果，好不容易才抵達玲奈家。玲奈的媽媽看見真理亞捧著滿懷水果，很吃力的樣子，急忙接過水果，並向她道謝。

「真理亞真是好孩子。玲奈，真理亞來找妳囉！」

玲奈家只有一樓，空間狹小擺不下床，一聽到真理亞來了，躺在沙發上打盹的玲奈立刻跳起來。

「真理亞，妳來了！」

「嗯，玲奈，我今天想去百貨公司挑衣服。」

真理亞把昨天斑馬叔叔來爸爸的診所看診的事告訴玲奈，玲奈聽完也露出羨慕的表情，說道：「好好哦，真理亞，竟然有新衣服可以穿！媽媽，我能和真理亞一起去百貨公司嗎？」

「去吧，記得不要太晚回來哦。」玲奈的媽媽從櫃子裡拿出兩張一百元交給玲奈，玲奈開心得手舞足蹈。

「耶！這樣我也能買新衣服了！」

斑馬叔叔的百貨公司位於小鎮中心最繁榮的歌劇院大街上，有著漂亮的圓形屋頂和金碧輝煌的旋轉門。百貨公司的隔壁還有白面鴞爺爺經營的家具行以及虎斑貓小姐的精品店，斜對角就是鎮裡最豪華的歌劇院。北極熊哥哥的冰淇淋餐車就在歌劇院的前面，每次都會聚集好多小朋友吵著要買冰吃。

真理亞和玲奈來到旋轉門前，但是旋轉門的速度太快了！轉轉轉，等了一遍又一遍，唉呦唉呦，怎麼辦呢？找不到時機穿過旋轉門呀。

這時，有人伸出手擋下了旋轉門，兩個女孩子抬頭看，是那位新來到幸福森林的米格魯。真理亞和玲奈還不知道他的名字。

「兩位可愛的小姐妳們好，我的名字是真郁。」

米格魯簡短地自我介紹後，向兩人問道。

「要不要一起過呢？」

搶在真理亞回答前，喜歡帥哥的玲奈便大聲說：「好哇！」

真郁哥哥牽起真理亞和玲奈的手，成功通過了快速的旋轉門，真是太好了呢。

「謝謝你！」真理亞有禮貌地向真郁哥哥道謝。

「不用客氣。」真郁哥哥露出爽朗的笑容，轉過身，通過旋轉門，離開了。

看來真郁哥哥是看見真理亞她們有困難才決定出手幫忙，其實他沒有要來逛百貨公司。好紳士呀，真郁哥哥。

斑馬叔叔一看見兩人就小跑步過來，迫不及待向真理亞介紹讓他自豪的百貨公司。

「一樓是化妝品專櫃，二樓才是服飾和精品區哦。要是挑好想要的衣服了就告訴我吧。」

說完，斑馬叔叔就去接待其他從旋轉門過來的顧客了。果然斑馬先生的百貨公司生意很好呢。

真理亞和玲奈一起踏上百貨公司的旋轉梯（奇怪，百貨公司的東西怎麼都喜歡轉呀轉呢？），玲奈馬上就被陳列在二樓的珠寶項鍊吸引。

「哇！真理亞，這些項鍊都好漂亮呀。」

玲奈雖然和真理亞一樣才九歲，但是很喜歡打扮。偶爾會看見玲奈提著媽媽的名牌手提袋來上學，讓不少同學都好生羨慕。

「玲奈不是來買衣服的嗎？」

「比起衣服，我更喜歡這些閃亮亮的項鍊！」

玲奈目不轉睛地看著陳列在粉紅色貨架上的首飾，在玲奈被這些玩意吸引時，真理亞就去一旁的服飾專櫃挑選洋裝。

粉紅色的蓬蓬裙和水藍色的長襬洋裝，該挑哪一件好呢？好煩惱呀，兩件都好想要、好想要哦！

真理亞腦海中突然浮現黑雷戴克河澄澈的河水，決定了！就挑水藍色的洋裝吧。挑好洋裝後，正巧，玲奈也拿著一串珍珠項鍊朝她走來。

「妳要買這條項鍊嗎？玲奈。」

「對呀，很漂亮吧，真理亞。」玲奈把項鍊放到胸前讓真理亞看。

「很適合妳呢。不過，這條項鍊應該很貴吧？」

「是啊，要五千元。」

哇！五千元呢！真理亞今天在羊駝阿姨的攤位上買水果只花了一百元，換句話說，這條項鍊值五十堆水果，這可是足以吃一輩子的數量呀。

「玲奈妳不是只有兩百元嗎？」

「嗚，該怎麼辦才好，人家真的很想要這條項鍊。」

就算真的很想要也沒辦法呀。真理亞雖然很想幫上玲奈的忙，但是她已經把媽媽給的一百元拿去買水果了，現在口袋空空，跟玲奈的腦袋一樣，空空。

嗯，趕快動動腦，還有什麼方法呢？總不能拿了項鍊就跑吧，這樣會給斑馬叔叔添麻煩的。

「乾脆我們去拜託斑馬叔叔吧，看看能不能請他把項鍊用兩百元賣給我們。」

「真理亞辦得到嗎？」

「不試試看不知道嘛！」

我可是愛冒險的真理亞呢。

真理亞挺起胸膛說。

兩人回到一樓，斑馬叔叔看到真理亞手上拿著藍色洋裝，問道：「真理亞找到喜歡的衣服了嗎？」

「嗯！」真理亞點點頭，接著說：「斑馬叔叔，我的朋友玲奈很想要這條項鍊，可是她只有兩百元。」

真理亞推了一下玲奈，要她把項鍊拿給斑馬叔叔看。

「就是這條珍珠項鍊！」

「唉呀，竟然是被譽為『幸福森林之淚』的珍珠項鍊，這下可傷腦筋了，這是我們店裡的鎮店之寶呀，是非常罕見的夢幻逸品，說有多珍貴就有多珍貴。」

「玲奈的眼光真獨到，竟然一挑就挑上最貴的。」

聽見真理亞的稱讚，玲奈有些不好意思地搔了搔她可愛的小貓鬍鬚。

「那麼，能夠賣給我們嗎？拜託你了，斑馬叔叔，玲奈她真的很喜歡這條項鍊。」

斑馬叔叔也一臉為難的樣子，看得出「幸福森林之淚」真的是很稀有的寶物。

「唔……」

「拜託你了！」「求求你了！」

兩個小女孩使出淚水攻勢將斑馬叔叔包圍起來。

最後，斑馬叔叔輕嘆了口氣，臉上旋即又綻放笑容。「好吧！因為真理亞和玲奈都是好孩子，這條『幸福森林之淚』就用兩百元賣給玲奈吧！」

「耶！」聽見好消息，真理亞和玲奈開心地抱在一起。

對比昨天諸事不順，今天真是幸運過頭了！

真理亞立刻在百貨公司大廳脫下衣服，換上那件漂亮的洋裝，而玲奈也戴上了「幸福森林之淚」。

兩個人手拉著手一起離開旋轉門，因為這次真郁哥哥不在，只好拜託斑馬叔叔再幫忙停下咻咻咻的旋轉門。

換上新衣服的真理亞非常雀躍，小兔子的本能讓她一路跳著走，還好玲奈是隻敏捷的摺耳貓，否則一定跟不上真理亞的腳步。

真理亞心想自己說不定開始轉運了呢。

「玲奈，你覺得這禮拜神明會出現嗎？」

「搞不好哦。」

玲奈愉快地說，她拿下「幸福森林之淚」，並套在她圓滾滾的絨毛肉球上，像顆陀螺飛快地旋轉著。

「要是能夠挑上我們家就好了……當然，如果能和玲奈一起被神明選上更好。」

「真理亞，妳沒有專心聽佐理伴老師上課嗎？」

「咦？老師說了什麼嗎？」

「哼哼，妳果然沒有在認真聽！被我抓到了！我要跟老師告狀！」

「不要鬧了啦，趕快告訴我。」

「嘿嘿，才不告訴妳咧。」

「快講快講。」真理亞抓著玲奈的肩膀用力搖晃，害得玲奈頭暈腦脹，趕快投降。

「咳……咳，就是那個啊，佐理伴老師說，神明呢，並不都是好的神哦。」

「什麼意思呀？」

「就是有好的神明，也有壞的神。」

壞的神？

真理亞以為所有神明都是好的神，從來沒想過這世界上也有壞壞的神。

「壞的神，有多壞呢？」

「很壞很壞！」玲奈一副親眼見過壞壞神的樣子。

她接著說：「佐理伴老師說，被神明選上不一定都是好事，要是被壞壞神盯上，下場會很淒慘。」

「小鎮裡有誰被壞壞神選上過嗎？」

「唔，好像沒有耶。」

既然沒有，佐理伴老師是怎麼知道壞壞神的存在呢？莫非佐理伴老師被壞壞神抓走過嗎？

玲奈搖搖頭，她也不清楚佐理伴老師是從哪知道的。

不過，既然佐理伴老師這麼說，就應該是真的。這個世界不僅有善良的神明，也有壞神。

「那萬一被壞壞神選上了要怎麼辦？」

「這我就不知道了，真理亞要不要自己去問問看佐理伴老師呢？」

聽起來是個不錯的主意。

只不過，萬一連老師都不知道防範壞壞神的方法該怎麼辦？

「要是壞壞神真的降臨的話，我一定會乖乖躲在家裡不出門。」玲奈說。

真理亞也同意玲奈的說法，只要是有房子的幸福森林居民，沒事時都喜歡待在自己家裡，所以照理來說房子是最安全的地方。

真理亞陷入沉思，腦中都是壞壞神的事，走著走著，一個不小心就踩到馬路上，完全忘了先看看左右有沒有來車。

叭噗～！

「真理亞小心！」

汽車的喇叭聲和玲奈的尖叫聲同時響起，真理亞感覺到一陣天旋地轉。

砰咚隆鏘！咚康！

神奇的是，倒在地上的真理亞坐起身來，發現自己毫髮無傷。

「糟糕！車子撞到人了！」目擊的群眾中有人發出驚呼。

真理亞往不遠處看去，發現還有一個人同樣倒在地上，是剛才才見過面的真郁哥哥。

看來剛才是真郁哥哥推開真理亞才讓她倖免於難。

但真郁哥哥呢？沒事吧？

只見真郁哥哥站了起來，拍拍身子，一副什麼事都沒發生的樣子。

倒是撞倒真郁哥哥的波斯貓姊姊比他還擔心，立刻從她的酷炫跑車下來，詢問真郁哥哥的狀況。

「沒事沒事，只是稍微讓車輾一下而已，不會有事的！」

真郁哥哥舉起雙臂，比出「頭好壯壯」的姿勢，讓大家鬆了口氣。不愧是真郁哥哥，真是可靠。

接著，真郁哥哥來到真理亞身邊，朝她伸出手。

「真理亞，沒有受傷吧？」真郁哥哥擔心地問道，真理亞搖搖頭。

「是真郁哥哥救了我嗎？」

「走路時要專心呀，尤其是過馬路時一定要確認來車，不然很危險的。」

果然好紳士呀！真郁哥哥。

知道兩個人都沒事，波斯貓姊姊才放下心中的大石頭。

「真是對不起，下次我會開慢一點的。」

「波斯貓姊姊對不起，是我走路沒看路，造成妳的麻煩了。」

「沒關係，沒有受傷就好。」

說完，兩個人都笑了。

真郁哥哥以及幸福森林裡所有目睹這場危機的鎮民也笑了。

沒有人受傷真是太好了呢，真理亞。

記得要趕快去安撫差點嚇哭的玲奈哦，畢竟今天可是真理亞最幸運的一天，怎麼能哭呢？

3

神並不會特意徵求小鎮居民的同意才帶走他們。

畢竟他們是神，意味著可以隨心所欲。

而作為居民的信仰對象，成為神選之人進而侍奉神明也往往被視作一種榮譽。

神總是在不知不覺間帶走居民。

而且，因為擁有神力，有時神明會連同居民的房舍一起帶走。

鎮裡最年長的白面鴞爺爺說，這是種體貼，是神明賜予凡人的溫柔。因為初次被招待到天堂的鎮民一定會很害怕，所以神會帶上獲選者的屋子，讓他能夠在被神明寵幸的期間，住在原本熟悉的環境。

生活在幸福森林的真理亞，曾看過好幾次屋子憑空消失的景象。原本好端端的房子突然變成了空地，住在裡頭的居民也連帶消失不見。

看到這種奇異的景象，任何人都會感到很驚恐吧！

不過，每一次被帶走的居民和他們的房子，最後都會原封不動地被神明送回來，所以事實證明，多餘的擔心是不必要的。

斑馬叔叔的百貨公司、浣熊一家的野營車，甚至連佐理伴老師的學校都曾經突然消失不見。當然，最後都沒有人受傷，建築物和交通工具全部完好如初；更重要的是，每個被神明接走的居民回到幸福森林時看起來都好快樂。

因此，在知道壞壞神的存在之前，真理亞好希望自己能再被神明帶走。

這一次，她肯定會隨時保持專注，要把待在天堂時所看見的一切、所經歷的種種，深深烙印在腦中。

明天就是禮拜六了。

如果神明大人蒞臨小鎮，便會選出想帶走的鎮民。

但要是明天來的不是善良的神，而是壞壞神呢？該怎麼辦？

如果玲奈不是故意嚇真理亞，那被壞壞神抓走會發生很可怕的事。

這樣一想，在不知道是善良神還是壞壞神的狀況下，還是不要被神明帶走比較好。

比起冒著生命危險獲得神明的寵愛，倒不如在幸福森林裡平安度過一生。

真理亞還有夢想，真理亞未來要成為像佐理伴老師一樣出色的大人。

所以絕對不可以被壞壞神抓走！

因此，要在壞壞神出現之前躲起來才行。

躲在家裡可以嗎？家裡應該是最安全的地方。

但是，神明都有辦法直接把整棟房子變不見了，躲在屋裡真的有用嗎？

只有五個蘋果高的兔寶寶真理亞想不到安全的方法。

要問誰呢？

嗯！只能問她了！

既然壞壞神的事玲奈是從她那裡聽來的，那她肯定知道要怎麼躲開壞壞神。

沒錯，那個人就是佐理伴老師。

真理亞向媽媽要了當作午餐的烤吐司，將吐司放進書包後，一路跑到學校。就算今天沒有上課也無所謂，佐理伴老師一直都待在學校，肯定找得到她。

「佐理伴老師！」

真理亞推開教室門，看見佐理伴老師正用她圓滾滾小手戳著一塊巨大、白色，像是海綿的東西。

「真理亞，今天不是沒有要上課嗎？」

佐理伴老師戴著很適合她的小圓眼鏡，招呼道。

「看妳慌慌張張的，怎麼了？」

看見那塊超級無敵巨大海綿，真理亞一時忘記要說什麼，開了的嘴巴也忘記合攏，露出小兔子的招牌大門牙。

聰明的佐理伴老師立刻就明白真理亞愣住的原因了。

她撕了一小塊白色海綿，遞給真理亞。

「這是吐司哦，我昨天在路上撿到的。」

「吐司？」

騙人吧？這世界上怎麼會有這麼大的吐司呢？佐理伴老師一定是在捉弄真理亞。

正好，真理亞才剛從家裡帶了片吐司出來。她把烤得香噴噴的吐司從書包裡取出，說：「老師，這才是吐司。」

佐理伴老師笑著搖搖手說：「兩個都是吐司哦，真理亞。」

可是，真理亞完全無法相信。

她辯解道：「老師，吐司要能夠吃才叫吐司哦。」

說完，她把手上的吐司湊到嘴邊，發出卡滋卡滋的聲音。

「就是這樣。」

「只要『卡滋卡滋』就可以了嗎？真理亞，那妳也可以到這塊吐司旁卡滋卡滋啊。」

真理亞再度望向那塊巨大的海綿，也就是被佐理伴老師稱為「吐司」的東西。

這怎麼可能是吐司！她一點都不想對著這個奇怪的東西卡滋卡滋！

放棄跟老師爭辯的真理亞想起來訪的目的。

「老師，什麼是壞壞神？」

「壞壞神？」

佐理伴老師將手上的白色東西塞回原本那塊巨大的白色東西裡，接著替真理亞拉了把椅子，讓她坐下。

「真理亞為什麼會問起壞壞神的事呢？」

「因為聽說壞壞神把人抓走後會做很可怕的事，我才剛得到好漂亮的新衣服，不想被抓走！我想留在幸福森林！」

「這樣啊……」

佐理伴老師帶著憐惜的目光看著真理亞。

她在想什麼呢？真理亞雖然很相信佐理伴老師，也非常喜歡她，但佐理伴老師總是給人一種神祕兮兮的感覺。

想必是因為佐理伴老師無所不知的緣故。

或許她知道壞壞神的祕密，只是基於某些理由沒辦法說明。

「真理亞真的想知道怎麼躲開壞壞神嗎？」

「想！」真理亞點頭如搗蒜。

「可是，這個方法會害善良的神也找不到妳哦。」

「沒關係，只要能躲開壞壞神，我什麼都願意。」

因為真理亞真的好怕好怕壞壞神。

佐理伴老師走到教室的窗前，向真理亞招了招手。

「從這裡可以看到發電廠。」

就是位處小鎮偏僻地區，終年散發著紅光的可怕地方。

「發電廠後面有很多巨大的管子，沿著管子走，就能離開小鎮。」佐理伴老師說。

「離開小鎮就不會被壞壞神抓到了嗎？」

「當然還要躲起來才行，只是老師也不知道出了小鎮會不會比較安全，有可能小鎮外面有比壞壞神更可怕的東西。」
真理亞追問佐理伴老師什麼是更可怕的東西，但老師也說不出所以然。
「老師其實跟妳一樣，對外面的世界很好奇。真理亞如果有興趣的話，以後也可以常常來找老師，老師會把知道的一切都告訴真理亞。」
說完，老師牽起真理亞的手。
「妳還記得那天在黑雷戴克河終點時看見的東西嗎？」
真理亞想了想，說：「好像有很大的汽車？是嗎？」
佐理伴老師沒有回答，緊接著又問她：「那真理亞被神選上之後發生的事，妳還記得嗎？」
「不記得了，只記得被帶走的那幾天，爸爸媽媽和我都很快樂。老師呢？老師也有被神明帶走過不是嗎？」
那時整間學校都憑空消失了。
「是啊，那是很棒的回憶哦，老師很開心呢。」
這就是神蹟吧，是善良神明所擁有的，給予人幸福的能力。
「老師也希望被善良神選上吧。」
「希望呀，因為只有這樣才有機會不透過發電廠的管子，名正言順看看小鎮以外的世界。」
老師平靜地眺望窗外的景色。是在看什麼呢？是泛著紅光的發電廠？還是被切割成四等分的太陽呢？

真理亞告別佐理伴老師，回家前，她決定先繞去好朋友玲奈家，要她也一起加入逃離壞壞神的行列。

「玲奈，一起去發電廠看看吧！」

真理亞站在玲奈家門口朝玲奈喊道，前來應門的是睡眼惺忪的玲奈，真是個懶惰鬼，大白天竟然在家睡覺。

「妳在說什麼呀？真理亞。」

「我去問過佐理伴老師了，我知道該怎麼逃離壞壞神了！」

真理亞把大管子的事告訴玲奈，玲奈的腦筋沒有真理亞這麼靈活，一時反應不過來，但在真理亞反覆解釋幾次後，也露出豁然開朗的表情。

「可是真理亞的計畫有個問題。」玲奈說。

「什麼問題？」

「真理亞要怎麼說服爸爸媽媽一起逃離壞壞神呢？」

啊！的確是這樣呢！想不到玲奈這小笨蛋有時候還挺機靈的嘛！

鎮裡的大人都禁止小朋友接近發電廠，如果真理亞跟爸爸媽媽說要去發電廠躲避一個大家都沒有看過的神，爸媽肯定不會相信的！

「那玲奈打算怎麼辦呢？」

玲奈聳聳肩。「我不覺得媽媽會相信我說的話。」

唔……這下可難辦了。

如果爸爸媽媽不相信的話……不，他們肯定是不會相信的。假設真理亞把計畫告訴爸爸媽媽，搞不好他們還會嚴加看守，防止真理亞半夜溜出去呢！這樣計畫不就泡湯了嗎？

「那就先不要管爸爸媽媽了！」

「咦？要拋下爸爸媽媽她們不管嗎？」膽小的摺耳貓玲奈驚訝地說。

「嗯！情況緊急，這也是沒辦法的事！」

「唔……」

玲奈還拿不定主意，真是的，可沒有那麼多時間讓妳這隻小貓咪蘑菇呀！

真理亞心想乾脆現在就把玲奈一拳打昏好了，但暴力是不好的，**小鎮的居民都不會使用暴力**。

「那就約好晚上十一點時，在發電廠門口集合。如果遲到的話，就不管妳了。」

「啊嗚……不要不等我啦，真理亞。」玲奈說：「我怕我不小心睡著。」

因為幸福森林的小朋友都被囑咐養成早睡早起的好習慣，尤其是貪睡的玲奈更是不會放棄任何睡覺覺的機會。

「不管不管，說好囉，晚上見！」

告別玲奈後，真理亞回到家，從二樓拿了一個大大的背包，開始思考要準備什麼行李。

嗯！民以食為天，沒有什麼比吃更重要了！

於是真理亞揹著大背包，趁媽媽不注意的時候，偷偷從冰箱裡拿出昨天晚上吃的烤雞塞到大包包裡。

這樣最重要的糧食問題就解決了。

剩下還要準備什麼呢？貓頭鷹老師的作業要不要順便帶去呢？嘿！開什麼玩笑，這可是攸關性命的緊急狀況啊，怎麼能在意區區的回家作業呢？

再說，把烤雞塞進包包裡後，包包就滿了。真理亞認為背包應該也裝不下其他東西了。

晚餐時，媽媽問：「冰箱裡的烤雞怎麼不見了？」不過真理亞不能說是她藏起了烤雞，於是媽媽只好拿出披薩，一家三口圍在餐桌前解決了一餐。

聽說今天綿羊奶奶又去爸爸勝二的診所了。爸爸說著今天在診所發生的事，基本上每天都大同小異、**重複一遍又一遍**，只是真理亞還是裝做認真聽爸爸說話的樣子，畢竟她不能讓爸爸媽媽察覺心裡的計畫。

用完晚餐，回到二樓的真理亞望著杳無星點的天空，靜靜等待時間流逝。

時鐘響起了第十一次鳴聲。真理亞知道是時候了。

不過，爸爸媽媽都在一樓，沒猜錯的話應該是躺在沙發上，要是走大門的話一定得繞過他們，所以不能從門出去。

真理亞推開窗戶，把裝有烤雞的背包扔下去。碰！烤雞成功著陸。

接著就換真理亞了，雖然從二樓跳下去果然還是有點怕怕的，但是一想到昨天真郁哥哥被車子輾過去都沒事了，那只是從二樓跳下去應該不會怎樣吧？

真理亞和玲奈不一樣，她可是很勇敢的。

碰！真理亞成功著陸。

趕快揹起壓在屁股下的包包，搶在壞壞神降臨之前，往發電廠出發！

雖然午夜之前都還有幾個鎮民會在街上遊蕩，歌劇院也還沒打烊，但大家正沉醉於紙醉金迷的夜生活中，沒有人注意到穿梭在黑夜中的兔寶寶真理亞。

走出小鎮，走在通往發電廠的林道上，人聲消失，取而代之的即是一片死寂。如剪影般的樹木毫無生氣地羅列在真理亞兩旁。

僅有道路盡頭，發電廠那腥紅色的光芒孤獨地亮著。

發電廠是由一個巨大的機械裝置和一棟米色磚牆、紅色屋瓦的小房舍組成。雖然大人告誡小朋友不要靠近，但發電廠本身並沒有圍牆阻隔，任何人都能進去。

真理亞的毛毛腳掌本來就不會製造什麼聲響，當她放輕腳步更是連一點聲音都聽不到。

她偷偷接近小屋子，透過窗戶往裡頭看去。房子裡面沒有人，倒是堆了很多發條。看來這是發電廠的叔叔阿姨用來存放發條的倉庫。

已經超過約定的時間了，還沒有看到玲奈。她該不會被媽媽發現了吧？不過既然是玲奈，那八成是睡過頭了。

真理亞顧不得錯失良機的友人，決定獨自行動。

走到小屋子旁，那臺比真理亞高出一個頭的巨大機器上也插滿了發條。發條上的小螢幕顯示不同讀數，同樣的是，數字都以緩慢的速度增長著。

繞到機器背後，真理亞看見了與機器相連的巨大管線，大概有真理亞環抱雙臂這麼粗。

管子無盡地延伸著，那是遠比黑雷戴克河更長的距離，一路延伸到斷崖處，從斷崖往下看，依然能看到管狀形體在幽暗的深谷中。既然黑雷戴克河有盡頭，那這些管子一定也通往某處吧，真理亞覺得，管子的另一端，肯定就是世界的盡頭。

只要沿著大管子爬下去，就能離開幸福森林，逃出壞壞神的魔掌了！

不知哪裡傳來奇怪的嗡嗡聲。

真理亞開始猶豫，到底該不該沿著管子爬下去呢？如果真的爬下去了，有辦法順利回來嗎？

——別下去！

腦內，某個不知名的聲音響起。

真理亞不知道這是屬於誰的聲音，但是一聽到對方說不要下去，就讓原本猶豫不決的真理亞打消了念頭。

雖然搞不清楚為什麼，不過感覺不知名的聲音說得對，而且還很有說服力，果然還是別下去吧！

咿——

突然，震耳欲聾卻又嘶啞的聲音響起。

緊接著是「碰！」一聲。聲音大得幾乎讓大地震顫，只差沒有天崩地裂。真理亞誇張地蹦跳起來，接著一屁股摔在地上。

「唉喲喲！」她發出哀號，但現在可不是抱怨的時候，這麼大的聲音肯定是發生什麼事了！

真理亞直覺想到壞壞神。

該不會壞壞神真的降臨了吧？

然而，現在的真理亞一點都不想沿著大管子爬下去。她跑到發條倉庫裡，把自己埋在發條堆成的小山中，恐懼讓她無法停止顫抖，心中祈禱壞壞神不要找到她。

真理亞待在發條堆裡好久好久，期間又聽到了咚隆砰隆的聲音，直到聲音消失，她都不敢從發條堆裡走出來。

最後，她就在發條堆裡睡著了。

隔天早上，來發電廠上班的刺蝟叔叔發現了真理亞。

「真理亞，妳怎麼會睡在這裡？」

刺蝟叔叔搖醒真理亞，並把隨身攜帶的保溫杯遞給她。

真理亞將保溫杯湊近嘴邊，發出咕嚕咕嚕的聲音後，又把杯子還給刺蝟叔叔。

「刺蝟叔叔！大家都沒事吧？」

「咦？怎麼了嗎？真理亞，為什麼這樣問呢？」

雖然真理亞不認為刺蝟叔叔會相信，但是她臨時也想不出其他藉口，只好老實告訴刺蝟叔叔她來發電廠躲避壞壞神的事。

「這個世界才沒有什麼壞壞神。」刺蝟叔叔聽了真理亞的話，哈哈大笑，甚至連身上的刺都豎起來了。

他搬出像是在教育孩子的口吻，說：「不用擔心，真理亞，神都是很善良的。」

不管是刺蝟叔叔或是其他大人，只要提起神，肯定都會這麼說。但他們自己究竟知道多少有關神的事都令人存疑。

「只是太可惜了！我以為妳也被神帶走了呢！」

「咦？」

「不過，你們一家能再被神選上真是太幸運了。」

真理亞不敢相信自己的長耳朵。

「刺蝟叔叔，我聽不懂你在說什麼。」

「哦，對，既然妳昨天都睡在這裡肯定不知道吧。唉，要是妳乖乖待在家裡，搞不好就能跟妳爸爸媽媽一起被神明帶走了。」

「你說爸爸媽媽被神帶走了？」

「不只帶走了妳爸媽，大概是因為找不到妳的緣故，所以連惠美小姐也被神選上了哦。神連同勝二的整間診所都帶走了。」

完蛋了！最壞的情況竟然真的發生了！

真理亞從發條堆中爬起來，拋下一頭霧水的刺蝟叔叔，往小鎮的方向奔去。目的地是爸爸的診所！

來到鎮中心，越接近爸爸的診所，人潮就越多。這讓真理亞的內心更加惶恐不安。推開擋路的人群，下一個路口左轉，就是爸爸的診所了。

爸爸媽媽，你們一定要平安無事呀！

「怎麼會……」

然而，祈禱終究還是落空了。

原本爸爸的診所所在的位置，什麼都沒有，剩下一片空地。

神果然把爸爸的診所搬走了。

綿羊奶奶看見真理亞，立刻握緊她的手問：「真理亞，妳怎麼會在這裡呢？我以為妳和爸爸媽媽一樣，都被神帶走了。」

真理亞強忍悲傷，只好再向大夥解釋一次。

「真可憐，真理亞。妳差一點點就能被神明大人帶走了。」

原本，小孩子偷偷溜去發電廠是會被罵的，但因為所有人都很同情被獨自留下的真理亞，所以沒有人責怪她。

被神選上並帶走是小鎮居民最期待的事，大家將之視為一種榮譽。換言之，錯失被神明接引機會的真理亞才是最可憐的。

「可是，爸爸和媽媽……還有惠美姊姊為什麼會去醫院呢？那時候醫院早就休診了呀。」

真理亞是晚上十一點左右時溜出來的，不知道過了多久，聽到奇怪的巨響，隔天早上就發現爸爸媽媽他們不見了。如果沒有猜錯，爸爸媽媽被帶走的時間肯定就是巨響發生的時候了。

「沒關係，真理亞，以後還有很多機會。勝二他們不在的這幾天如果有什麼煩惱或碰上了麻煩，大家都很樂意幫忙。」綿羊奶奶說。

真理亞看得出來，所有人都替白兔一家——不，應該說替父母真誠地感到高興。

畢竟，沒有人知道壞壞神的事，所以大家都把被神帶走當作純粹的好事。

真理亞佇立在原地，凝視著眼前曾經是爸爸診所的空地，直到人群散去，她都沒有離開。

繁華大街上熱鬧喧騰的聲音她全部聽不見，迴盪在她耳中的，僅有昨夜的巨大聲響。

真理亞並不是百分之百確定，但是她認為，過往善良神降臨時，絕對不會發出這麼大的聲音，因為祂是體貼的好神，所以，祂一定不願吵醒熟睡中的居民。

因此，帶走爸爸媽媽的神應該是……

真理亞回到空蕩蕩的家，平常媽媽總是會站在廚房迎接她，但是現在整個家沒有她以外的人。

爸爸媽媽什麼時候回來呢？

接下來幾天，真理亞都沒有去學校上課。
好朋友玲奈很擔心真理亞，不管是不是上學日，都會來找真理亞玩。
可是真理亞實在沒有心情陪玲奈，她把自己悶在二樓的床上，就算玲奈在樓下大聲喊她的名字她也不打算回應。
小鎮居民都很有禮貌，玲奈也不例外。因為真理亞並**沒有允許**她進屋，所以玲奈**不能擅闖別人家**，只能在房子外等真理亞。
「真理亞！出來玩嘛！」
「妳回去啦！玲奈，我現在沒有心情陪妳這隻幼稚的小貓。」
「嗚嗚嗚，真理亞是笨蛋！」
玲奈摀著臉離開了。
真理亞感到很愧疚，但她知道態度不強硬一點，玲奈會一直在她門口等下去。
就像她一直在等待爸爸媽媽回來一樣。
爸爸媽媽離開的第五天，來了一個特別的訪客。
「真理亞，妳在家吧？」
趴在床上的真理亞立刻聽出是佐理伴老師的聲音。
「佐理伴老師，我現在沒有心情！」
「玲奈都跟我說了，別鬧脾氣了。我要進去囉，真理亞。」
「不要！老師妳別進來！」

「**這招對我沒用哦**。」

真理亞聽見開門聲，心想沒辦法再逃避了。只好不情願地走下床，到一樓迎接佐理伴老師。

「真理亞，妳的臉色看起來不太好。」

這是佐理伴老師的客套話，真理亞照過鏡子，知道自己從頭到尾都沒什麼變。

「我沒事。老師是來抓我去上學的嗎？」

佐理伴老師搖頭。「我只是很擔心妳。妳爸爸媽媽還沒有回來吧？」

「還沒有。已經第五天了，這次……好像特別久。」

以往被神帶走的居民通常當天就會回來，最多也不過兩天。

真理亞請佐理伴老師坐在沙發上，自己也在她身旁坐下。

「最後妳有爬下大管子嗎？」佐理伴老師問。

「沒有。我腦內突然有聲音告訴我不要下去。」

「這樣啊。」不知道是不是真理亞多想了，她總覺得佐理伴老師的臉上浮現一絲遺憾。

莫非，老師希望她爬下大管子嗎？

「老師……這幾天我一直在想，要是爸爸媽媽真的被壞壞神抓走，永遠不會回來了怎麼辦？」

「不會有這種事的，妳爸爸媽媽一定會平安回來的。」

真理亞才不相信這種場面話，可是繼續哀怨只會讓佐理伴老師厭煩，所以只能順從地點點頭。

這時，外頭傳來敲門的聲音。

佐理伴老師代替真理亞去應門。站在門口的是郵差松鼠哥哥，雖然他仍然揹著招牌的郵差包，但手上沒有拿任何信件。

「咦?是佐理伴老師啊。請問真理亞在家嗎?」

真理亞也來到門口，躲在佐理伴老師背後問:「松鼠哥哥是來送信的嗎?」

「不是不是。聽我說，真理亞，你爸爸的診所被神送回來了!」

松鼠哥哥說剛剛送信時，經過勝二診所的舊址，結果發現消失五天的勝二診所又好端端地出現在原地。

「真、真的嗎?」

聽到好消息，真理亞立刻跳了起來。

「太好了，真理亞!趕快去找爸爸他們吧。」

「老師也一起來!」

真理亞心中的陰霾瞬間消散，拉著佐理伴老師的手，兩個人一起趕往市區。

來到診所位處的精品街，如松鼠哥哥所說，爸爸勝二的診所已經被神送回來了。不僅真理亞開心，有好幾個鎮民因為勝二和惠美姊姊消失而沒辦法就診，現在都紛紛在診所外排隊。

真理亞和佐理伴老師朝診所走去，正好看到惠美姊姊走出來。

奇怪的是，惠美姊姊卻不像是剛從天堂回來的樣子，她的臉上滿是悲傷，告訴那些排隊的鎮民：「今天醫生不看診了。」

真理亞跑到惠美姊姊身旁，拉著她的白衣裳問：「惠美姊姊，爸爸媽媽呢？」

「真理亞……」惠美姊姊一副欲言又止的樣子。原本漂亮的臉蛋，好似蒙了一層灰。眼見惠美姊姊不打算回答，真理亞只好推開診所的門自己走進去。

「等一下，真理亞！」

一推開診所門，真理亞看見爸爸抱著倒在地上的媽媽，一旁還有一隻和她一樣雪白色的陌生小兔子。

「真理亞。」爸爸喚著真理亞的名字，輕輕將媽媽從懷中放下，又抱起媽媽身旁的小兔子，將她交給真理亞。

那隻小兔子只有三個蘋果高，和爸爸勝二長得很像，穿著尿布，哇哇大哭。

真理亞抱著小兔子，也來到倒在地上的媽媽身旁。

媽媽變得破破爛爛了。

若不是那對雪白色的長耳朵，真理亞一定認不出那是媽媽吧？

畢竟媽媽的腦袋被壓碎了，露出黑色的骨頭，還有五顏六色的血管。

媽媽老是穿在身上的圍裙也被奇怪的液體染濕，黏呼呼的感覺很噁心。

真理亞蹲下來，想握住媽媽的手，結果一舉起媽媽的手，手就啪嘰地斷了。

「媽媽怎麼了？」真理亞問爸爸。

爸爸搖搖頭，連爸爸也不知道媽媽怎麼了。
「妳媽媽她不會動了。」
「那爸爸治得好媽媽嗎？」
「沒有辦法。對不起，真理亞，爸爸辦不到。」
爸爸露出和惠美姊姊一樣的表情，對於倒在地上的媽媽，爸爸也不知該如何是好。
真理亞靈機一動，將懷裡正哭鬧著的小兔子還給爸爸，走上診所二樓。
不久，她抱著一個發條下來。
她把媽媽的身體翻過去，找到媽媽背後的洞，並將發條插進去。
媽媽一定是能量不夠了！
只要替她上發條，她又會再度動起來！
可是，不論過了多久，發條上的讀數依然顯示數字一百。這代表發條內部的能量依然是滿的，沒有任何能源成功灌入媽媽的身體裡。
難道媽媽不需要上發條嗎？還是插入的角度不對？真理亞嘗試轉了轉發條，但還是徒勞。
「沒用的，真理亞。媽媽已經不會動了。」
爸爸把發條撥開，真理亞看見媽媽背後的洞也裂開了。
畢竟媽媽的整個身體幾乎都碎了，現在媽媽的身上幾乎找不到任何完好的部位。
「媽媽……」

真理亞抬頭，視線正好與爸爸懷裡的小兔子對上。
長長的耳朵和雪白的毛色，以及那對深邃烏黑的瞳孔。
不只是爸爸，小兔子的外貌也和真理亞幾乎一模一樣。
「對了，真理亞。這是我們家的新成員，十夢。」
爸爸介紹道，表情已不見任何悲傷。

（圖二・真理亞的家庭）

第一章

1

有人說，距今一百多年前拍攝的《大都會》（Metropolis）是人類史上第一部真正的科幻電影。

喀啦運轉的齒輪，煤氣燈散發著煙霧，臉上沾滿油汙的工人形體在霧氣中顯得朦朧不清，地下城市的幽靈至今依然在現實與夢想間徘徊。

當時年僅十歲的劉第一次從父親的收藏中看見這部電影時，根本沒聽過諸如反烏托邦、未來主義、自由意志等太艱澀難懂的詞彙，因此他在乎的並不是電影中階級社會所帶來的矛盾與衝突，而是片尾那位被工人們抓起來燒死的假瑪利亞。

假瑪利亞是大都會統治者菲達遜用來製造階級對立的機器人，卻擁有人類的記憶。劉很好奇，在它激化工人運動，試圖毀滅一切時，依然是個聽命行事而無自我的冰冷機器嗎？

無論如何，隨著假瑪利亞的毀滅、勞資雙方的和解、新的權力關係建立，故事結束了。既然是屬於一九二七年的幻想，當然只適合保存在一九二七年的布幕中。

因為在一百多年後的未來，瑪利亞不曾在早已高度機械化的人類社會中出現。

機器人確實走入了人類的生活，但它從未被准許擁有哪怕丁點也好，試圖凌駕於人類意志的機會。

並不是明確的法條禁令控管人工智慧的研發，而是因為那最孩子氣不過的理由。人類辦不到。

這是人類最好的時代，因為他們親自證明同袍之間最擅長的還是自相殘殺。攜手對抗產生自我意識的超級電腦——這種故事如今聽來反倒像是浪漫的格林童話。

畢竟，人類明白自己做不到。

人工智能終究只具有模擬運算的能力，他們——沒有智慧、無法做出類生物體的思考。

即使從最初的棋藝競技，到普通法系的實務應用，機器人一再證明自己比人類更優秀，但這都是演算法賦予他們的能力，是人類預想中的結果。

舉個例子，人工智能可以藉由過去一萬件凶殺案的判例決定第一萬零一件的犯人罪刑，而且判決結果絕對比人類法官還公允。

然而，一旦面臨過去未曾經歷過的新型犯罪，人工智慧將因為沒有歷史判例可循而走入邏輯的死巷。因為電腦無法做出「屬於自己的」判斷。

所以，在二十一世紀中葉，誰也沒有取代誰。醫療、戰爭、政務……幾乎所有工作都是在人類與機器人協同合作下進行的。

畢竟，讓雙方互相磨合、互補，才是人造生命當初誕生的目的。上帝深愛祂所創造的人類，那當人類試圖扮演祂們的神時，也得給予同等的包容與愛才行。

人類充滿瑕疵，所以創造的構造體生命也注定是瑕疵品，而這份瑕疵，就是無法思考。

2

「喂。」

不耐的女聲。

「喂！」

劉知道這是誰的聲音，畢竟她的聲紋不是用公司產品的模板，而是劉親自操刀設計，世上獨一無二的聲線。

「劉先生！」

第三次了，但劉還不想睜開眼睛，睡意讓他的眼皮重如千斤。

這幾天他為了解決公司裡某個廢物留下來的爛攤子，弄得快整整兩天沒睡，最後不知是屈服了還是昏了，他竟然以正坐的姿勢在自己的書桌前進入夢鄉。

「三十秒內你再不醒來，我就替你把電腦扔到樓下去。」

劉立刻睜開眼睛。

「請不要每次都故意讓我說這種話，這一點都不有趣。」黑髮少女一臉不耐煩地說，並將端在手上的托盤放到劉面前。

是淋上蜂蜜的法式吐司，只要是由少女掌廚，劉家的早餐就永遠都只有同一種菜色。

理由很簡單，因為劉不良的作息讓他總是錯失吃早餐的時機，所以少女被隨便設定為只會準備系統預設的法式吐司。

劉拿起刀叉，向少女說道：「謝了，莎莉。」

黑髮少女的真身是第七代事務人形，其產品概念可追溯至上個世紀的管家機器人，以輔佐人類生活起居、工作事務為目標。從第一代「蘿茜」到現在的七代「安德魯」，系列產品一直都廣受市場好評。

身為第六代及第七代人形開發的技術顧問，劉對莎莉的能力從不抱持懷疑，因為她就連廚藝都無可挑剔。

這就是事務人形優秀的地方，做事乾淨俐落而且絕對不出差錯，還能配合用戶的性格與習慣，調整合適的邏輯準則和行為模式。

莎莉就是最好的例子，在經過劉微幅的調整後，她甚至能做出比市售人形更豐富的情感表現。

「等吃飽就趕快開始工作了。今天可是有很多事等著你處理，不然你以為我為什麼要特地幫你準備早餐？」

「真是冷淡。」

當然，莎莉的一舉一動都符合劉的預期。他認為，如果早夭的妹妹長大成人，應該也不會跟他維持太融洽的關係。

雖然，這也只是劉的猜測，僅是導入他對莎莉的念想後，由電腦運算出的結果罷了。

用完早餐後，莎莉又不知道從哪生出一疊待處理的文件扔到劉的辦公桌上。

「這是你前天吵著要留到今天再看的企劃，當然繼續拖下去也無所謂，不過希望你還記得死線是周五。」

自從工程師的位子淡出，轉任顧問後就越來越像是個坐辦公室的白領了。劉盯著那疊小山高的文件，忍不住在心中感嘆。

「對了，剛才布萊克本先生有打電話來，但是看你睡得跟死豬一樣，我就幫你把手機關靜音了。我想在你開始埋首於這些廢紙之前還是給人家回個電比較好。」

「布萊克本?拜託現在才幾點，他是能有什麼事情啊!」

莎莉敷衍地聳了聳肩，並從劉的書櫃裡拿了本小說，坐到一旁的沙發上。

劉撥打網路電話，不久，電腦螢幕上立刻出現布萊克本那半禿的頭頂。和劉是昔日同窗的他在仕途上更有野心，現在不但弄到了劉頂頭上司的位置，努力的成果也很好地反映在他稀疏的髮量上。

「嘿，不好意思現在才回電。」劉說。

「莎莉告訴我你在休息，要我別打擾你。」布萊克本露出苦笑，而原本坐在沙發上看書的莎莉聽到他的話立刻把頭別到另外一邊去。

布萊克本接著說:「可惜我們的時間不多，否則我也不想沒事叨擾你這個早就從第一線退下來的人。」

「我們長話短說吧。」

「你還記得Eproach嗎?就是幾年前找你負責設計ＡＩ的玩具公司。」

「當然記得。若不是他們，我現在怎麼有好日子過?肯定還是得天天去你那報到。」

「那你肯定也還記得那時候替他們做的案子。」

「Sylvan's。」劉說:「Eproach旗下最受歡迎的玩具品牌，就是那些有一大堆小動物的娃娃人形。」

創立於上個世紀末的老牌玩具，以可愛的人偶和精緻的房屋配件為賣點，不僅是小朋友，許多大人也深受吸引。

而在機器人革命後，Eproach也立刻跟上潮流，替每個Sylvan's的玩偶產品安裝微型ＡＩ，讓小朋友能和玩偶做出簡單的互動，與心愛的玩具建立友誼。

當時負責替Eproach設計玩偶心智的人，就是劉。

劉所設計的人工智慧，不會讓機器人只能做出死板的應對，他導入過去的開發經驗，在微型晶片裡植入數十億種邏輯程序，讓每個孩子都能擁有自己獨一無二的動物朋友。

像是性格外向的孩子擁有的玩具人偶可能也會和主人一樣活潑開朗、喜歡結交新朋友，而碰到比較害羞的小孩，娃娃的ＡＩ就會自動調校成具備體貼、富有耐心等特質，幫助孩子學習與他人相處。

劉的設計正好符合Eproach當初推出Sylvan's系列玩具的理念——讓孩童在遊玩過

程中學習關心別人、與別人分享，培養孩童社會化的能力。所以，產品一推出即大獲好評，如今 Sylvan's 已經成為每個小孩生日、過節時最期待收到的禮物。

「那東西怎麼了嗎？是他們又要設計新的ＡＩ，老天，基礎架構都已經明擺在那了，就只是多打上幾條補丁而已，根本不用告訴我吧，他們自己的技術團隊就有辦法應付了。」

就像智能手機一樣，只要微幅調整幾個無關緊要的功能，就能推出新機種狠狠削一波消費者荷包。Eproach 也一直在 Sylvan's 的人偶上推陳出新。

「正好相反。」布萊克本臉色一沉，幽幽地問：「劉，當初你設計他們的ＡＩ時，沒有偷偷塞什麼東西進去吧？」

「啥？」劉聽不懂布萊克本的意思。

「聽著，我認識你那麼多年，也知道你到現在還不肯放棄莎莉……我這麼說你別介意，但有時候我真的很懷疑你的精神狀況。你在這領域的成就沒有人會懷疑，可是你很多想法卻跟上個世紀的人沒什麼兩樣。」

「是啊，你們當初也是這麼嘲笑發明燈泡的人。」

「那不一樣。你比那些人更像是一個科學家，我是說，真正的科學家。你現在有錢了愛怎麼樣我管不著，但是老實講，我沒辦法保證當初的你不會為了自己的理由而在要給客戶的東西裡塞些多餘的玩意。」

「我沒這麼幼稚，布萊克本。我自認是個公私分明的人，莎莉的事情我打算靠自己解決，一直都是如此。」

「那希望你看了這東西能給我一個合理的解釋。」布萊克本嘆了口氣，同一時間，一份影音檔傳到劉的電腦裡。

劉點開影音檔，刺耳的孩童叫聲立刻響起。連正在看書的莎莉都扔下手邊的書本摀起耳朵。

該死。劉在心裡暗自罵道，並把聲音調回正常音量。

畫面中一個小孩正坐在地上玩玩具，但是鏡頭並沒有拍攝到孩童的臉，而小孩的聲音也很難辨識出是男孩或女孩。

「朱利安，你在做什麼？」帶有英國腔的成年男子聲音，應該是影片拍攝者。劉猜測這可能是某個家庭替孩子拍的成長紀錄。

「玩玩具。」名叫朱利安的孩子說，並將玩具拿到鏡頭前。「這是芮比，然後這是貝爾。」

孩童手中高約八公分的兩個娃娃是Sylvan's的產品，分別是白兔姊姊和棕熊叔叔，芮比還有貝爾應該是那孩子替他們取的名字。

「朱利安比較喜歡芮比還是貝爾呢？」拍攝者問。

朱利安的視線在芮比和貝爾之間遊走，思忖許久還是拿不定主意，他把芮比和貝爾放在地上，一碰到地面，大棕熊貝爾立刻衝到白兔芮比面前推了它一把。

「我是朱利安最好的朋友。」

「才不是！芮比才是朱利安最喜歡的人！」

兩隻玩偶吵著一團，劉看不見坐在一旁的朱利安的表情，但聽他的聲音似乎也覺得看兩隻小人偶吵架很有趣。

「劉，到目前為止，人偶們的AI都是正常的嗎？」布萊克本問。

「看起來沒什麼問題。」

「你替 Eproach 寫的AI中，也包含吵架這種行為？」

「畢竟小朋友日常生活中也會跟人起爭執。你等等看就知道，這兩隻人偶待會一定會互相道歉，很快就和好了。」

因為是具有教育性質的玩具，所以AI肯定會藉此教導小朋友尊重包容友善的重要性。

劉是這麼想的。

不過，棕熊和白兔卻遲遲沒有和好的跡象，棕熊甚至騎到白兔的身上，開始揮拳毆打白兔。

「你確定『把對方壓在地上往死裡打』這個行為也包含在你自豪的AI中？」布萊克本的口氣很刺耳。

劉一句話也說不出來。

雖然他賦予了AI高度的靈活性，但暴力程序從一開始就沒有被寫入。不管是劉或布萊克本都很清楚人工智慧運作的原理，知道不會思考的人形絕對不可能做出程式碼以外的行為。

「你是從哪裡看到這部片的？」

「Eproach 的今井先生傳給我的。你知道，對方看到這種東西簡直要氣炸了。」

因為這是設計給孩童的玩具，若被發現有人在機器人的ＡＩ裡面偷偷寫入暴力邏輯，那 Sylvan's 不僅不要想再上市，就連 Eproach 都會因此受業界徹底封殺。

「這跟我沒有關係，我發誓 Sylvan's 的ＡＩ程序每一條我都親自檢查過。」

布萊克本傳的影片仍在繼續播放，棕熊叔叔似乎已經把白兔姊姊打到發聲功能都壞掉了。

「喜歡……喜、喜歡……朱利安……」白兔姊姊原本甜美的聲音變得模糊又沙啞，只能不斷重複同樣的字句。

「我還要看這部片看多久？」劉問。

「可以暫停了。」布萊克本皺了皺眉。「我不建議你看完，後半段的內容……不是很讓人愉快。」

「你講這種話不就是要我繼續看下去嗎？」

「朋友，有件事我還是先提醒你一下比較好，這根本不是哪個幸福美滿家庭拍的孩童成長紀錄。這部片是從深層網路（deep web）打撈上來的，一個多小時的片長要價五百美金。非得要我告訴你朱利安會在二十八分鐘的時候被帶往浴室開膛剖肚嗎？」

「他媽的！」

劉二話不說立刻把影片刪掉。

「操你媽的別把這種東西傳給我！」

「冷靜點。這種東西在暗網要多少有多少，關鍵是你的機器人，為什麼你的機器人會有這種舉動？」

「我他媽怎麼知道！」一想到剛才布萊克本傳的那部影片，劉就感到一陣噁心。

「是被人任意竄改了ＡＩ？」

「你又不是不知道Sylvan's的產品都裝了防惡意程式，如果隨意安裝外部程序，整個ＡＩ都會自我癱瘓。」

目的當然是防止產品被用於預想之外的用途，實際上現在市售的人工智能產品大多有類似的保護機制。

「不過換作是你，肯定有辦法避開防火系統偷偷裝後門程式，沒錯吧？不然你那個毒舌女僕是怎麼來的？」

「就說跟我沒關係了，我根本不知道這兩隻人偶發生了什麼事。」

「嘿，我沒有懷疑你的意思。」布萊克本舉起雙手做出投降的樣子。「只是我沒辦法保證世界上有沒有人擁有跟你一樣的技術。」

「這種人在沃爾瑟姆滿山滿谷。」

就像半導體產業之於矽谷，人工智慧的研發人才在劉身處的麻州沃爾瑟姆也是俯拾即是，畢竟這裡是機器人研發先驅——波士頓動力的總部所在地。

「所以你覺得連一個變態殺童犯也有辦法輕易複寫你設計好的ＡＩ？」

「就算是變態，平時也可能會有個體面的身分，搞不好像你一樣家庭美滿、事業有成，所以我沒辦法斷言。」

劉停頓了一下。

「你知道這種東西光是存在電腦裡就算犯法吧？不如趁警方找上門前先自首？」

「我沒有這種下賤的嗜好。」布萊克本說。「我剛才講，這部影片是Eproach的今井先生交給我的，而他有絕對不能讓影片洩漏給警方的理由。」

劉立刻就明白了。

「因為這麼一來，Sylvan's就會被當成殺童案的證物，而那些嗅到風聲的該死媒體會興沖沖地跑去告訴家長們這些小人偶可能不如大家所想的那麼可愛。」

「就是這麼回事。」

「他媽的。」

人生就是一團狗屎，被無數的狗屎懶蛋事環繞著。

「所以你要我怎麼做？」劉說。畢竟，布萊克本依然是他的上司，而他也明白布萊克本把這事告訴他是出於對他百分之百的尊重。

「去搞清楚這兩隻小機器人的腦子是哪裡出錯了，好讓我能跟那些日本人有個交代。」

劉冷冷地乾笑幾聲說：「你知道這些機器人一上市後就跟我們沒有任何關係了嗎？Eproach很老實地遵從隱私條例，所以我們沒辦法控制，甚至連追蹤他們的位置都沒辦法，你是要我去哪找這兩隻小東西？」

「你的確找不到他們，但你可以找到他們的主人。」

「你說朱利安？該死的，剛才是你告訴我他死了，我是要上哪去找這孩子？」

「你誤會了，朋友。這些人偶不是朱利安的，是那個變態拿給朱利安玩的，人偶是上傳這部影片的人渣的。」

布萊克本解釋。這部影片是來自暗網裡某個付費影音網站，由一名暱稱NoLimitRapture的用戶上傳，NoLimitRapture還拍攝了許多部兒童色情、獵奇影片，其中有好幾部片裡都出現不同孩童遊玩Sylvan's娃娃的畫面。

通常影片的開頭都會被刻意營造出和諧快樂的氣氛，而大概在片中時，孩童就會被戴著兔子頭套的成年人帶往浴室殺害。

「看見上帝放任這種人繼續活著，我就覺得這個世界還是毀滅比較好。」劉說。

「有需求才有供給。這種片子的客群恐怕比你想像中還來得多，只是你沒機會知道罷了。」布萊克本挑了挑眉道。

「警察真他媽瞎了狗眼。」

「這和警察沒有關係。法律無法觸及的地方太多了，他們也有他們的極限。」

「唉……」

即使嘆息，劉也同意布萊克本說的，應該說，打從一開始他就不相信警察、不相信法律，更不相信正義。

他下意識看了莎莉一眼，莎莉正沉浸在書本中，沒注意到他的視線。

「好吧。我猜下一步就是要我想辦法找出這敗類住在哪裡，然後趁他發現前先一步把出Bug的人偶帶走。請容我提醒你，這個世界不缺頂尖駭客還有偵探，而剛好兩個頭銜都與我無關。」

「這倒不必，今井先生和我已經託人找出這部影片的發布位置了，你只要親自走一趟坎布里亞就行，連機票錢都不用你自掏腰包。至於你是要用偷的還是要和這變態搏感情都隨便，只要能趕在這傢伙被警察抓走前把出問題的人偶帶回來就行。」

「坎布里亞。很好，英國，戀童癖的大本營。」

「嚴格說來也算是你的家鄉。」

「格洛斯特離那裡遠得很，共通點就是一樣荒涼。」

劉還是沒辦法認同布萊克本要他親自出馬的原因，對此，布萊克本給了他兩個理由。

第一，劉是最了解這些玩具的人，不管是被人鑽漏洞還是出Bug，沒有人比劉更能清楚掌握問題。

第二，劉負責的專案出了亂子，身為AI設計師的他難辭其咎。

「別忘記你原本的目的是什麼。如果你成功和那人渣搭上線，你要從他口裡問出他是怎麼繞過內建的防火系統的。要是你打算來陰的，那也只有你知道他電腦裡什麼東西是有價值的。」

布萊克本已經預設劉會為此鋌而走險，但是他似乎忘了劉只是個三十歲就罹患高血壓的ＡＩ工程師。

「萬一，我說萬一發生了什麼事，你要我怎麼自保？」

歐洲可不像美國是個人人都能擁槍自重的和平園地，在那兒只有警察和黑社會擁有配槍的權利。

「我們已經和當地的警察取得聯繫。基本上你可以當作是平白獲得了一個貼身保鑣。」

「真是瘋了。都忘記剛才說不能把這事洩漏給警察的人是誰了嗎？」

「你不能把那種小村子的警察機關當作整個警政系統的一環，他們根本不會在乎村子外是不是有個神經病在殘殺小朋友，只要能準時領到薪水就好。」

「但這人渣就在村子裡。」

「所以事實證明他們是與中央脫節的。」

布萊克本根本不給劉抗辯的權利，他就是堅持要劉跑這趟。

「我最後再問一個問題。你我都知道深層網路的人不是傻子，不會老老實實把自己的ＩＰ洩給別人，連網路警察都沒辦法追蹤到那人渣的位置，你和日本人怎麼確定弄到手的地址正確無誤？」

「好問題。答案很簡單，錢。」布萊克本說：「一大筆錢足以讓 NoLimitRapture 在網上的敗類朋友們吐出他的住家位置。」

樸實無華的答案，卻相當可靠。

「到現在你都還能靠抽取 Eproach 的權利金過活，可是一旦 Sylvan's 人偶的醜聞被攤在陽光底下，Eproach 就會連本帶利向你追討他們所有的損失。」

布萊克本語重心長地說：「到時別說是莎莉，連你自己這輩子都玩完了。」

「我知道，我本來就沒打算拒絕。」劉淡淡地說，盡可能讓布萊克本不要聽出他語氣中的動搖。

和變態殺童犯打交道？劉做夢也沒想到自己的職業生涯包含這種鳥事。

可是他能怎麼辦呢？

莎莉剛讀完第一本書，在沙發上伸了個懶腰。

「莎莉。」

他出聲喚道。

「怎樣？」少女人形的口氣依然稱不上禮貌。

「妳能喊一下我的名字嗎？」

「蛤？為什麼？我才不要，好肉麻……」

果然又是這種反應。

畢竟莎莉的邏輯告訴她，當她聽見劉提出類似的要求時要如此回應。

不過，若是莎莉再觀察得仔細一點，應該能藉由劉深鎖的眉頭看出他臉上的鬱色吧。

如此一來她就知道這次劉是認真的。

這樣本性體貼的莎莉，一定會願意施捨劉一點鼓勵。

如果她再仔細一點的話……她肯定能更接近人類些。

「我等等會把相關檔案寄給你，至於要怎麼做就全看你高興了，畢竟我總是替最壞的情況準備了備案。」

在布萊克本切斷通話前，他很刻意地提高音量補上了一句。

「但我知道你絕對不會在這邊投降。」

簡直就像是故意要讓莎莉聽見似的。

真是個多管閒事的傢伙。

劉抱怨道，只是那時通話已經結束。

3

希斯洛機場如今已經擴建到第七航廈，打從劉還住在英國時它就不停在整修、擴建，鷹架包裹了整棟尚未啟用的航廈，大型機具穿梭其間，如今機場依然有一大片土地被劃分在待定工程區域裡。

久違回到故土，劉心中卻無一絲感觸。

一方面是因為此行的理由讓人不快，另一方面是他對這片土地毫無眷戀。

搭上National Express的長途巴士，經過兩次轉車才來到坎布里亞郡的港口小鎮錫勒斯，連同等待，將近十小時的車程讓劉疲憊不堪。

雖然早已邁入全球化時代，大城市裡各色人種摩肩擦踵再尋常不過，但來到這個人口不過兩千的小城鎮，旅店的服務員也忍不住多看了他這個亞洲面孔幾眼。

劉告訴對方自己是個背包客，正在英格蘭進行無計畫旅行。除了照規矩拿出自己的護照外，他還刻意附上了名片。多虧公司的名字還算響亮，鄉音濃厚的老闆表情緩和不少。

盥洗過後，劉走出旅店，離開前不忘刻意拿了份鎮公所設計的小鎮文宣，好讓他自己看起來還真像是個死觀光客。

雖然布萊克本說可以聯絡當地警察尋求保護，但劉只打算把它當作應急手段，誰知道警察是不是也心懷鬼胎，既然公司都有辦法搜出殺童魔的藏身處了，那當地警察若想藉助這份力量釣出凶手也不奇怪。屆時劉根本沒有機會從警察手中把人偶奪回來。

劉打開手機裡的地圖，確認接下來的路線。NoLimitRapture 住在小鎮的邊陲區域，和位處都心的旅店相距約半小時路程。

漫天雪片自穹頂落下，放眼望去，被白雪覆蓋的小鎮街上空無一人，宛若死城。偶爾會聽見遠處傳來人的聲音，但雪霜讓萬物都顯得平淡且寧靜。

劉獨自漫步在街頭，覺得腳步越發沉重，走了一段路才在紅綠燈前與一個少女相遇。多虧這名金髮碧眼的小女孩，劉才能從孤獨的恐懼中迎來丁點救贖。

那孩子穿著不符身材的厚重大衣，戴著毛茸茸的耳罩，目測不過十四歲，但洋人的孩子總是看起來特別成熟，搞不好實際年齡更小也說不定。

紅燈還有四十秒，漫長的等待是英國的特色，它成功培養出全世界最愛闖紅燈的民族。

那孩子正準備跨出第一步，一輛大卡車就從一片白茫茫的雪景中衝出來，劉急忙將女孩拉回人行道上，無奈身手笨拙，一個重心不穩反而讓他拉著女孩滑了一跤。

「妳沒事吧？」劉有些尷尬地問道。

那女孩好像還沒有從剛才的危機中反應過來，她愣愣地看著遠去的卡車，過了幾秒鐘才從地上爬起來。

「雪下得真大。現在視線變很差，走路還是小心點比較好。」

女孩轉頭看向劉，小聲地向他道謝後，趁著紅燈轉綠燈時，踩著皮革雪靴小跑步到馬路的另一端。

那孩子大概是感到不好意思，想盡快從劉身邊逃開。女孩的身影很快就消失在雪色中。

真是最不適合旅遊的天氣，在雪花紛飛的景致中，每個地方看起來都差不多。

出於一時興起，劉順手拍了一張小鎮雪景，將照片傳回他留在沃爾瑟姆的另一支手機裡。

手機很快就顯示已讀，但沒有得到任何回應。

走出規劃整齊的鎮中心，三三兩兩的房舍圍繞在小鎮周遭，夏天這裡應該是廣大的綠色草坪，現在僅剩一片銀白色的雪原風景。

劉沿著鏟雪車留下的軌跡行經在小鎮的道路上，在泥漿上留下一個又一個的鞋印。手機定位最終帶他來到一間鄰近林地、磚瓦建成的小屋子。
小屋和鎮裡的水泥建築相比就像是電影裡的片場道具，簡陋而且毫無美感，若不是斜屋頂上突出一根煙囪來，看起來反倒像是穀倉。一旁緊鄰的水塔梯子早就生鏽腐爛，根本不能使用。
雖然說在鄉下隨處可見這種屋子，但劉還是很懷疑這種鳥地方到底能不能住人。
他在屋外繞了一圈，小鎮周遭的房舍仍依靠電纜牽電，而這間屋子顯然沒有任何電力供給，也沒有看到室外發電機。在失去電力的狀況下，像這種大雪紛飛的日子若是不燒柴火，待在裡面一個晚上就會凍死。
真的有人會住在這種地方嗎？
劉輕輕敲了敲門，接著立刻躲到房屋轉角處觀察情況。他可不想和變態殺童魔撞個滿懷，誰知道對方是不是早就打聽到他的底細。
等了好久，都沒有人前來應門。
於是他又回到門口，嘗試拉下門把。他還沒有下定決心要直接闖入，只是想確認門有沒有上鎖。
看來是鎖上了。
劉走到門旁邊的窗前，抹去窗戶上凝結的冰霜想看看屋內的樣子，但窗簾卻拉上了，想看也看不到。
試著推推看窗戶呢？

看來也是徒勞。

屋子後方有一扇氣窗，大概是與廁所或浴室一類的地方相接。若是不拿箱子之類的東西墊腳沒辦法看到裡面的樣子，只是氣窗的大小根本不夠一個人通過，所以劉也懶得去找踏腳的東西。

NoLimitRapture 真的住在這裡嗎？同樣的疑問再度浮現在劉的腦中。

如果能看見小屋內部的樣子，或許還能判斷這裡是不是朱利安的影片拍攝地，但在門窗緊閉、窗簾也拉上的情況下根本無法求證。

也不能排除布萊克本他們買到假情報的可能性。劉拍了一張小屋的照片傳給布萊克本，立刻就接到他的回訊。

「對，就是這裡了。你可以自己對照我傳給你的相片，外觀看上去是一模一樣。」

「你確定你們沒有被騙？」

「對方同時也是靠販賣這類情報維生的，既然他們只和合適的客戶做生意，就代表他們值得你我信賴。」

劉可不覺得和那些人渣有什麼互信可談的。

他接著又向布萊克本簡短報告了小屋的情況，布萊克本僅拋下一句「我相信你會有辦法的」就沒有再回訊了。

是啊，布萊克本大概認為自己已經仁至義盡了，劉也知道他所謂「最後的方案」就是讓公司和劉做切割，把一切責任都甩到劉身上。

劉仰起頭，屋瓦上堆著厚厚的積雪，屋簷下一排冰柱宛若天然屏障，警告人別靠近。如果是有在使用的房屋，屋頂的積雪和冰柱都必須清理，否則積雪可能會壓壞屋頂而冰柱則有砸傷人的風險。

也就是說，這棟屋子應該好一陣子沒住人了。

但要是布萊克本的情報沒有錯，那這棟房子肯定是屬於 NoLimitRapture 的。

劉猜想，會不會 NoLimitRapture 根本不住在這裡，這棟小屋只是他拿來當作拍攝場所的地方？

畢竟在自家行凶風險太高，要對那些孩童下手，就得去一個與自己沒有直接關係、難以讓警方追查到的地點才行。

這似乎也解釋了為什麼這棟房子沒有接電力和自來水，因為它根本沒有被當作住家使用。

這是那人渣的片場。

如果是這樣就說得通了，因為賣給布萊克本情報的人沒有說謊，NoLimitRapture 的確是在這邊完成他手下一部部病態作品並上傳的。他的朋友沒有真的出賣他，只是告訴別人那些變態影片是在哪裡拍攝。

感覺被擺了一道。

這樣一來，只要那人渣不打算拍攝新作品，劉就永遠不可能碰上他。

但是往好處想，既然這裡是那變態的專用片場，所有他影片中的道具很可能被收納在這棟小屋裡。

其中當然也包含了給朱利安玩的Sylvan's娃娃。

這樣想會不會太樂觀了?但劉不得不這麼想，因為要找出該死的變態殺童犯，他只有這條線索。

劉在心中不斷告訴自己，影片裡的娃娃肯定就在房子裡。

所以他只要想辦法溜進去，找到娃娃並帶走他們，一切就搞定了。

至於那人渣的變態嗜好劉不想管，因為他也管不著。

劉往後退幾步，撿起埋在雪中的一顆小石頭，小石頭的重量匯聚在掌心。

接著，他用力一扔，將小石頭往窗戶上砸去。

考量到個人隱私，沿街的監視器不會拍到房舍門口，所以劉不用擔心這一幕被紀錄在影帶中。

只不過，石頭打上窗戶，旋即就彈開了。

窗戶毫髮無損。

若是普通的窗戶早就破了，這該不會是強化玻璃吧?

特地在這種小破屋安裝強化玻璃的原因讓人費解，劉雖然不知道理由，但也猜想會不會是因為過去有人也試圖打破窗戶的緣故。

劉再次回到窗前。從窗戶的設計來看，即使沒有上鎖，也沒辦法全部敞開，裡頭的人如果想逃跑，似乎只有大門一途。

既然這樣就更麻煩了，從窗戶闖入的可能性完全消失。

劉抬起頭，凝望屋頂那紅磚堆砌而成的煙囪。

搞不好這是進入房子的唯一一條路。

小屋院子的一角堆著水泥、磚頭和木板等建材，看來屋主還想找機會擴建他的噁心片場，一具鐵梯堆在木材上，這大概也是為什麼水塔的梯子能放著腐爛而不修理的原因。

如果利用鐵梯爬到屋頂上，搞不好就能鑽進煙囪跑到屋子裡去了？

雖然是個太過經典到不太現實的計畫，但既然聖誕老人的故事從來沒有從人類的童年中消失，那鑽煙囪也不是什麼大不了的事。

劉搬起地上的鐵梯，抹去地上以及梯子的積雪，將它靠在牆邊。

小心站穩腳步，一步步踏上階梯。

為了防止積雪，越往高緯度的國度走，屋頂就往往做得越斜。劉踩上屋頂，為避免摔落，他趴下來以非常緩慢的速度用四肢爬行，朝煙囪接近。

好不容易搆到煙囪，他才又吃力地站起身。煙囪大概半個成年人高，裡頭漆黑一片什麼也看不見，於是劉打開手機的手電筒往裡頭照去。

金屬色的光芒刺向眼睛，他看見一片帶刺的鐵絲網安插在煙囪中段的位置，不知道是屋主明白和劉有相同想法的人很多還是親身記取過慘痛教訓，劉知道只要那片鐵網卡在那，就不可能從煙囪溜進房子裡。

雖然比起緊閉的窗戶，鐵絲網相對而言是較為脆弱的屏障，要是拿鐵撬或是網剪之類的工具撬開或剪開就行，但是手的長度根本搆不到鐵網。

直接爬進去的話，雙腳大概會被尖刺刺穿吧。

劉沿著煙囪周圍踹了幾腳，其中一塊磚頭鬆動了一下，劉立刻蹲下，試圖把那塊磚頭搬開。

費了好一番功夫，終於搬開鬆動的磚頭了，劉又拿出手機往裡頭照去，這次總算碰得到鐵絲網了。可惜，鐵絲網文風不動，四個角落都用鋼釘緊緊嵌在牆裡。這棟看似簡陋的房子打從建成時，就想到了所有安全問題。

劉失望地把磚頭塞回去，這時傳來人的吆喝聲，嚇得劉一鬆手，從屋頂上摔了下去。雖然鬆軟的雪地減緩衝擊力道，但劉還是發出哀號。算上剛才等紅綠燈的那次，劉今天已經兩次親吻土地。

劉抬起頭，看見一個穿著亮綠色大衣的男人站在距離他三公尺的位置瞪著他，男人身後還跟著一個身穿同款式外套的機器人形。

不用依靠男人左胸上的「Police」字樣，劉就明白男人的身分了。

「先生，你在那裡做什麼?」

男人和他維持安全距離，並把手放在腰際的電擊警棍上。

倒楣透頂。劉根本不知道有什麼合理的藉口能解釋他爬上人家屋頂的原因。

男人身旁的巡警人形先一步走近劉，用毫無起伏的聲音要他蹲在地上並將手放在腦後。

「用不著這樣吧。」

嘴上抱怨，劉也只能照做。

機器警察確認過身上沒有任何危險物品後，劉才被准許放下雙手。

「這裡很少有外國人來，尤其是你這種亞洲面孔。」人類警察說。「經驗告訴我，來了通常也不是為了什麼好事。」

劉想起布萊克本告訴他的話。如果老實向警察表明自己的身分，或許就不會被刁難。不過，從剛才警察的反應，搞不好布萊克本根本就在唬爛。

最後劉還是選擇噤口不言。

「無論如何，還是得麻煩你跟我回警局一趟了。」

4

像錫勒斯這種面臨人口快速流失的小鎮很少真的會發生什麼案件，所以小鎮在經過人員精簡後，只有兩名人類警官和數名人造警察值勤。

因此，逮到劉的這名二十幾歲小夥子，可說是和即將退休的老學長一肩扛起了錫勒斯的安保工作。

劉無趣地看著警局牆上一張張相片，其中一張是那小子和小鎮巡守隊成員合力把小貓從樹上救下來後的合影。

三個大男人和一個抱著貓的老太太笑得開懷，看在劉的眼裡只覺得這群人都是傻子，看來他們跟連燈泡都不會換的波蘭人也沒什麼兩樣，不過是救個貓咪也要三個人七手八腳。

「不知道該怎麼稱呼你？」

男人端著兩杯熱可可來，並將其中一杯遞給劉。

劉接過熱可可，巧克力的香氣讓他決定暫時放下心中的成見。

「劉。」

「那是你的姓吧？有名字嗎？」

華人的名字對西方人而言很難發音，所以幼時劉被父母送到英國後也被迫起了個英文名字，就像妹妹莎莉一樣。

「雷。」

「你好，雷。我是麥可。」

劉握住麥可伸出的善意，也向他投以尷尬不失禮貌的微笑。

「雷，你能告訴我你爬上別人家的屋頂是打算做什麼嗎？」

「我聽到鳥叫聲，以為有鳥在煙囪裡築巢。」

這是耗費沖泡兩杯熱可可的時間所想到的理由，牽強得連劉都覺得好笑。

「是嗎？」

麥可的眉毛抽動一下，顯而易見他不買帳。

「所以你不認識那傢伙？」

「哪個傢伙？」

「那棟房子的主人。」

劉搖搖頭。

麥可一屁股坐到自己的辦公椅上，用下巴指了指劉說：「你不是第一個想闖進那棟屋子裡的人。」

劉沒有回話。顯然他臨時胡謅的藉口根本沒人會相信。

「賽伊這人是個無賴，偶爾才會出現在鎮上，不過就算他不住在錫勒斯卻還是被我們當作頭痛人物。因為他是個手腳不乾淨的癟三，有幾次要下手時都被我們抓個正著，所以在我們這邊留下不少案底。」

麥可取出其中一本放在桌上的資料夾，並在劉面前快速翻閱了一遍。

雖然碰巧得知了屋主的名字，但劉認為賽伊恐怕也不會是他的真名，可能整個身分都是竊取來的。

「不過除了當場人贓俱獲以外，我們沒有辦法證明這傢伙還偷了什麼東西，所以也有些衝動的人跟你一樣想直接去搜他的房子。」

麥可不疾不徐地說著，握在他手中的可可已經空了一半。

「只不過我不明白你這個外地人是跟那傢伙結了什麼梁子。」

他前傾身子，睜大了眼看著劉。「如果你想說你懷疑有東西被他幹走，還一路追到這小地方來……老實說我沒辦法相信。」

「要是我說事情就真如你所想的這麼單純呢?」

畢竟劉的確是來找東西的。

「我不知道你真正的目的是什麼,但你我都不想惹麻煩,而最好的解決方法,就是你答應我會滾出這個小鎮。」

劉打從心底認為,和被警察纏上相比,捽個幾次跤根本無所謂。

事到如今,也只能賭一把了。

劉從懷中抽出名片,希望名片上的公司商標能幫助這名警官想起他和人有過約定。

前提是布萊克本真的沒說謊。

「你在這工作?我對這家公司有點印象。」

去你的布萊克本!

什麼當作多一個貼身保鑣,今天你所謂他媽的保鑣才是最讓我頭痛的人!

劉摸摸鼻子收回麥可交還的名片,在心中不停咒罵信口開河的朋友。

這時,有人推開警局的門,掛在門上的鈴鐺立刻發出聲響提醒麥可。

兩人一同往門口看去,身形嬌小的金髮少女就站在門口。

「麥可,我等不到人,就只好自己過來找你了。」少女說。

「抱歉,瑪莉亞。我得先解決這傢伙的事。」

名叫瑪莉亞的女孩看向劉,想了一下,才敲敲掌心說:「啊,是救了我的那位先生。

剛才真是謝謝你了。」

對比在紅綠燈前時羞澀怕生的模樣，少女在熟人面前表現得自然許多。

「你說這人？救了妳？」

麥可一臉狐疑地問道。這讓劉在心中大讚少女來得正是時候。

還好有捽今天那一跤。

「嗯，我差點被車子撞到，多虧他拉了我一把。」

「跟妳說過多少次，不要以為路上車子少就走路不看路。」麥可抓抓額頭嘆了口氣，接著向劉說：「喂，是真的嗎？你真的救了瑪莉亞？」

說救有點太言重了，但劉也知道若是他沒有把少女拉開，女孩很可能會成為車下亡魂。

所以可以放我走了嗎？這句話劉只敢放在心裡。

他點了點頭，不作聲。

「你今天要來吃午餐嗎？」瑪莉亞向麥可問。

麥可面露難色，劉也知道現在警局裡只有麥可一個人值班，不可能拋下他跑去跟小女孩約會。

「你可以叫那些員警看住我，就放心去吧。」劉說。

「我才沒這麼傻，我知道你是靠什麼吃飯的。誰知道我會不會一回來就看到每臺機器都拿著槍對準我？」

白痴。

又一個把駭客工作當兒戲看待的傢伙，以為真的三兩下就能駭進人形的系統裡。如果劉真的有辦法，他早就叫那些機器員警把那人渣的屋子拆了，自己又怎麼可能落到被警察拘留的田地？

「既然如此，那請他也一起來不就好了嗎？可以嗎？麥可。」

「喂，瑪莉亞，這傢伙可是……」

話說到一半，麥可就語塞。

可是什麼？說劉私闖民宅也不對，他只是爬上人家屋頂而已，根本什麼也沒幹，至少，還沒幹。

麥可當然不認為自己的判斷有錯，但劉也的確沒做什麼傷天害理的事。

何況他對瑪莉亞有恩。

雖然麥可不會因為小小的善舉就對劉放下心防，但對單純的瑪莉亞而言，劉的確是救命恩人。

「你的名字是？」瑪莉亞問。

「妳可以叫我雷。」

「你好，雷，很高興認識你。」

「我也是，瑪莉亞。」

劉笑著對瑪莉亞說，而他瞇起的雙眼，兩顆眼珠的視野卻投放在麥可身上。

麥可的嘆息聲聽來無比悅耳。

「那就走吧。」麥可說。

像是個奇怪的遊行隊伍。

走在最前方的人和殿後的人彼此不交談，而位處隊伍中間的少女似乎無視這兩人的隔閡，不時和兩個人搭話。

「麥可是很好的人，只因為他是警察，所以才不得不對你這種陌生人提高戒心，希望你不要討厭麥可。」瑪莉亞還告訴劉，麥可常常會到她家一起用餐。

劉忍不住想起朱利安的事，用懷疑的目光瞄了麥可一眼。

「找機會我會跟你解釋。」麥可小聲地說。

瑪莉亞家在小鎮的住宅區，是一棟與別人比鄰而居的雙層集合住宅。對比稍早那棟紅磚屋，劉心想這才稱得上是給人住的地方。

瑪莉亞領著他和麥可來到餐廳，向劉問道：「雷要吃什麼？」後打開冰箱，將一盒千層麵放到微波爐裡。

搶在劉回答前，麥可先一步拿出從警局帶來的三明治，並分了其中一半給劉。

「他吃這個就夠了。」麥可說。

劉接過三明治，稍稍舉起它，象徵性地感謝麥可的好意後，開始啃起三明治。

「雷為什麼會來到我們鎮上？」瑪莉亞問。

「我來找東西。」劉隨口答道，接著向麥可問：「這是你做的？」

「是又怎麼樣？」
「挺好吃的。」
「你算了吧。」麥可刻意別過視線，這不坦率的舉動反而讓劉想起替他看家的事務機器人。
當然，莎莉絕對比他好一萬倍。
「找什麼東西？我能幫上忙嗎？」瑪莉亞追問道。
「恐怕沒辦法。」劉苦笑。
瑪莉亞鼓起臉頰說：「說說看嘛，你不說怎麼知道我們沒辦法幫你呢？」
看來她擅自認定麥可也會樂意對劉伸出援手了。
「哈哈，這很難解釋……」
劉朝四周張望，絞盡腦汁尋找能用來轉移注意力的話題，什麼樣的話題都行，只要能讓瑪莉亞放棄追問、讓麥可忘記追究他爬上別人家屋頂的事就行。
視野中出現一個熟悉的物件。
「嘿！那不是Sylvan's 的娃娃嗎？」劉發出像小孩子般興奮的聲音。
一隻穿著圍裙的松鼠玩偶倒在廚房的矮櫃上。
瑪莉亞轉過頭去，也發出驚呼：「為什麼松鼠姊姊會在這裡？明明找了好久都找不到的！真是的，這段期間妳到底跑到哪裡去了？」
聽見瑪莉亞稱呼那隻松鼠玩偶「松鼠姊姊」，讓劉忍不住「噗」地笑出聲來。這讓瑪莉亞有些難為情地喊道：「有什麼好笑的！」

「沒什麼，只是覺得妳的用詞很有趣。」

他指著被瑪莉亞捧在手心裡的松鼠玩偶說：「其實我也很喜歡Sylvan's的娃娃。」

「松鼠姊姊是我六歲時的生日禮物，還好沒有真的弄丟，太好了。」

瑪莉亞將松鼠娃娃放在胸前說。

「因為我很擔心這些娃娃自己亂跑，所以現在都不太敢把他們拿出來玩。」

「不是因為妳已經十三歲了嗎？」一旁的麥可笑道。

「才不是呢！你剛剛都聽雷說了，他也很喜歡Sylvan's，這和年紀沒有關係！麥可真討厭。」

「你喜歡這些娃娃？少噁心了……」麥可斜著眼露出討人厭的笑容對劉說。

劉根本懶得管麥可怎麼想，他告訴瑪莉亞這些人偶很乖，只要好好告訴他們留在家裡就絕對不會亂跑。

「是嗎？我都不知道他們這麼聽話呢。」

瑪莉亞說完，對著手上的人偶說：「不要再亂跑了哦，松鼠姊姊。」但松鼠姊姊並沒有回應。

「大概是沒電了。」劉說：「先去找發條幫她充電吧。」

瑪莉亞點點頭後跑出餐廳，回來後手上除了松鼠玩偶外還多了個小發條。

那個發條就是Sylvan's系列產品的通用電池。

在等待松鼠玩偶充電時，劉又告訴瑪莉亞幾個對玩偶下達指令的小訣竅。

「……這些人偶雖然有辦法靠自己理解家的範圍，但妳如果告訴他們『不要離開餐廳』就沒有用，因為在妳家餐廳跟廚房是相連的，這之間沒有明確的分界線，他們會因此判斷廚房也是餐廳的一部分，所以人偶還是有可能走到廚房。」

「就是因為這樣，我之前才都把他們留在小鎮裡，怕他們亂跑。」

「如果妳有明確告知他們，或是周遭環境能讓ＡＩ辨別出活動範圍，那人偶就不會隨便跑到範圍外。」

其實這些都是ＡＩ設計的簡單邏輯，只是劉不打算跟小孩子講太艱澀的觀念。這種事情等她未來有機會修邏輯學和程式語言時再思考就行了。

「雷，你真的懂得好多……」

「哈哈，畢竟我是Sylvan's的頭號粉絲啊。」

這大概不是真的，但劉的確有資格自詡為最了解這些小人兒的人。

倒是麥可很不以為然地說：「都幾歲的男人了還在搞這種扮家家酒。」

麥可的音量掌握得很巧妙，足以刺痛劉的耳膜卻又不至於讓瑪莉亞聽見。

「警官，我勸你別小看這些娃娃。像是瑪莉亞手上的松鼠姊姊，那年還出了限定異色版，現在在拍賣上一隻可以賣到五百美金。」

異色版和普通版的差異是圍裙的顏色，普通版的松鼠姊姊圍裙是黃色的，限定版的圍裙則是以綠色為底，上頭還有環保組織的標誌，是Eproach當初和公益團體聯名推出的限定商品。

「神經病……」

「但你不可否認創造他們的日本人很會做生意。」

麥可瞇起眼，也點點頭說：「的確是這樣。」

吃完午餐後，劉向瑪莉亞借了廁所，這個舉動又引來麥可白眼。

其實經過這場飯局，劉也看出麥可並不是壞人，只是個性有點討人厭，雖然這也和他們糟糕的相遇方式有關。

他坐在馬桶上，同時拿出手機，準備好好臭罵遠在美國的布萊克本一頓，其次才是向他報告最新發展。

NoLimitRapture 不僅是個變態戀童癖還是個偷竊慣犯，雖然後者相較前者顯得微不足道，但至少他能確定這人渣在這個小鎮也不受歡迎。

如果順利的話，他搞不好能利用這點，和麥可達成脆弱的同盟。

這樣就算布萊克本沒辦法提供支援也無所謂，他自己能搞定。

正當劉默默盤算下一步該怎麼辦時，聽見有人在呼喚他。

「嘿！」

劉東張西望，不過密閉的廁所怎麼可能會有人呢？

「嘿，先生，請低頭看看好嗎？」

他老實地依照聲音的吩咐低下頭，映入眼簾的，是一隻和松鼠玩偶體型相仿的小灰兔。

一樣是Sylvan's的產品，劉記得官方給這隻兔子的人物設定是「灰兔老師」。劉正想叫瑪莉亞，告訴她她把玩具落在廁所裡了，但還沒開口，灰兔子就先向他自我介紹道。

「你好，雷，我已經恭候你大駕多時了。我是蘇利文，想和你做個交易。」

小灰兔伸出毛茸茸的手掌，那副一本正經想握住劉的手的模樣，簡直滑稽得可愛。

5

當劉回到餐廳時，松鼠姊姊已經充好電了，瑪莉亞正在跟她說話，而對這些玩具毫無興趣的麥可則在翻閱隨手拿來的雜誌。

「松鼠姊姊，這陣子妳跑去哪了呢？不管怎樣都找不到妳，讓我好擔心呢。妳知道除了妳之外，森林裡還有幾個好朋友也消失了嗎？」

「親愛的瑪莉亞，我一直都在餐廳等妳來找我玩呀。等了好久呢，害我都以為瑪莉亞再也不理我了。」

「才不會呢，你們是我最重要的人呀。」

「那蕾娜呢？她不也是妳最好的朋友嗎？我還記得以前妳每個禮拜六都會帶我們去找她玩呢。」

「吼，那是以前了，她現在也和我讀不同校，我們見面的機會越來越少了。」

「真是遺憾。」松鼠姊姊彎下身子，像是斷線的木偶。這是沒有表情變化的人偶用來表示「沮喪」的共同行為。

接著，她又高舉雙手，告訴瑪莉亞：「不過，這樣一來瑪莉亞就有更多時間陪我們了！要是瑪莉亞下次能夠帶我去找蕾娜就更棒囉！」

當然，高舉雙手也是人偶表達「開心」的方式。

靜靜聆聽瑪莉亞和玩具對話的劉，仔細咀嚼著松鼠人偶每一句話的應對方式，試圖找出這之間有沒有任何不符合AI行為的邏輯漏洞。

但是沒有，松鼠姊姊的應對方式完美遵循著當初他設計給Sylvan's使用的人工智慧。當瑪莉亞向松鼠姊姊表示自己和朋友疏遠時，松鼠姊姊雖然開心地說自己和瑪莉亞的相處時間能因此變多，但也不忘提醒瑪莉亞要繼續和朋友維繫感情。

涵括人類社會所有善良、光明、積極的面向，這就是Sylvan's娃娃人形的完美AI。

「我該走了。」

麥可放下手邊的雜誌，又用眼神向劉打了信號，要他跟著一起同行。

「要走了啊……」瑪莉亞失望地說。

「對了，瑪莉亞，今天妳爸爸會回來嗎？」

瑪莉亞拿出手機，大概是在確認父親有沒有傳訊息給她，隨後她搖搖頭道：「今天應該也沒辦法，他有很重要的手術要做。」

「知道了，那我晚餐時再來。」

麥可隨便揮了揮手跟瑪莉亞道別，劉緊跟在他身後。

剛從暖氣房走出來，外頭寒風刺骨讓劉冷得直打哆嗦。一想到少了瑪莉亞當中間人打圓場，不僅得跟這警察獨處，還不知道待會要被他纏著問東問西問多久，就讓劉覺得全身無力。

「你住哪？」先打破沉默的是麥可。

「Ibis。」劉報出了他所入住的連鎖飯店的名字。

「哦，那還挺近的。順路，就一起走吧。」麥可用輕快的語氣說道，這讓劉一時不知該如何反應。

對比他們第一次見面時態度，這反差太劇烈了。

「呃。」

「怎麼了？」

「我沒聽錯吧？你要放我回去？我是指，你不用再纏著我問些狗屁倒灶的事嗎？」

「嘿，你沒必要用這種口氣說話。」

「原諒我。」劉說：「畢竟我們一開始讓彼此都不是很愉快。」

「是啊，還真不知道是誰的問題。」麥可冷笑道。「你沒有聽錯，你可以回去了，擅自爬上別人家屋頂的事我不打算追究，只要你能保證不要再給我惹麻煩就行。」

「理由是？」

「理由是我爽，這樣滿意了嗎？」

沒等劉回話，麥可搔了搔頭，從口袋裡取出兩根菸，一根銜在嘴裡，另一根遞給劉。值勤時不能抽菸，這是行之有年的禁令。麥可這個舉動若不是他神經大條，就是想主動對劉釋出善意。

不過這一連串的動作間有顯著的停頓，說明麥可內心仍在猶豫。

「不了，我不抽菸。」

「隨便你。」麥可碎念道，點燃了口中的香菸，隨後緩緩吐出一口白煙，白縷般的煙霧立刻消失在空中，成為冬風的一部分。

「你知道，我很少看到瑪莉亞發自內心地露出笑容。」麥可說，但沒看著劉說，他仰起頭，正看著灰濛濛的天空。

他接著說：「那孩子過去碰上了點事，我不知道你看不看得出來。」

劉聳聳肩。說實在的，他很少花心思在研發和工作以外的事，尤其是把心力浪費在觀察周遭人事物上，他也承認這爛個性若不是遇到布萊克本那種腦子也不太正常的人肯定會吃不少虧。

「這樣也好。」麥可露出淺淺的微笑，又吸了一口菸。「或許就是因為你神經夠大條才有辦法用平等的眼光看待那孩子。」

「我是真的不認為那孩子跟其他小鬼有什麼不一樣。」

「她十三歲了，雷。我能理解你說那些娃娃的客群不僅限於孩子，但你不覺得瑪莉亞對待那些娃娃的態度太超過了嗎？」

「是嗎？」

「就是。」麥可堅定地說。「你還記得她是怎麼跟那個松鼠娃娃說話的，她的語氣、用字，仍然像是個學齡前的小朋友。和她同年紀的孩子都已經不會再跟娃娃說話了，她正邁入青春期，這可能是人生少數幾個重要的時段之一，但瑪莉亞依然專注在她的扮家家酒上。」

「我倒覺得以一個警察而言，你管太多了。」

「我知道瑪莉亞家裡的狀況，我認為我有責任幫她。你真的覺得蕾娜疏遠她的原因是單純因為兩個女孩就讀不同學校嗎？」

蕾娜就是松鼠人偶提到的，瑪莉亞最好的朋友。

「我怎麼知道。」

「最後一次蕾娜來她家玩時我也在場，那是去年的事。那時候的蕾娜已經對這些人偶毫無興趣了，她甚至偷偷告訴我她覺得十幾歲還會跟人偶說話的瑪莉亞很奇怪。」

「這只是證明兩個女孩的友情比你想像中更脆弱。」

劉認為，就算自己碰上和瑪莉亞類似的狀況，他也不會為此改變自己而不再跟人偶遊戲。在某些面向他比任何人都還要固執，他有這份自信，因為他也是一路遭受異樣眼光成長的。

而若是少了這份固執，他很清楚自己沒辦法堅定不移地往理想邁進。

「那是因為你不知道瑪莉亞經歷過什麼，所以才能說這種風涼話。」

「那你又知道我經歷過什麼了?」
「如果你有興趣分享,我洗耳恭聽。」
顯然麥可不吃這一套,說不定劉還正中他下懷。
劉咋舌,要麥可繼續說下去。
麥可說,瑪莉亞的父親在鄰近的卡萊爾市醫院裡擔任外科醫師,這份薪水優渥的工作讓瑪莉亞沒辦法每天都見到父親,父女碰面的時間常常剛好錯開,可能她父親剛結束一場手術能趕回家時,瑪莉亞正在上學,而當瑪莉亞放學回家時,父親又被召回醫院。
這也是為什麼麥可常常跑去瑪莉亞家和她一起用餐的原因。哪怕是多一分一秒也好,麥可都希望能替這孩子緩解寂寞。
「我沒有聽到你提起她母親。」劉說。
「瑪莉亞九歲時,她媽媽因為難產而死。」
劉沉默地點點頭。
「這大概是其中一個原因,但我覺得瑪莉亞是從去年開始才變得這麼依賴那些娃娃的。」
「去年?去年發生了什麼事?」
「她弟弟湯姆失蹤了。」
該死。
「那是五月的事,那時湯姆才三歲,瑪莉亞和蕾娜約好出去玩,不在家,回來時就找不到湯姆了。你大概想像得到瑪莉亞對此有多自責，的確，把三歲小孩一個人扔在家確實很危險，但不能因為這樣責怪瑪莉亞，她還只是個孩子，她也不知道會發生這種事。」

「有人闖進瑪莉亞家嗎？」

麥可搖搖頭，表示不知道。

「這很難說，瑪莉亞回家時確實發現家門是敞開的，但她也說自己離開前有記得上鎖。照理來說是不會有人能闖進去帶走湯姆，除非……」

「除非？」

「除非湯姆自己開門。」麥可換了口氣，繼續說道：「湯姆有可能溜出去後就找不到回家的路了。以湯姆的身高，是有可能搆得到門把的。」

「也有可能是誰來敲門，湯姆沒想這麼多就把家門打開，然後被人帶走。」劉說。

「我們也考慮過，畢竟三歲的孩子可能還不知道陌生人的危險，搞不好他根本就把對方當成是提早回來的姊姊或爸爸。」

「你們找過了嗎？這座城市感覺不怎麼大，應該不用多久就能搜完。」

「當然，不僅我們警局，巡守隊的人也全都出動了，海邊、河畔，能找的地方幾乎都翻遍了，但是沒有人找到小湯姆。」

「小孩子迷路不太可能走多遠。」

「是啊，所以我們已經做最壞打算了。湯姆的事情讓我們得到了更多人手，只能祈禱不要再有孩子碰上同樣的悲劇。」

麥可說的人手是指機器警察。劉也同意，如果只是要維護治安、加強巡邏，那這些鐵皮警探的效率比人類警員好太多了。在他們的數據庫裡就有全國通緝犯的長相和名字，必要時肉搏能力也絕不會輸。

畢竟鋼鐵和血肉，每個人都知道硬碰硬是誰吃虧。

「我很遺憾，麥可。」

聽完瑪莉亞的故事，劉是發自內心替她感到難過。幼年失去家人的痛苦劉感同身受，何況，瑪莉亞還在她十幾年的人生中歷經過兩次與至親的別離。

他逐漸明白麥可為什麼會如此關心瑪莉亞了。

「所以我認為是這些事情才讓她離不開那些人偶。」麥可說：「她很寂寞，她需要這些玩具填補她內心的空虛。」

「既然如此就別干涉她，讓她自己決定要怎麼調適。」

「我只是擔心她會一輩子都這樣，總有一天瑪莉亞得學著面對現實。」

劉沒有再回話。因為遲遲等不到進一步的回應，所以麥可也閉上嘴維持沉默。

兩人保持一前一後、恰到好處的距離，往劉下榻的旅館走去。

分手前，麥可扔掉手上的菸蒂，從懷裡取出一本筆記本後又從外套的口袋裡掏出原子筆，在上頭抄寫一組號碼後，將那頁撕下來塞到劉手裡。

「這是什麼？」

「我自己的號碼。如果你有需要，就打這支電話，不用打到局裡煩其他人。」

劉不確定麥可是不是在開玩笑，但他還是因為這突然的舉動被逗樂了。他拿出手機，照著號碼按壓數字鍵，隨即麥可口袋裡的手機立刻響起。

「你大可不必用這麼老派的做法。」他舉起手中的紙條。「不過我還是會把這張紙留作紀念的。」

「我說了，你如果真的需要幫忙，我很樂意幫忙，只要你願意跟我坦承你來到錫勒斯的原因到底是什麼。相對的，有機會的話我希望你能陪我多去看看瑪莉亞，至少在你還留著的期間，幫我跟她多聊聊。」

麥可大概是發現劉對那些小娃娃的理解能夠讓瑪莉亞敞開心扉，這是他這個對小玩具毫無興趣的大男人所辦不到的。

而有好幾次，劉也都萌生乾脆把一切如實吐出的念頭，老實告訴麥可他橫跨整個大西洋，就是為了來找一個天殺的神經病收藏的問題人偶，而這個想法在劉聽見湯姆失蹤的事時變得最為強烈。直覺告訴他，他要找的人渣賽伊八成和湯姆的失蹤脫不了關係。

只是他最終仍沒有向麥可吐露實情。

即使麥可真的因為瑪莉亞而把他當自己人了，但劉還沒有。

再說，事到如今，他不確定還有沒有這必要。

「有機會吧。」

劉向麥可擺了擺手，接著便轉身走進旅店。

6

劉不知道是不是整個英國境內都還奉行著這套規則，但他認為在如此寒冬中還要為了省電而把暖氣定時切斷的舉動真是瘋了。

一回到旅店，他立刻脫掉衣服走進淋浴間暖暖身子，盡可能讓自己的體溫足以對抗室內驟降的溫度。

脖子上掛著浴巾，當劉走出浴室時，他的小小客人正在閱讀旅店客房服務的簡介。

「有看到什麼有趣的嗎？」

他向那隻正站在桌上專注閱讀的小灰兔搭話。

小灰兔只瞄了他一眼後又把視線放回文宣上。

「這裡的物價和我過去蒐集的情報不太一樣，一份早餐不應該賣到十鎊，我可以視為這是某種對基本生存條件的剝削嗎？」灰兔說。

「沒必要這麼誇張，這裡是飯店。既然入住了妳就不能跟他們要求炒蛋的價格合理性。」

劉在Sylvan's的ＡＩ裡面並沒有寫入針對物價變化而該採取怎樣的邏輯行為，畢竟玩具世界不需要面對複雜的通貨膨脹問題，所以這些人偶在出廠時只知道「一手交錢，一手交貨」的基本道理。

「真特別。針對你們在貨幣上的活用及不穩定性，我會謹記在心，盡可能避免幸福森林也發生類似的案例。」蘇利文說。

「以一隻設計給孩童的玩具而言，妳表現得有些太睿智了。」劉把毛巾扔到床上，拉開書桌前的椅子，在蘇利文面前坐下。

「是嗎？」蘇利文轉頭反問道。「但求知是人的本性，我不認為這樣有什麼不好。」

「是不會。」

作為擁有「老師」這個身分的蘇利文，AI擁有類似的性格沒什麼好奇怪，但作為一個「人偶」，是否有必要對人類社會表達如此高度的好奇心還有待商議。

「所以妳能告訴我，聽妳的話把妳從瑪莉亞家帶出來有什麼好處嗎？」劉問。

「在談這個之前，我應該稱呼你為劉還是雷？哪個對你而言比較禮貌？這讓我很困擾，畢竟我不希望在無意之間惹你不快。」

「隨便妳。我的脾氣還不至於差到會介意這種小事。」

「那我決定遵從我個人喜好而叫你雷。」蘇利文若有所思點點頭，接著又開口問：

「雷，你現在的工作是什麼？」

「某間科技公司的技術顧問，常被底下人誤以為是肥貓的可憐蟲。」

「以前呢？」

「AI設計師、工程師、研究員，反正這類型的工作我大致上都碰過。」

劉不認為小灰兔聽得懂他的話。

然而，小灰兔的下一句話反倒讓他大吃一驚。

「那在你的職業生涯中，是否參與過Sylvan's產品的設計？」
「妳是從哪聽來的？應該說，這句話是誰教妳說的？」
「教？你誤會了，雷。這是出於我個人意志所做的發言，和其他個體沒有關係。」
「不，我的意思是……該死，從一開始我就覺得妳很奇怪。有哪隻人偶會溜進廁所要我帶她逃出主人家，還正好開出了我沒辦法拒絕的條件。」
「條件？你是指協助你找出問題人偶嗎？」
「是的。以一隻娃娃而言，妳的情報量多得不可思議。妳知道妳根本不該意識到自己是被人製造出的『產品』嗎？」
Sylvan's出問題的事，照理來說只有開發商Eproach和布萊克本及劉知道，這是必須誓死保密的產品漏洞，然而這件事卻被一隻兔子玩偶打聽得一清二楚。
「雷，你還沒有回答我的問題。你是否參與過Sylvan's產品的設計？」
「何止參與，我他媽就是設計你們那顆小腦袋的人。」
「請不要爆粗口。對於賦予我們智慧的人，我理應抱持著崇敬的眼光看待，而我不希望對你的評價因為一時的情緒性發言而降低。」
你們才沒有智慧。這些都只是模擬運算的結果，是一道道算式的推演告訴妳該如何回答、該採取怎樣的反應。
原本劉大概會如此反駁蘇利文，但現在的他在見識到蘇利文超然的談吐與表現後，他已經搞不清楚這個ＡＩ究竟是出了什麼問題。

題而易見，蘇利文本身就是一個標準的問題人形，如果說蘇利文的每一句話不是經由人為竄改而是演算法推演的結果，那肯定是在騙人。

問題是，誰更改了蘇利文的邏輯？劉不敢咬定世界上沒有人辦不到，但他知道一個普通小鎮裡絕對不可能剛好出現這麼一個讓人畏懼的天才。

老天，這可是Eproach旗下最知名的玩具品牌，還是劉編寫過的AI中最讓他滿意的作品耶。

而如今這問題人偶竟然還主動向他提出條件，表示願意協助找到其他問題人形。

這對劉而言無疑是好消息，但也可能是更大的陰謀布局。

可是現階段，劉也只能將計就計。

「對，妳的猜測沒有錯。你們的邏輯是我編寫的，數據庫也是由我管理，所以我對你們瞭若指掌，你們知道什麼、不該知道什麼我都很清楚——原本是這樣的。」

「原本？」

「但是因為妳，讓我重新審思自己的作品是不是真的出了無法忽視的問題。」

「那麼我很樂意協助你找出問題所在。」蘇利文說完，又指著自己的臉說：「你應該看得出我正對著你微笑吧？」

劉搖頭。「別忘記妳的嘴巴是用毛線縫的，根本不可能微笑。」

「我明白了，看來這又是認知竄改的結果。我的說法對嗎？認知竄改。」

「我更希望妳稱呼它『邏輯補正』。」劉苦笑。「『竄改』聽起來不是那麼好聽。」

「明白了。邏輯補正、邏輯補正，我會好好記住。」

蘇利文所叨念的邏輯補正，是指玩具的ＡＩ邏輯與現實狀況產生誤差時，系統會自動修正成最合理情況的現象。

例如人偶本身雖然沒有辦法做出喜怒哀樂的表情，但兩個人偶個體產生互動時，彼此的邏輯會正確告知對方的情緒變化。

因此，劉無法察覺蘇利文等人偶的表情，但蘇利文卻能夠看到其他人偶皺眉、哭泣。

「那麼，有時候我們會失去記憶，這也是邏輯補正的結果嗎？」蘇利文又問道。

「我需要個例子。」

「我發現人偶只要留在小鎮，就沒辦法想起有關主人瑪莉亞的事。」

「因為我替你們編寫了兩套邏輯。一套是用來模擬你們在小鎮時過生活的思維模式，另一套是當瑪莉亞要和你們一起玩的時候，用來指導你們要如何應付瑪莉亞。」

有的孩子喜歡親自和玩偶一起遊樂，有的孩子則是喜歡扮演心愛的玩偶和其他娃娃人形互動、扮家家酒。劉就是考慮到孩子有不同玩法才會編寫兩種ＡＩ，而兩套ＡＩ彼此不干涉。

這就是蘇利文所說的「失憶」。

劉不認為蘇利文能明白他的話，照理來說，人偶的ＡＩ也會因為邏輯補正而自動忽視這類問題。

但蘇利文還是點了點頭。

她接著張開雙臂，說：「雷，請抱我。」

劉不確定該怎麼做，只好伸出掌心放在蘇利文前面，蘇利文爬上他的手，接著說：

「帶我去窗戶前。」

劉照做，蘇利文的絨毛手掌貼在冷冰冰的玻璃上，看著窗外的降雪。

「我們的小鎮不會降雪，也不會下雨，太陽一天出來的時間大概只有三個多小時。」她說。

「但是你們應該都知道雨和雪是什麼。」

因為小朋友也可能會把玩具帶出門，所以在娃娃的邏輯裡，雨和雪單純就是「不會出現在小鎮裡的自然現象」。

就像熱帶國家的居民也是依靠影劇或書本理解到雪的性質，娃娃世界裡的天氣變化又是另一個邏輯補正的例子。

「雷喜歡雪嗎？」

「說不上喜歡。太冷或太熱都不好，幾乎所有材料都會因為溫度變化而影響精確性。」

「是嗎？但是我很期待能看到不一樣的天氣。有很多知識是單憑書本上的文字無法體會的。」

「妳似乎讀了不少書。」

Sylvan's 的玩具裡也包含書本的模型讓人偶閱讀，但因為只是模型，所以上面並沒有寫任何文字，人偶進行讀書的動作也只會讓他們產生「我在讀書」的感覺，實際上無法藉由書本得到任何資訊。

因此，劉這邊所指的，是真正的書本。就像剛才蘇利文靜心閱讀旅館文宣一樣，他認為蘇利文在瑪莉亞家時一定翻了不少書。

「畢竟我是老師，有教育下一代的責任。」蘇利文說出像是劇本上的臺詞後，微微嘆息道：「但不是每個孩子都能成功吸收新知。」

「這一點現實世界也是如此，呃，我是指人類世界。」

「你不用因為考量到我而更改用詞，遵循你原本的想法就好，雷。」

說完，蘇利文後退幾步離開窗邊，轉身告訴劉她看膩了。

「謝謝你帶我出來，現在我們來談談你的問題吧。」蘇利文坐回書桌上，劉還特地拿了飯店附的紅茶包給她當椅子。

「你能詳細告訴我你來到錫勒斯的原因嗎？」

這是個奇怪的光景。

ＡＩ設計師正向他手下的產品解釋產品中的漏洞，並向她尋求協助。

可是蘇利文或許能成為他的突破口，劉有預感。

但不管蘇利文再怎麼聰明，劉認為要讓她理解人偶邏輯出錯的問題點還是不容易。

「蘇利文，妳能打我嗎？」劉把食指伸到蘇利文面前，要她用絨毛手掌揍自己一拳。

「像這樣？」蘇利文伸出拳頭，向劉的指尖打去，小小人偶的奮力一拳當然不痛不癢，劉接著問：「妳有什麼感覺？」

「沒有感覺。」
「那麼，妳能想想會讓妳感到生氣的事，然後再打我一拳嗎？不，不用打的也沒關係，總之請妳把我當成仇人看待，要怎麼樣都隨便妳。」
「仇人是指討厭或對其有所不滿的人對吧？」
「是的。」
劉期待蘇利文能對他做出與棕熊叔叔對白兔姊姊暴行相仿的舉動。
「我試試看。」
蘇利文停頓了幾秒，接著又揮出好幾拳。
「怎麼樣？」
「和剛才的力道一樣。妳剛才是想到什麼事？」
「壞壞神的事。」
「壞壞神？」
「總之，就是記憶中最讓我感到憤怒的事情。」
「我明白了。看來妳在肢體語言的表現上並沒有出現明顯問題。」
至少，劉很肯定蘇利文對負向情緒的運算表現還在原本的設計中。
當然，他知道蘇利文也是其中一個 Bug 人偶，但目前蘇利文的行為都顯得合宜，眼下該解決的還是人偶出現嚴重暴力傾向的事。
「我該感到開心嗎？雷，這與你預期的結果相符嗎？」

「對妳而言當然是好事，但對我而言……」劉頓了一下：「目前還很難說。」

「所以你這趟來的目的，就只是要回收有暴力傾向的人偶？」

「回收只是手段、過程，我真正的目的是要知道原因。蘇利文，妳是瑪莉亞家的人偶嗎？」

「對，怎麼了嗎？」

「在這之前妳有過其他主人嗎？」

「沒有，從我被拆封之後就一直待在瑪莉亞家。」

拆封……這又是一個邏輯補正沒有正確發揮功能才會出現的用詞，人偶的記憶始於他們被消費者喚醒的那一刻，根本不該知道自己曾被放在玩具店裡兜售。蘇利文本身並沒有察覺自己言詞的突兀，但身為設計師的劉卻對人偶的每一個用字遣詞特別敏感。

「那妳有見過白兔和棕熊樣貌的人偶嗎？」

「白兔和棕熊……不，瑪莉亞家沒有這樣的人偶。」

「瑪莉亞家以外的地方呢？例如瑪莉亞的朋友有沒有類似的玩偶？」

「我是有見過白兔，那是我獨自離家時看見的。」

「老天，妳還離家出走過？妳到底是出了什麼問題？」

正常人偶都有判讀住家範圍的能力，在他們的邏輯中，絕對不可能主動離開主人家以外的地方。甚至像松鼠姊姊那樣，只會被限制在特定房間裡活動。

「我更希望你用『好奇心』來形容我的行為。」

蘇利文的答覆總是優雅又有餘裕，劉雖然看不見，但很確信此時此刻的她臉上肯定掛著微笑。

「既然妳有辦法獨自離家又為什麼要我幫妳?妳大可靠自己溜出去。」

「的確可以，但經驗告訴我你們的世界充滿危險，我需要可靠的保護者，同樣是經驗告訴我，成年男子通常在人類社會中擁有最高的地位。」

「看來妳連性別歧視都知道了。」

「只是略懂。我必須聲明，作為女性被設計出來的我並不喜歡你們所建立的這項傳統，但我能理解並想像這之間的歷史脈絡。」

「沒關係，我只相信個人的能力。」

「看來你對自己相當有自信。」

「我只是單純對人反感。」

劉清了清喉嚨，接著說：「回到原本的話題吧。妳說妳見過白兔?」

「是的，我在小鎮散步時從別戶人家的窗戶裡看過和我身形相仿的白色兔子人偶向我招手。」

「妳是在哪見到她的?」

「我沒辦法告訴你確切的位置，但我可以帶你去，我還記得路。只是雷，我不確定你要找的兔子和我見到的兔子是不是同一位。再說，從你剛剛的故事聽來，兔子已經壞掉了。」

「如果兔子壞掉了就想辦法找到棕熊，反正我一定得找到他們。至於是不是我要找的兔子，就只能賭一把。」

劉認為，這世界不會有如此巧合的事。

同樣身為問題人偶的蘇利文也出現在錫勒斯，那她見到的那隻兔子很可能就是朱利安影片中的兔子。

他甚至覺得一切順利過頭了。

蘇利文為什麼要找上他？從他們初次見面時蘇利文的言行來看，她好像早就知道劉會來到錫勒斯。

如果這一切都是某人撒下的餌食，等待劉上鉤，那他的確成功了。

若說現在的蘇利文只是具空殼，實際上操控她的人潛藏在幕後也沒什麼好意外。

只是辦得到嗎？這是劉所自豪的產品，是他的孩子，ＡＩ有可能真的會如此輕易被人竄改嗎？

「蘇利文。」

「怎麼了嗎？」

「我能相信妳嗎？」

蘇利文猶豫了一會兒。

「為什麼這麼問？」

「因為我對妳一無所知。」

「錯了，你絕對是世界上最了解我的人。」

蘇利文說得沒錯，因為劉是Sylvan's人偶的設計者，但正因為話出自蘇利文之口，劉才不得不多反覆咀嚼幾遍。

畢竟這句話不該由玩具說出口。

「所以你應該很清楚，所有幸福森林的人都是騙子（All Sylvan's are liars）。」

劉長嘆一聲，別過頭去，讓窗外紛落的雪片占據他大部分的視野。

「我討厭埃庇米尼得斯（Epimenides）。」

第二幕・愛搗蛋的神祕怪盜栖

1

自從真理亞的媽媽被打爛後，真理亞就一肩扛起了照顧弟弟十夢的責任。雖然爸爸偶爾也會回家照看弟弟，但工作忙碌的爸爸要和惠美姊姊留在診所替小鎮居民的健康把關。因此真理亞必須盡快成為能夠獨當一面的出色兔寶寶才行。

真理亞並不喜歡十夢，因為十夢常常吵吵鬧鬧，吵得鄰居無法睡覺，雖然鄰居綿羊奶奶笑著說小孩子有活力是好事，但真理亞也知道綿羊奶奶每天晚上都得戴著特大的耳塞才能入睡。

打擾鄰居還是其次，真理亞最介意的是弟弟十夢讓她常常沒辦法跟好朋友摺耳貓玲奈一起出去玩，還害她不能去上佐理伴老師的課。

這都是因為真理亞必須留在家照顧十夢的關係。

年紀輕輕，就得體會當媽媽的辛苦，真理亞覺得自己真是太倒楣了。

自從壞壞神把媽媽打爛之後，也過了三年。雖然十夢變得比較沒那麼愛哭了，但精力充沛的十夢讓真理亞完全沒有喘息的機會。

這三年，壞壞神沒有再出現，小鎮裡甚至還有更多居民遷入。

除了弟弟十夢的誕生以外，新搬來的海獺一家還有猴子夫婦也替幸福森林小鎮注入新的活力，另外，泰迪熊姊姊的甜甜圈鋪也開張了，美味的甜甜圈立刻擄獲了所有小朋友的胃。

雖然真理亞還是很想念媽媽，但她也明白時光不等人，這個世界上依然還有很多新奇好玩的事等著她去探索。

這天早上，真理亞吃完早餐，正在替弟弟十夢餵奶時，門外響起了聲音。

「真理亞，我來找妳玩囉。」

是玲奈的聲音。玲奈知道真理亞要照顧十夢不方便出門，所以常常來找她。

「抱歉，玲奈。我剛剛在餵十夢喝奶。」

玲奈搖搖手說：「沒關係啦，需要幫忙嗎？」

「不用不用，趕快進來吧。」

玲奈很喜歡十夢，似乎女孩子都對小嬰兒很沒抵抗力，但真理亞認為這是因為十夢不是玲奈的親弟弟，所以她看待十夢就像看待寵物一樣，想陪她玩時就來找她，累了就拍拍屁股走人。真理亞承受的壓力，她一點都不了解。

玲奈抱起十夢玩飛高高，但是和真理亞同樣只有五個蘋果高的玲奈抱不太動有七個橘子重的十夢，走路歪歪斜斜的，讓一旁的真理亞看了都要捏把冷汗。

「小心點，玲奈。」

被高高舉起的十夢「哇咿哇咿」地發出開心的笑聲。

「十夢，我叫什麼名字呢？」

「理……理奈，姊接。」

十夢還不太會說話，咬字也不太清楚，不過聽見自己的名字已經讓玲奈非常開心。

「好棒哦，十夢。」

玲奈把十夢抱回嬰兒床上，向真理亞問道：「既然十夢也吃飽了，等他睡著後，要不要一起出去玩呢？」

「和玲奈一起嗎？」

「嗯，如果真理亞想要的話，我們也可以去學校看看佐理伴老師在不在，真理亞已經好久沒有見到佐理伴老師了吧？」

這都是因為十夢的關係。

「但如果被爸爸發現我把弟弟扔在家裡一個人出去玩會被罵的！」

「唉呦，勝二伯伯很忙，真理亞不用瞎操心啦，只是出去一下下而已，伯伯才不會知道呢。」

真理亞禁不起玲奈的盛情邀約，再說她也很想和玲奈一起出去玩，更想見見好久不見的佐理伴老師。

等十夢睡著後，兩個女孩躡手躡腳地打開家門，偷偷溜了出去，過程悄然無息，熟睡中的十夢完全沒有發現姊姊已經出門了。

真理亞和玲奈手牽著手一起走在小鎮的街上，目的地是幸福森林學園，鎮上的大家看到好久不見的真理亞都向她打招呼，真理亞也熱情地回禮。久久沒有出門，外頭的空氣聞起來特別清新！

「小偷！把我的衣服還來！」

聽見身後傳來尖銳的叫聲，兩個人立刻轉身，沒想到一個黑影突然衝來，把真理亞和玲奈撞開，一貓一兔都摔得一屁股跌坐在地上。

「嘿嘿嘿！這件漂亮的洋裝已經是我的東西了！」

把兩人撞倒的是一隻身穿披風、戴著眼罩的狐狸，他手上抓著一件粉紅色的洋裝，正回頭吐舌做鬼臉。

真理亞立刻就認出他了，是最近把小鎮鬧得雞飛狗跳的怪盜栖！

「可惡！可惡的怪盜栖！竟然偷走我最珍惜的洋裝！」

跟在怪盜栖身後的是有著酷炫跑車的波斯貓姊姊，不過因為她的洋裝被栖偷了，所以現在全身光溜溜的。

怪盜不愧是怪盜，波斯貓姊姊的腳程完全趕不上他，只見波斯貓姊姊氣喘吁吁地留在原地直跺腳。

「這下怎麼辦才好，竟然被他給逃了！」

「波斯貓姊姊，需要我們幫妳把怪盜抓回來嗎？玲奈知道怪盜栖住在哪裡。」真理亞問。

因為玲奈家就在怪盜栖的祕密樹屋附近。

「真的嗎?那就拜託妳們了，可是我現在沒有衣服穿……恐怕沒辦法跟妳們去。」

說得也是。玲奈家離這有一段距離，還要經過繁華的市中心，愛面子的波斯貓姊姊可不能裸體上街，會被人看光光的。

該怎麼辦呢?聰明的真理亞立刻就想到點子了。

「這裡離學校很近，乾脆我帶波斯貓姊姊去找佐理伴老師，看她能不能幫忙想想辦法。這段期間玲奈就去怪盜栖的樹屋堵人，要他把衣服快點還來!」

「好主意!真不愧是真理亞。」

三人決定兵分兩路，真理亞和裸著身子的波斯貓姊姊繼續往學校方向前進，找回洋裝的任務就交給玲奈。

「只是想在家舒服泡個澡而已，一個不注意吊在窗外的衣服就被偷了!真是太可惡了!」波斯貓姊姊怒氣沖沖地說。情急之下，她也忘了開她的酷炫跑車追捕怪盜，不過聽說怪盜有飛簷走壁的通天本領，就算開車追應該也是徒勞。

沒有人知道怪盜栖是什麼時候來到幸福森林的，起初大家都覺得他的眼罩和披風很帥氣，後來才知道這是他的工作服，明示他怪盜的身分。

玲奈曾經擁有過的「幸福森林之淚」就被怪盜栖偷走過(後來斑馬叔叔成功把它拿回去了)。除此之外，幸福森林也常常有鎮民的物品失竊，每次有竊案發生，大家都知道這肯定又是怪盜栖搞的鬼。

雖然每次抓到怪盜栖，他都會哭著說「再也不敢了」並把偷走的東西還給失主，但是過沒多久，又會有村民的東西憑空消失。

「要是玲奈沒有找回我心愛的洋裝該怎麼辦呢？」

波斯貓姊姊著急地問，真理亞只能不停安慰她玲奈一定沒問題的。

兩人來到幸福森林學園，佐理伴老師正在門口澆花。

「真理亞！好久不見了。」見到真理亞，佐理伴老師顯得非常高興。

「佐理伴老師，妳能幫幫忙嗎？」

「怎麼……」佐理伴老師話沒說完，就注意到真理亞身旁裸體的波斯貓姊姊。「唉呀，妳怎麼不穿衣服呢？這樣很羞羞臉。」

「我的衣服被偷了，是怪盜栖偷的。」波斯貓姊姊蹙著眉頭說，佐理伴老師聽了立刻露出同情的表情。

「不過玲奈已經去找怪盜栖要回波斯貓姊姊的洋裝了。佐理伴老師，在找回衣服之前，妳有沒有多的衣服能先借給波斯貓姊姊呢？」

「衣服呀……」佐理伴老師面露難色。「可是老師也只有身上這件衣服，要是把衣服借給波斯貓姊姊就換老師光溜溜了。」

「嗚，那怎麼辦……」不管是真理亞或波斯貓姊姊都非常失望，尤其是真理亞，她以為無所不知、無所不能的佐理伴老師一定有辦法。

這時，佐理伴老師敲了敲自己的絨毛掌心，好像頭上冒出個燈泡似地，說：「啊！我有方法了，來，我們先去教室。」

真理亞和波斯貓姊姊兩個人妳看我我看妳，大家都不知道佐理伴老師想出了什麼好主意。

來到平常上課的教室，佐理伴老師神祕兮兮地從講桌的櫃子裡拿出一塊巨大的金屬片。

「佐理伴老師，這是什麼呀？」

「這是刀片的一小部分，我去小鎮外面旅行時撿到的。」

「刀片？」真理亞歪著頭問，她不太清楚所謂的「刀片」是用來做什麼的。

「真理亞有用過剪刀嗎？」

「有啊，就是那個會啪嚓啪嚓的工具嘛，只要用剪刀，就能把東西剪斷，但是因為剪刀很銳利，所以一定要小心使用。」

雖然真理亞嘴上這麼說，但有一次她使用剪刀時因為手滑，不小心讓剪刀刺到腳，結果也毫髮無傷。

單純在她的認知中，「剪刀」是很危險的東西。

「真理亞說得很棒哦。不過呢，真理亞平常使用的剪刀實際上是剪不開任何東西的，而老師手上的刀片，可以**真正的**劃開很多東西。」

說完，佐理伴老師走到窗戶前，抓著刀片，朝教室的窗簾用力劃下去，窗簾的一部分立刻就掉到地上。

真理亞一句話也說不出來，她從來沒有看過這種景象，從來沒有看過東西**真的**被破壞。

佐理伴老師撿起掉在地上的窗簾，將窗簾折成衣服的外型，交給波斯貓姊姊。「在玲奈找到妳的衣服前，就先用這個應急吧。」

波斯貓姊姊穿上窗簾製成的洋裝，在真理亞和佐理伴老師面前轉了一圈，問道：「好看嗎？」

「很適合妳喔，波斯貓姊姊。」

真理亞高興地鼓掌。

這樣一來，波斯貓姊姊就可以安心地走在街上了。

雖然波斯貓姊姊的服裝問題解決了，但還是要趕快找到她被怪盜偷走的洋裝才行。

告別佐理伴老師，真理亞和波斯貓姊姊立刻趕往怪盜栖的祕密樹屋支援玲奈。

玲奈雖然是隻貓咪，但摺耳貓通常都笨手笨腳的，總是讓人沒辦法放心。

穿上窗簾製的洋裝後，波斯貓姊姊也不再遮遮掩掩了，緊跟在兔寶寶真理亞的身後。

繞過玲奈家，沿著玲奈家後面的小路走，很快就看見怪盜栖的樹屋了，只見玲奈一個人在樹屋下不知所措。

「玲奈！」

「真理亞，妳們來了。哇，波斯貓姊姊的新衣好漂亮呀。」

「現在不是說這個的時候，怪盜栖有回來嗎？」

因為手拿著贓物很不方便，所以真理亞相信栖偷走衣服後一定會立刻返回他的樹屋。

「沒有耶，沒看到他人。」玲奈抬頭張望，接著說：「樹屋周圍都找遍了，地上沒有，也沒看到衣服被掛在樹上，看來栖還沒有回來。」

「妳找過怪盜的樹屋了嗎？」

「樹屋？沒有耶。因為**不可以隨便闖進別人的房子**。」

玲奈說得沒錯，不過真理亞還是可以從窗戶往裡看，確認樹屋裡有沒有栖偷走的洋裝。

不過，該怎麼上樹屋呢？

真理亞是隻兔子，兔子是不會爬樹的，得想其他方法上去樹屋才行。

幸運的是，怪盜栖的樹屋旁邊堆了木板和磚頭，旁邊還有幾包水泥，水泥上面放著一具梯子。

這樣一來，真理亞就能順利爬上樹屋了。

嘿咻嘿咻，爬上怪盜栖的樹屋。真理亞透過窗戶往裡頭看，果然看見波斯貓姊姊的洋裝放在樹屋的桌上。

「在這裡！波斯貓姊姊。」

就在真理亞喊出聲的同時，遠方也有人叫道：「妳們在別人家前面做什麼？」

三人回頭一看，是怪盜栖！

「可惡的怪盜！把我的衣服還來！」

「搗蛋鬼別搗蛋！」

「不把衣服還給波斯貓姊姊，就不讓你回家！」

棲不甘願地說：「哦！討厭！」接著爬上樹屋，進屋把波斯貓姊姊的衣服還給她。

拿回洋裝的波斯貓姊姊高興地說：「真是謝謝妳，真理亞。我好擔心再也找不回這件衣服了。」

「不客氣，波斯貓姊姊。」

能夠幫上波斯貓姊姊，真理亞也很高興，因為她是隻熱心助人的兔寶寶。

成功解決小鎮居民的難題後，真理亞和玲奈踏上返家的路。

「不過，真的沒有人能阻止怪盜偷東西嗎？」玲奈問。

「沒有辦法呀，除非怪盜真心悔改，否則今後大家的東西還是會不停被他偷走。」

幸好怪盜總是把東西藏在他的祕密樹屋裡，所以居民一發現有東西不見，只要來樹屋找棲要回去就好。

既然如此，怪盜為什麼要一再把大家的東西偷走呢？真的只是因為好玩想惡作劇嗎？

真理亞不知道怪盜棲的腦袋瓜裡到底在想什麼，可是她希望怪盜不要再給小鎮居民添麻煩了。

當然，這是不可能的。

2

衣服竊案發生的幾天後，小鎮暫時回復平靜。今天爸爸勝二難得不用去診所上班，所以真理亞不用照顧十夢，一切交給爸爸就好。

暫時可以把弟弟的事拋在腦後，真理亞覺得心情舒坦，身體似乎也輕盈了許多，決定去玲奈家玩。

走著走著，看見前方有人聚在一塊，沒記錯的話，那裡是羊駝阿姨的水果攤。是又發生了什麼事嗎？

真理亞小跑步到人群中，發現不僅羊駝阿姨，米格魯真郁哥哥和白兔惠美姊姊也在那邊。

「栖又出現了嗎！」

「啊，真理亞。」最先發現她的是真郁哥哥。

真郁哥哥指著散落一地的水果說：「羊駝阿姨不小心跌倒，攤位的水果都掉到地上了。」

幸好，人多辦事快，大家把掉在地上的橘子撿一撿，很快就收拾好了。羊駝阿姨的水果攤又能繼續經營。

「謝謝妳，真理亞。這顆橘子就送妳吃吧。」羊駝阿姨將其中一顆剛才被扔到地上的橘子塞到真理亞手中。不僅真理亞，真郁哥哥和惠美姊姊，還有其他人都從羊駝阿姨那裡拿到一顆橘子作為回報，大家都很開心。

「真理亞，你剛剛說到栖，他又做了什麼好事嗎？」

聽見真郁問道，真理亞便把幾天前波斯貓姊姊的事告訴他。

「真郁哥哥也被怪盜偷過東西嗎？」

「之前我蒐藏的磨牙骨被他偷過，明明那根骨頭都沾滿我的口水了，沒什麼價值呀。」真郁哥哥說。

因為，怪盜並不是只會偷值錢的東西。像是波斯貓姊姊的洋裝雖然對她很重要，但和斑馬叔叔的「幸福森林之淚」相比，價值低很多。

真理亞認為，怪盜栖不會在乎物品本身的價值，只是單純喜歡偷東西，以此來捉弄人。

最好的證據就是只要跟栖要，他都會乖乖把偷來的東西還回去。

「聽起來很有道理。」真郁哥哥點點頭。

「怪盜栖到底是什麼時候出現的呢？」

總覺得在不知不覺間，怪盜和他的祕密樹屋就突然出現在森林裡了。

「一定也是神明帶他來的吧。」

不僅真郁哥哥這麼認為，小鎮的居民都相信新鎮民的遷入和神明有關。是神明把大家帶到幸福森林一起生活的。

真理亞的弟弟十夢、海獺一家還有猴子夫婦，大家都是透過神明才來到這世上。

而居民所信仰的神，當然是指善良神。畢竟壞壞神的存在並沒有被證實，也只有上過佐理伴老師課的人才會知道壞壞神。

三年前，真理亞的媽媽被壞壞神打爛後，大家都知道媽媽不會再動了，但是沒有人知道媽媽為什麼會變成那樣，也沒有人懷疑。

之後，神還是不定時會帶走鎮民，只不過每個鎮民都平平安安、快快樂樂地回到小鎮，像媽媽一樣的案例沒有再出現過。

「真郁哥哥，為什麼神明要帶怪盜栖這種討厭鬼來小鎮呢？」

真郁哥哥摸了摸真理亞的頭。「應該是因為神希望大家學習和不同個性的人相處吧。」

真的是這樣嗎？幸福森林裡的確匯聚形形色色的人，有慈祥的綿羊奶奶、時髦的波斯貓姊姊，還有富有生意頭腦的斑馬叔叔。大家都對真理亞很好，也不會讓別人感到困擾。只有怪盜栖不一樣。

真理亞覺得真郁哥哥肯定也不喜歡怪盜栖，只是為了在她面前裝作成熟大人的樣子才故意說這種好聽話。

真郁哥哥搞不好才是對怪盜最不滿的人。

眼看時候不早，橘子也吃完了（吃完後要乖乖放回羊駝阿姨的水果攤才行），真理亞向羊駝阿姨買了一袋橘子，和真郁哥哥在水果攤前分手，往玲奈家走去。

在玲奈家玩了一整個下午，真理亞拖著疲憊的身軀回到家裡。發現十夢正哇哇大哭，而爸爸卻還躺在沙發上呼呼大睡。

平常爸爸總是要真理亞好好照顧弟弟，結果放著兒子不管，自己一個人睡大頭覺的他才是最沒資格說這種話的人。

真理亞走去廚房拿奶瓶，把奶瓶塞給十夢，十夢才終於安靜下來。

真理亞好想念媽媽。

如果媽媽還在的話，她就不用負責照顧十夢，每天也能吃到媽媽做的香噴噴烤雞了。

既然神明有辦法帶新人來到幸福森林，那祂有沒有辦法帶媽媽回來呢？雖然當初媽媽破碎的身體就攤在真理亞面前，但真理亞相信萬能的神明一定有辦法再讓媽媽動起來。

真理亞每天晚上都跪在窗戶前仰望著天，向神明祈禱，祈禱神明能聽見她的聲音。

祈禱完後，她才能安心進入夢鄉，迎接往後的每一天。

3

昨晚真理亞做了惡夢，睡得很不好。

夢中的她不停被壞壞神追趕，她聽見母親的喊叫聲，但她知道絕對不能回頭，也不能停下腳步，這是壞壞神的陷阱。

終於，當她精疲力竭再也沒辦法提起腳步時，壞壞神朝她伸出了巨大的手掌——

夢境至此就結束了。

她把這件事告訴好友玲奈，玲奈一臉不可置信地說：「怎麼可能有這麼可怕的事！」

「我也不知道。」真理亞不安地說。「我好怕夢境成真。」

「不會啦，壞壞神才不會出現呢，不用擔心。」

玲奈可能已經忘記真理亞媽媽的事了，現在跟她提起壞壞神的事，她似乎不太相信。

幸福森林的居民記憶力都不太好，這是大家默認的事實。

「比起那個，聽說羊駝阿姨的水果攤又出事了。這次好像是怪盜栖做的。」

「真的嗎？」

昨天真理亞才跟真郁哥哥幫羊駝阿姨整理好水果攤，結果今天又被人弄亂了。

玲奈說，怪盜栖故意把幾顆橘子扔在相距水果攤一條街的位置，害大夥要多跑一趟才能把散亂的水果再搬回羊駝阿姨的攤位上。

「他這麼做的原因會不會只是想吸引注意力？搞不好他是想交朋友。」

「如果真的是想吸引別人注意力，為什麼不多做好事呢？」

幸福森林每天都有許多人需要幫忙，要是樂於向別人伸出援手，一定能交到很多朋友，根本不用靠這種讓人困擾的方式。

「像是幫真理亞照顧弟弟呀。」玲奈露出小虎牙說。

「我才不會把十萼交給那種傢伙！」

「開玩笑、開玩笑的，別生氣嘛。」

「一點都不好笑。」

兩個人說著說著，來到幸福森林學園。雖然今天沒有要上課，但真理亞也無事可做。

「多虧十夢才讓真理亞不會無聊。」

玲奈仍然在開她玩笑。

「十夢睡著了啦。」

若是弟弟不睡著，真理亞也沒辦法偷偷溜出來。只要十夢一哭，說不定整個幸福森林都聽得見。

「佐理伴老師！」

「是真理亞和玲奈呀。」

佐理伴老師正在校門口來回踱步，看起來心事重重的樣子。

「老師，發生了什麼事嗎？」

佐理伴老師欲言又止的樣子，頻頻嘆息，最後才無奈地說：「我有東西不見了。」

「是什麼東西呢？」玲奈問。

佐理伴老師向真理亞問：「真理亞還記得那天我幫波斯貓姊姊做衣服時用的工具嗎？」

「嗯，記得。」

薄薄的巨大金屬片，佐理伴老師稱作「刀片」的東西，用途跟剪刀很類似，但又有點不一樣。

「是這樣的，我剛才才發現刀片不見了。」

「咦？我記得老師把它收在講桌的櫃子裡呀。」

佐理伴老師點點頭。「沒錯，因為是很危險的東西，所以我絕對不會隨便亂丟。」

玲奈也聽真理亞說過刀片的事，她問道：「會不會是拿出來忘記放回去了呢？」

「但是整間學校我都找遍了，我不記得我有把它帶出學校過呀……」

難得看到佐理伴老師心急如焚的樣子，這讓真理亞也不由得緊張起來。

雖然毫無根據就懷疑人是不好的，但此時真理亞和玲奈腦中都浮現了同一個人。

怪盜栖！

因為鎮裡若是有什麼東西不見，肯定都是怪盜幹的好事。

「佐理伴老師，一定是怪盜栖把刀片偷走了！」

「怪盜栖？為什麼怪盜栖要偷走刀片呢？」

「那傢伙偷東西的原因不重要，單純是想引起別人注意而已！」

佐理伴老師原本還不太相信，但真理亞和玲奈都很堅持是怪盜偷走刀片的。

「我們等等就去怪盜的祕密樹屋，幫老師找回刀片！」

「那可不行，太危險了！」

「老師，怪盜栖雖然很討人厭，但是他只會做些芝麻綠豆大般的惡作劇，不會有危險的。」真理亞反駁道。

「可是如果妳們的推論是正確的，代表刀片現在在他手上。老師沒辦法放心讓妳們去，沒有人保證情況緊急時他會不會傷害妳們。」

佐理伴老師真是瞎操心，真理亞才不覺得會有危險呢。

「老師，刀片不是和剪刀差不多的東西嗎？以前做勞作時我也被剪刀刺過，雖然刺刺的但不會覺得痛啊。」玲奈爭辯道。

「那不一樣，老師撿到的刀片**真的**能傷到妳們，所以我才說它是很危險的東西。」

真理亞親自見識過刀片的厲害，啪嚓啪嚓！窗簾就被剪下來了，既然連窗簾都能夠輕易切斷，那啪嚓啪嚓，真理亞或是玲奈可能也會變得跟媽媽一樣破破爛爛。

但是小笨蛋玲奈沒有親眼見識過刀片的厲害，在她眼裡這東西恐怕真的和剪刀一樣造成不了什麼傷害。

最後是在佐理伴老師苦口婆心勸告下，玲奈才心不甘情不願地答應老師不去找怪盜。

不過呢！玲奈再怎麼呆，也認識真理亞好多年了。真理亞平常用來應付大人的伎倆她早就學會了。

一離開學校，玲奈就興奮地向真理亞喊道：「一起去找出老師弄丟的刀片吧！」

「妳沒有聽到佐理伴老師說的嗎？老師要我們不要去找怪盜。」

「唉喲，真理亞，妳沒有看到佐理伴老師弄丟刀片有多慌張嗎？老師平常對我們這麼好，這不就是報答她恩情的最好時機嗎？」

可惡，小呆瓜玲奈竟然也說得出這麼有道理的話，這隻腦袋空空的小貓咪什麼時候開竅了？

真理亞眉頭深鎖，一連低吟了好幾聲，無奈玲奈的話說服力太強，她完全想不到該怎麼反駁。

畢竟真理亞心裡也希望能幫上佐理伴老師。

「但是就這麼貿然闖進怪盜栖的家太危險了。這次跟之前不一樣，怪盜栖手上有超級危險的刀片。我們要先做好準備才行。」

「去真理亞家召開緊急作戰會議！」

不知道為什麼，玲奈的情緒異常亢奮。真理亞心想，玲奈應該不是真的變聰明了，八成是昨晚睡覺時從沙發上摔下來，撞到貓咪腦袋了。

「真理亞覺得我們要準備什麼東西才能跟怪盜栖對抗呢？」路上，玲奈向真理亞問道。

「掃把？」

真理亞見過佐理伴老師的刀片，認為以那玩意的大小，只要和它保持距離就不會有事，所以長柄武器，諸如掃把、拖把或晒衣竿應該都能有效克制刀片。

「好主意！可惜我家沒有掃把，真理亞家裡有多的嗎？」

玲奈的家很小，所以也缺少很多真理亞家才有的生活用品。

「唔，我家只有一把掃把，可以用拖把替代吧？」

「當然可以！那我們需不需要帶上菜刀呢？」

廚房的那些菜刀都跟剪刀一樣，雖然可以用來切東西和剪東西，但是效果跟佐理伴老師的刀片完全不一樣。

真理亞認為刀子應該派不上用場。

「也是，要是不小心刺到栖就不好了。」

「想不到玲奈還會擔心怪盜的安全呀。」

「那當然！因為**我們絕對不能傷害別人**。」

兩個女孩嘻嘻哈哈地回到真理亞家。站在門外沒有聽到哭聲，弟弟十夢應該還在睡覺。

「噓！」真理亞輕輕拉開門，踮起腳尖和玲奈一起走進屋裡。

「妳幫我去看一下十夢。我去廚房拿掃把和拖把。」

玲奈點點頭，躡手躡腳走到十夢的嬰兒床旁，真理亞則是去廚房的冰箱旁拿掃除用具。

「哇啊！」

玲奈大叫一聲，真理亞急忙回頭，看見玲奈癱坐在地上，目瞪口呆地盯著嬰兒床。

「真是的，不要亂嚇人啊，玲奈。」真理亞拿著拖把和掃把走到嬰兒床旁，匡噹！她手上的工具也掉到地板上。

真理亞一句話也說不出來。

她和玲奈一樣，張著口，面對空蕩蕩的嬰兒床。

十夢的嬰兒床，不管是枕頭還是棉被，都被劃了好幾刀，大量的棉花從裡頭爆出，散落在整張床上。

最重要的是，原本應該躺在床上睡覺的十夢不見蹤影。

「真理亞……」

「十夢！十夢在哪裡？為什麼十夢不在床上？」

真理亞的思緒斷路了。

「真理亞冷靜一點，搞不好十夢還在家裡！二樓！去二樓找找看！」

兩個女孩慌慌張張地爬上二樓，二樓是真理亞的房間，擺著真理亞的床和書桌。基本可算是空蕩蕩的，如果十夢在二樓的話一眼就看見了。

「還是沒有！十夢不在這裡！」

淚水在真理亞的眼眶中打轉。

「床底下呢？真理亞。」

「為什麼妳還有辦法開玩笑呢？玲奈。」

床底下根本不可能藏一隻小兔寶寶。

「搞、搞不好是伯父帶走十夢了。」

「爸爸……但如果是爸爸帶走十夢的，為什麼嬰兒床會變成那樣？」

看見嬰兒床的慘狀，真理亞想起了被佐理伴老師剪下來的窗簾。

在不會有東西被破壞的幸福森林，嬰兒床和窗簾都被**真正的**破壞了。

不安的種子在真理亞心中發芽。

她忐忑地看向玲奈，玲奈雖然想安慰她，但也不知道該怎麼辦，只能輕輕握住她的手。

「我、我要去找怪盜栖！」

「真理亞，佐理伴老師的刀片就先別管了，先找到十夢要緊！」

「妳還不明白嗎！玲奈，是怪盜栖帶走了十夢！妳看十夢的嬰兒床不是被劃了好多刀嗎？能做到這種事情的人只有手持刀片的怪盜栖，一定是他用刀片把十夢的嬰兒床割爛之後把他擄走了！」

「可是怪盜栖為什麼要帶走十夢呢？」

「我不知……」

不。

真理亞並不是真的毫無頭緒。

不久前，真理亞才協助波斯貓姊姊奪回她心愛的洋裝。

這項義舉，恐怕讓怪盜栖很不是滋味。

但是，有可能嗎？

怪盜栖過去犯下多起竊案，最終失主都有把失竊的物品找回來，他們一概做法都像玲奈一樣，直接去怪盜的樹屋堵人。從北極熊哥哥的冰淇淋，到斑馬叔叔的「幸福森林之淚」，所有被怪盜栖竊取的物品，都被他藏在樹屋裡。

既然如此，那怪盜栖豈不是得對每個去他家要回所有物的人復仇了？

雖然怪盜栖過去沒有犯下綁架案，但是依照他的行事作風，弟弟十夢很有可能被他帶往了樹屋。

真理亞想立刻行動！她想立刻去樹屋帶回弟弟！不管怎樣，栖這次真的太過分了！

「真理亞，十夢不會有事的，我們還是先等勝二伯伯回來再決定該怎麼辦吧。」

玲奈攙扶著真理亞來到一樓的沙發上坐下。雖然真理亞很不情願，但玲奈說得沒錯，的確快到爸爸的下班時間了，可能真的如她所說，是爸爸帶走了十夢。

樂觀一點，或許爸爸搶在怪盜栖之前帶走十夢，當怪盜栖闖入真理亞家時，發現找不到十夢，氣得他只能拿刀片破壞十夢的嬰兒床。

長針繞過短針，秒針繞過長針，時間龜速流逝，直到夕陽西沉，勝二總算回來了。

「爸爸！」

真理亞喊道，旋即便沉下臉。

爸爸沒有抱著十夢。

看見兩個女孩面色凝重地坐在沙發上，勝二不解地向她們詢問發生了什麼事。

「我、我……」

眼見真理亞有口難言，玲奈鼓起勇氣代替她告訴勝二十夢不見的事。

真理亞已經做好被爸爸痛罵的心理準備了，所以玲奈一說完，她立刻向爸爸道歉，都是因為自己貪玩，偷偷溜出去，才會害十夢被人帶走。

勝二聽兩個女孩哭訴，臉色逐漸慘白。雖然身為白兔的他原本臉就夠白了，但突如其來的噩耗讓他的臉完全失了血色。

「爸爸，我知道是誰帶走十夢的，是怪盜栖！」

「怪盜栖？他為什麼要帶走十夢？」

勝二也知道怪盜栖，怪盜栖臭名昭彰，在幸福森林裡無人不知無人不曉。

「那是因為……」

如果把真理亞幫助波斯貓姊姊找回洋裝的事告訴爸爸，那爸爸就會知道真理亞常常拋下弟弟偷跑出去玩，可是現在是最最最危急的時候，十夢可是被手持銳利刀片的栖擄走了啊！真理亞不能再只想到自己了！

幸好，勝二也知道現在不是責罵真理亞的時候，他冷靜地聽真理亞講述整件事情的來龍去脈，最後也咬著牙說：「這個怪盜這次真的太過分了！」

「爸爸，一起去祕密樹屋把弟弟帶回來吧！」

「可是真理亞，妳剛才說怪盜手上有很危險的東西。我不能帶妳和玲奈去，爸爸現在就去聯絡真郁哥哥和棕熊叔叔他們，真理亞就待在家裡看家吧，放心，爸爸一定會帶十夢回來的。」

同時，他也向玲奈說道：「可以拜託玲奈留在我們家陪真理亞嗎？我想真理亞這孩子一定嚇壞了。」

別說是真理亞，其實小貓玲奈也覺得很害怕，在確定十夢弟弟被人擄走之後，她很擔心下一個被盯上的就是自己。畢竟，玲奈也有協助波斯貓姊姊找回洋裝。

她向勝二點點頭，告訴勝二會和真理亞一起乖乖留在家裡。

「家裡有人在也好，要是十夢是自己跑出去的，回來時才不會找不到人。」

她把手放在真理亞的背上，仍在試圖安慰早已哭花了臉的真理亞。

得到玲奈的肯定後，勝二立刻朝外頭奔了出去。

「伯父……請一定要把十夢帶回來。」
玲奈將真理亞摟進懷裡，她知道，如果十夢有個萬一，真理亞一輩子都會無法原諒自己。

4

十夢失蹤的那晚，以真郁哥哥為首，小鎮居民組成了搜救隊前往怪盜栖躲藏的祕密樹屋。
土撥鼠爺爺拿著乾草叉、棕熊叔叔拿著蜜糖罐、北極熊哥哥拿著甜筒，鎮裡的男丁浩浩蕩蕩，包圍了樹屋。
「栖！你在裡面嗎？快給我出來！」
「你這次真的太過分了，栖！我饒不了你！」
鎮民們發出憤怒的吼聲，夜晚的小鎮森林頓時人聲鼎沸。
叫嚣許久，怪盜栖才睡眼惺忪地從樹屋裡走出。
「現在都幾點了，你們這些傢伙是吵什麼吵啊！」栖不滿地抱怨。
「竟然還在睡大頭覺！太可惡了你！快把你帶走的小孩交出來！」
「小孩？什麼小孩？」
「勝二醫生的小兒子，說！是你帶走他了吧！」

但栖仍然在裝傻，他向人群喊道：「我才不知道你們說的小孩咧。滾出我的地盤！」

「你的地盤？這裡什麼時候變成你的地盤了！」

「我的房子就在這裡，這不是我的地盤還能是誰的？」

「太過分了！」「都怪我們平常太放任這傢伙胡作非為了！」「可不能就這麼算了！」

眾人你一言，我一語，和站在樹屋門口的栖開始隔空對罵。

最後是栖先耐不住性子，他敞開房門，喊道：「口口聲聲說是我拐走了小孩卻一點證據也沒有！來啊！讓你們看看小孩是不是在我的屋子裡！」

勇敢的真郁哥哥率先從一旁的水泥袋上搬來梯子，先一步爬上去。

栖一副無所謂的樣子，誠如他所說，他打算讓鎮民在他屋裡搜到滿意為止。

栖的樹屋小不隆咚地，光是擺一面床墊和一口箱子，幾乎就把空間占滿了，真郁哥哥走進樹屋，左看右看，確實沒有發現小兔子十萝。

真郁哥哥失望地走出樹屋，討人厭的栖還故意在他耳畔「哼」了一聲。

「我就說吧，我和你們說的小兔子失蹤一點關係也沒有。」

「真郁，十萝真的沒有在裡面嗎？」

聽見勝二這麼問，真郁失魂落魄地搖了搖頭。

「雖然沒有找到十萝，但我相信十萝一定還在幸福森林的某處。」真郁惡狠狠地瞪著栖。「我想這傢伙一定又耍了什麼卑鄙的手段。」

土撥鼠爺爺把手搭上勝二的肩。「醫生，我們都會幫忙找出十萝的，就算翻遍整個幸福森林也要找到十夢。」

大家仰頭瞪向一臉得意的怪盜栖，心想絕對不能向惡勢力投降。

於是，第二階段的救援行動開始了。

搜救隊變成搜索隊。平常大家都受過勝二的照顧，所以一聽說醫生的兒子失蹤，每個鄉親都投入尋找十夢的行列，醫生家的小兔子失蹤的事，很快就傳遍了整個幸福森林。

每個人的家裡、小鎮的店鋪、路上的餐車、歌劇院、診所、學校、森林、黑雷戴克河，甚至是小孩子禁止進入的發電廠，幸福森林的鎮民們通力合作，但是依然沒有找到十夢。

所有地方都搜遍了，十夢就像是人間蒸發了一樣，沒有人找到他。

然而，正當大家都急著搜索十夢時，怪盜栖並沒有因此收斂，反而變本加厲。不知道是不是為了報復鎮民，這次羊駝阿姨的橘子還被扔到猴子夫婦家屋頂上去。

但是因為幸福森林的每個居民都反對暴力，所以沒有人能拿怪盜栖有辦法，大家只能予以他最嚴厲的口頭譴責。

十夢失蹤第三天，搜索行動仍在繼續，爸爸勝二心急如焚，診所也不管了，依然在外尋找十夢的蹤影。

爸爸是診所的主人，而診所又攸關小鎮居民的健康，單是惠美姊姊一個人根本忙不過來，所以真理亞也待在診所協助惠美姊姊。

一起來幫忙的還有佐理伴老師。由於十夢失蹤，村裡的大人都警告小孩要乖乖待在家裡，以免被怪盜抓走。因此，佐理伴老師的學校也暫時停課了。

大家都相信是怪盜栖綁走十夢的，但沒有人知道栖是如何把十夢變不見，即使詢問怪盜本人，他也只會裝傻，死不肯承認是他幹的。

「佐理伴老師，可以拜託妳幫我一起替居民上發條嗎？」

真理亞和佐理伴老師在爸爸的問診室，而惠美姊姊則要站在櫃檯接待來求診的鎮民。

「上發條？不過老師之前沒有做過呢，還是真理亞來吧。」佐理伴老師有些困擾地說。

「不用擔心，上發條很簡單的。」

佐理伴老師是鎮上最聰明的人，真理亞相信她一定沒問題。

「真理亞，猴子叔叔說他腳不舒服，麻煩妳幫他看一下了。」

樓下傳來惠美姊姊的聲音。

「老師，待會妳在旁邊看看我是怎麼做的，一定很快就學會了。」

真理亞心裡其實有點開心，她沒想到自己有一天也能和佐理伴老師交換立場。

走上二樓診間的猴子叔叔抓了抓後腦杓，說道：「這幾天因為找十夢的關係，弄得筋骨痠疼，看來我也到這種年紀啦，那就麻煩真理亞了。」

猴子叔叔坐到小圓凳上，拍著自己的膝蓋說：「每天早上醒來，膝蓋就痛得要死。」

真理亞拿出爸爸的聽診器，把聽診器放在猴子叔叔的膝蓋上，模仿爸爸平常問診的樣子。

「嗯，如此這般如此這般。看來得上發條才行。」

其實真理亞並不確定猴子叔叔是不是迫切需要補充能量，但經驗告訴她只要小鎮居民健康出問題，發條都能搞定。

「老師，請從那堆發條中隨便拿一個給我。」

堆在診所角落的發條是刺蝟叔叔和其他發電廠員工每天送來診所的。

「啊，隨便拿一個就好了嗎？」佐理伴老師彎下身搬起一個發條。「唉喲，好重！真理亞，妳平常都搬這麼重的東西嗎？」

真理亞已經習慣了，因為她是隻強壯的兔寶寶。

真理亞請猴子叔叔轉過身去，並掀起他的上衣，接著，她接過老師遞來的發條，用力把發條捅到猴子叔叔背後的洞上。

咻咻咻！發條上的讀數從一百降到八十。真理亞知道猴子叔叔身上的電量其實還很多，不用特地來補充能量。

不過早晚都是要來充電的，所以現在先把電量補滿也無所謂。

能量滿滿的猴子叔叔拍了拍自己的膝蓋，高興地說：「謝謝真理亞，多虧妳，感覺兩隻腿真的舒服多了。」

這當然只是猴子叔叔的錯覺，就像有的醫生會開五倍葡萄糖來打發無病呻吟的老人家一樣，但不管怎樣，猴子叔叔滿意就好。真理亞覺得自己也快要能夠勝任爸爸的工作了。

「佐理伴老師，醫生的工作大概就是像這樣。雖然我不知道爸爸判斷要給人上發條的基準是什麼，但其實就算給每個人都上發條也無所謂。」

「意外地簡單呢……」佐理伴老師喃喃道。
「對吧?所以我說老師一定沒問題的。」
幾分鐘後，樓下又傳來惠美姊姊的聲音。
「真理亞，棕熊叔叔就拜託妳囉。」
下一位病患是棕熊叔叔，他和猴子叔叔一樣，都參與了十夢的搜索行動。
「棕熊叔叔，今天是哪裡不舒服呢?」
棕熊叔叔兩手捂著頭說:「今天早上開始頭就暈暈的!」
於是真理亞又拿出聽診器，放在棕熊叔叔的頭上。
「嗯，如此這般如此這般。果然也要上發條才行。」
真理亞跳下爸爸的辦公椅，從角落搬了一個發條交給佐理伴老師。
「老師，這次換妳試試看，試著幫棕熊叔叔上發條吧!」
佐理伴老師抱著真理亞給的發條，也像剛才真理亞做的，把發條刺到棕熊叔叔背上的洞裡。
不過，發條上的讀數並沒有下降，依然維持電力滿滿的一百。
「真理亞，像這樣的情況該怎麼辦呢?」
真理亞湊到佐理伴老師身旁，調整了一下發條的角度，但數字依然維持在一百。
「像這樣的狀況就代表棕熊叔叔很健康，應該不需要上發條。」
因為勝二不在的關係，所以真理亞碰上每個病患只能先上上看發條再說。

「棕熊叔叔，一定是這幾天您為了十夢的事太操勞的關係，回家多喝水，休息一陣子應該就沒事了。」

真理亞憑記憶說了感覺很像是爸爸會說的話。

「原來是這樣呀。謝謝妳，真理亞，我回去會好好休息的。話說回來事情也真奇怪，我們明明已經翻遍整個幸福森林了都還是沒有找到十夢。就算怪盜再怎麼會藏，也不可能找不到啊……」

翻遍了整個幸福森林……

整個，幸福森林。

真理亞想起三年前，佐理伴老師曾帶他們去黑雷戴克河盡頭的事。

河的盡頭有什麼？

那時全班沒有人能說出河的盡頭有什麼東西，就連真理亞都沒辦法明確指出眼前所看見的景象。

並不是看不見，只是看不懂。

真理亞認為，在黑雷戴克河盡頭的彼端，存在著他們所無法理解的事物，所以大腦才會選擇放棄理解。

接著她又想起了發電廠的巨大管線。

佐理伴老師曾說過，沿著大管子往下爬，就能安全離開幸福森林。

那似乎是離開幸福森林唯一一條路。

母親被砸爛的那天，真理亞為了逃避壞壞神也曾經萌生要順著管子往下爬的念頭，但腦中有神祕的聲音告訴她別這麼做，於是她放棄了，最後依然留在小鎮上。

如果知道大管子的事的人，除了真理亞和告訴她這個祕密的佐理伴老師以外，還有其他人呢？

光是搜尋幸福森林是不夠的，因為佐理伴老師說過幸福森林只是這偌大世界的其中一個小角落。

真理亞明白這一點。

等棕熊叔叔離開診所後，真理亞向佐理伴老師問道：「十夢有沒有可能已經不在幸福森林了？」

「為什麼這麼問呢？」佐理伴老師正在觀察放在她腿上的發條。

「老師說過，沿著發電廠的大管子走就能通往外面的世界。」

「所以怪盜栖可能是帶著十夢從大管子離開幸福森林，再獨自回來。妳是這個意思嗎？真理亞。」

「嗯。」

意想不到的是，佐理伴老師卻搖頭道：「不可能。」

「為什麼不可能？」

「我嘗試過了。**你們**……我是說，我們**不可能離開得了小鎮**。」

「可是老師妳以前說過只要沿著大管子……」

「但是真理亞也的確沒有成功離開幸福森林呀，我記得妳跟我說過腦中響起聲音要妳放棄的事。」

「的確是這樣。」

「那時真理亞沒有想繼續走看看的念頭嗎？」

「聽到那個聲音後腦中就滿是回頭的想法，不想再往前了。」

這似乎是佐理伴老師想要的答案，她點點頭說：「就是這個意思。我想怪盜應該也跟真理亞一樣，是不可能帶著十夢離開幸福森林的。」

「但是……到處都找不到十夢呀。」

看見真理亞露出萬念俱灰的表情，佐理伴老師輕輕將她摟進懷裡。

「老師相信，十夢一定還在小鎮裡。」

真理亞用力點點頭，她也只能這麼想了。

但是那天搜索隊依然無功而返，勝二拉著棕熊叔叔又去祕密樹屋找怪盜，想拜託栖趕快把兒子還來。

怪盜依然堅持他不知道十夢的下落。

只要怪盜不肯老實招供，大家就只能繼續尋找十夢。明明揍栖一頓，逼他從實招來事情就能解決，但就是沒有一個大人願意這麼做。

「真是太可惡了。棕熊先生好幾次都差點要衝上去揍栖一頓了。」勝二說。

但真理亞知道棕熊先生不可能真的揍栖。

因為**暴力是禁止的**。

即使棕熊叔叔威脅要教訓栖，但栖因為知道他不可能真的動手打人，所以也表現出絲毫不畏懼的樣子。

「有沒有其他方法能逼栖說實話呢？」真理亞問。

勝二搖頭。

「如果有方法的話我們早就試了，不會傻傻地被他牽著鼻子走。」

真理亞接著又試探性地問爸爸，十夢有沒有可能已經不在幸福森林了。

「那是不可能的，要離開幸福森林只有一個方法，就是依靠神力。」爸爸答道。

被神選上的鎮民，可以獲得和神一起遊玩的機會，還有可能被招待去天堂作客。

同時，這也是小鎮居民離開鎮上的唯一方法。

每個大人、小孩都是這麼認為的。

發電廠裡大管子的事果然只有真理亞和佐理伴老師知道。

隔天早上，棕熊叔叔和惠美姊姊消失了。

5

這天一早，真理亞在餐廳吃烤吐司時，外頭傳來聲響，是真郁哥哥正在敲棕熊叔叔的家門。

「爸爸，真郁哥哥來囉。」

為了避免怪盜栖又出怪招，參與搜索十夢的大人們會三個一組行動，勝二、真郁哥哥還有棕熊叔叔分在一隊。因此真理亞這幾天都會看到早起的真郁哥哥來訪。

「我知道了。」爸爸放下報紙。「真郁這個年輕人真有幹勁啊，就連我都快放棄了呢。」

「爸爸才是最不能放棄的人吧！」

要是連勝二都放棄十夢，十夢就真的不可能找得回來了。

爸爸搖搖手說：「只是開玩笑而已，爸爸不會輕易放棄的。」

真理亞完全不覺得這有什麼好笑。

「勝二醫生，請問你知道棕熊先生去哪了嗎？」真郁向步履蹣跚踏出家門的勝二問道。

「棕熊先生不在嗎？該不會是去晨跑了吧？沒辦法，今天就我們兩個去找十夢吧。」

真理亞想起昨天棕熊叔叔才來看診。那時真理亞還囑咐他要回家好好休息。如果棕熊叔叔有乖乖聽真理亞的話，現在應該在家睡覺吧？

不過真理亞擔心勝二會因為她亂下診斷而責備她，所以沒有告訴爸爸這件事。

「醫生，今天要走哪條路線呢？」真郁哥哥問。

「我們沿著發電廠再繞繞看吧。」

雖然發電廠周遭也早就搜遍了，但大人們沒辦法，幸福森林的範圍就這麼大，只能說服自己只是看走了眼，才會一再和失蹤的十夢擦肩而過。

「那麼真理亞，今天診所也拜託妳了。有佐理伴老師在應該沒問題，再幫我跟人家說聲謝謝。」

勝二調整好胸前的領帶，和真郁哥哥一起離開了。

真理亞回到屋裡，把烤吐司吃完，心想時間差不多，也該去診所了。

到爸爸的診所時，惠美姊姊還沒有來，真理亞把門口的「close」牌子翻到「open」那面。在惠美姊姊平常值班的櫃檯等病患上門。

不久，佐理伴老師也來了。看見坐在櫃檯後面的真理亞，佐理伴老師灰色的毛毛長耳朵抽動了一下。

「真理亞，今天只有妳在嗎？」

真理亞聳聳肩。「不知道，惠美姊姊還沒有來。」

幸好今天診所沒什麼人來看診，真理亞和佐理伴老師大多時間都在候診室聊天。

「聽說昨天棕熊叔叔威脅要教訓怪盜。」

「真的嗎？」佐理伴老師捂著嘴，看起來很驚訝的樣子。

「嗯，不過栖完全不怕，還是什麼也沒說。」

「因為暴力是沒辦法解決問題的。」佐理伴老師抓緊機會教育真理亞。「所以真理亞絕對不能成為一個衝動行事的兔子哦。」

「我明白，佐理伴老師。」

真理亞的表情有如凝結般動也不動。

直到診所休診，都沒有居民來問診。

這無疑是好事，畢竟勝二經營診所並沒有向居民收錢，所以不用在意營收，因此勝二和真理亞都希望小鎮居民能健健康康。

真理亞在意的是，直到最後，惠美姊姊都沒有出現。

惠美姊姊跑去哪了呢?她並沒有參與搜索十夢的工作，既然如此應該會準時來診所上班呀。

真理亞感到很不安。

「佐理伴老師，能和我一起去惠美姊姊家嗎?」

「當然可以囉。」佐理伴老師很爽快地答應了。

惠美姊姊的家在往幸福森林學園的路上，所以真理亞的請求也不會給佐理伴老師添麻煩。

惠美姊姊和棕熊叔叔一樣獨居，所以房子也比真理亞家小。真理亞敲了敲惠美姊姊的門，可是等了好久，都沒有回應。

「好像也不在家呢。」真理亞說

「要不要直接打開門看看呢?」

「可是亂闖入別人家不好，很沒禮貌。」真理亞想起佐理伴老師以前也擅自打開過她家的門。

「但要是惠美姊姊因為一氧化碳中毒倒在裡面就糟了。」

「一羊話嘆?」

突然蹦出了一個真理亞陌生的詞彙。

但佐理伴老師沒有解釋，她說：「老師認為最好還是確認一下惠美姊姊的安全，要是惠美被怪盜栖攻擊，倒在家裡面怎麼辦呢？」

真理亞都忘記怪盜栖手上還有刀片了。

雖然真理亞不太相信栖真的會使用暴力，但還是不能掉以輕心。

佐理伴老師拉開惠美姊姊的家門，探頭往裡面望去。

空蕩蕩的，家具只有一張床和化妝櫃還有一張小椅子而已。

顯然惠美姊姊不在裡面。

「奇怪，怎麼大家都不在家呢。」真理亞忍不住呢喃道。

「大家？」

「嗯，今天真郁哥哥去找棕熊叔叔，叔叔也不在家。」

「棕熊叔叔我不清楚，但是惠美應該不是這個時間還不回家的人吧？」佐理伴老師問。

因為幸福森林的鎮民都遵循著規律的生活作息。其中當然也有像斑馬叔叔一樣的夜貓子存在，但如果不是像十夢失蹤這樣的特殊狀況，居民大多還是日復一日過著一成不變的生活。

刺蝟叔叔會在清晨五點時把發條送到勝二的診所、松鼠哥哥會準時在早上六點鐘起床替大家送信、羊駝阿姨的水果攤絕對會在七點整時開張，既不會多一分也不會少一秒。

「老師，我想去棕熊叔叔家看看。」

「需要老師陪妳嗎？」

真理亞搖頭。「不用，叔叔家就在我家隔壁而已。今天謝謝老師了。」

「不會，真理亞。路上小心哦。」

即使和老師分別，佐理伴老師的笑容依然在真理亞腦海中揮之不去。

如果，真理亞當初有早點向佐理伴老師求助就好了……

回到家時，正好撞見真郁哥哥從家門走出來。

「啊，真郁哥哥，找到十夢了嗎？」

真郁哥哥遺憾地搖搖頭。「沒有，我們還是無功而返。對了，真理亞，棕熊叔叔今天有去診所嗎？」

「唔，為什麼這麼問？」

「我想說棕熊叔叔回來如果沒看到我們的話會去診所找妳。」

「沒有，今天診所都沒有人來，我和佐理伴老師都覺得好無聊。」

「惠美姊姊呢？」

「惠美姊姊也沒來上班喔。」

「咦？惠美今天沒來上班嗎？」真郁哥哥表情訝異地說：「可是，惠美沒有加入搜索隊不是嗎？」

除非有像十夢失蹤這類超級緊急的特殊理由，否則小鎮居民**絕對不會蹺班**，因為蹺班是不好的，是不負責任的行為。

「不知道。」

真理亞隨口答道，走到棕熊叔叔的小屋前。「所以叔叔還沒回來嗎？」

「應該沒有，剛剛敲了門沒反應。」

只敲門是沒用的，要親自確認才行，這是佐理伴老師教會真理亞的事。可是她依然**不能**隨便走進別人家，只好踮起腳尖，從窗戶往裡面看去。棕熊叔叔的家除了床鋪和電視櫃以外，只有幾個蜜糖罐堆在角落。

棕熊叔叔也不見了。

兩個人同時消失絕對不是巧合。

這無疑是神明才能展現的奇蹟。

雖然神已經很久沒有在禮拜六時降臨，但這幾年來，祂偶爾還是會偷偷招待小鎮鎮民和祂一起玩。

棕熊叔叔和惠美姊姊的消失或許是轉機。

這代表十夢也有可能是被神帶走的。

該不會大家真的錯怪怪盜栖了？

莫非怪盜栖其實只是愛惡作劇，根本沒有帶走過十夢？

真理亞把自己的猜想告訴真郁哥哥，但真郁哥哥不這麼認為。

「如果十夢也是被神明帶走的，那他的嬰兒床又是誰割破的呢？」

真郁哥哥還說：「另外，佐理伴老師的刀片不也還沒找到嗎？」

真理亞覺得真郁哥哥說得有道理，若是知道刀片和嬰兒床的事，那就不會把十夢的失蹤歸因於神明。

「但是這麼一來，棕熊叔叔和惠美姊姊真的是被神帶走的嗎？」

「什麼意思？真郁哥哥。」

「棕熊叔叔在失蹤前的一個晚上曾經激怒過怪盜栖，而惠美姊姊又是勝二伯伯診所的護士。小鎮的居民這麼多，為什麼剛好是他們兩個人被神選上呢？我覺得這時機有點太過巧合了。真理亞，我想妳這幾天還是不要出門比較好。」

「為什麼？」

「我擔心怪盜栖在策劃不好的事。」

「真郁哥哥仍然認為是怪盜栖綁走十夢的嗎？」

真郁哥哥凝視著真理亞，眼神與平時和藹可親的他不同，真理亞明白真郁哥哥在擔心她。

「對。我知道怪盜栖的本性，我相信一定是他帶走十夢。」

可是當真理亞追問真郁哥哥為什麼這麼認為時，他也提不出任何證據。

真郁哥哥似乎有什麼難言之隱，最後只能告訴真理亞這是「祕密」。

「我不會有事的，再說，就算我照真郁哥哥說的躲在家裡，大概也沒辦法躲避怪盜。」

因為十夢就是在家裡被綁走的。

小鎮裡沒有一個地方安全，只要怪盜願意，他可以偷走任何東西。

「別擔心，我會保護真理亞的。」
真郁哥哥拍了拍自己的胸口說：「真理亞就儘管相信我吧。」
聽見真郁哥哥的話，真理亞非常高興，因為她一直都很喜歡真郁哥哥。
要是真郁哥哥能一直陪著自己就好了，她不禁這麼想。
惠美姊姊和棕熊叔叔的失蹤很快就被小鎮居民注意到了。和十夢的狀況不同，這次兩人沒有留下任何線索就突然消失，因此大家沒有特別放在心上，想說既然是被神明帶走，那過幾天兩人就會回來了。
然而，一個月過去，兩人都沒有回來，和十夢一樣，徹底失蹤了。
神有可能會把人留住那麼長一段時間嗎？真理亞沒有頭緒。
回想三年前媽媽被壞壞神帶走時，也消失了好長一段時間。
再度見到媽媽時，媽媽已經不會動了。
「惠美姊姊、棕熊叔叔，請你們一定要平安無事。」真理亞向神明祈禱，不要再有人落得和媽媽一樣的下場。
但真理亞的媽媽就是因為被神明帶走才會……
她不知道該向誰祈禱。
居民口中的神明……到底是什麼？
真理亞依然沒有關於神的記憶。

第二章

1

「雷，告訴我什麼是神？」灰兔蘇利文躲在劉胸前的口袋裡，雖然人偶不會受凍，但她的確為自己挑了個舒服的好位置。

一人一兔在傍晚時踏上雪地離開旅館。劉打算帶蘇利文去找她說見到白兔的地方，順利的話，待會還能去瑪莉亞家赴麥可的晚餐邀約。

「妳問這個做什麼？我不覺得妳會連這種基本問題都不知道。」

其實是因為劉自己也沒信心給予蘇利文滿意的答覆。

當然，他相信蘇利文對人類信仰肯定有基本的認識，即使他並沒有在Sylvan's人偶的智能中刻意植入宗教概念，但蘇利文已經一再證明她不是普通人偶。

「我曾透過書本認識耶穌基督與佛陀，不過我指的不是你們世界的神，而是我們的，我們的神，瑪莉亞。」

「她是你們的主人，不是神。」

「對，可是對小鎮居民而言瑪莉亞就是神。我知道你幫我們設計的兩套邏輯中，有一套是專門給我們在小鎮生活時使用的，在這套邏輯中瑪莉亞並不存在，人們將她當作神。」

「妳理解得很快。」

「所以我不解的是，為什麼在這套邏輯中，瑪莉亞會被定義成神？雷，我想知道你為什麼這麼設計。」

「這不是我設計的。我的程式只有針對邏輯謬誤出現時給予你們補正的功能，讓你們能自己修改AI的運算方式。」

意思是，當居民待在小鎮裡時，AI會針對瑪莉亞的「存在」調整適合的解釋方式。否則一個巨大的人類對生活在娃娃屋的人偶而言是相當突兀的存在。

「這也是邏輯補正的結果？是我們自己將瑪莉亞當作神明崇拜？」

「妳可以這麼認為。」

「其他孩子的人偶也是這麼看待他們的主人嗎？」

「不盡然。如果人偶判斷自己和主人的連結並沒有如系統預設中緊密，那人偶獨自生活時會自動將主人當作空氣，連提都不會提到。」

「什麼樣的關係能稱作緊密？」

劉輕笑道：「像瑪莉亞和你們那樣。要知道，瑪莉亞這樣的孩子不多，很多小朋友得到新玩具後過幾天就會厭倦了。我可不希望到時候失寵的人偶還像個恐怖情人一樣死纏著主人不放。」

「所以我們的AI將瑪莉亞視作神明，可以當作是我們和瑪莉亞關係良好的證明？」

「我認為是這樣。」

「雷，你和你的神明關係好嗎？」

這什麼怪問題？劉根本搞不懂蘇利文在想什麼。

「我怎麼知道。」他隨口答道。

「那我換個問法好了。與你感情融洽的朋友，你會把對方當作神明膜拜嗎？」

「別開玩笑了。」

雖然很不想承認，但劉腦中第一個浮現的是布萊克本的禿頭。

「既然如此，為什麼我們會把瑪莉亞當作神？」

「這是程式判斷最適合定義你們和瑪莉亞關係的方式，我一直都很相信我的ＡＩ。」劉說這話時有些心虛，尤其是在蘇利文面前。

不過，他知道過去的他肯定是發自內心這麼認為。

「最適合嗎……」

蘇利文半信半疑的樣子讓劉只能皺眉苦笑。

幾個小時前，劉還在飯店裡猶豫是不是該把蘇利文的存在告訴布萊克本。畢竟此行的目的就是要回收問題人偶，而蘇利文可說是到目前為止劉最大的收穫。

最後他打消念頭，決定暫時隱瞞蘇利文的事。

他知道布萊克本會要他把蘇利文一起帶回去，剖開她的腦袋好好研究裡面的程式到底發生了什麼問題，而這絕對不是蘇利文所樂見的。

另一方面，他對蘇利文很感興趣。蘇利文身上散發著一種令他感到懷念的怪異特質。他還沒找到原因，但是他相信給他多一點時間和蘇利文相處，他會找到答案的。

「雷，怎麼了？」

蘇利文注意到劉的視線，仰起頭問道。

「沒什麼。」劉感到害臊，別過頭，雖然他也不知道自己為什麼要感到害羞，對方只是隻八公分高的人偶。

「走路最好專心看著前面，尤其現在下雪，很多地方容易滑倒。」

蘇利文一本正經地說，因為負責帶路，所以她一直很注意周遭景物的變化。

當劉來到那棟早些前才來拜訪過的紅磚屋時，蘇利文說：「就是這裡了。」

沒有任何意外，劉本來就猜測蘇利文見過的白兔是那人渣賽伊的東西。只是這麼一來就更加確信了，人偶果然被賽伊收在屋子裡。

「和我得到的情報一致。」劉說。

「是嗎？」蘇利文垂下耳朵。「看來我沒幫上什麼忙。」

「這倒不會，多虧妳我才能確定娃娃就在裡面，但保險起見還是問一下，妳最後一次看到白兔是什麼時候？」

「上個月，具體的時間我不是很確定。」

賽伊上傳朱利安的影片是這個月初的事，時間上也吻合。那時白兔還沒有被棕熊打爛。

「妳見過這棟房子的屋主嗎？」

「沒有。」

蘇利文彷彿知道劉在想什麼，反問道：「這戶人家有小孩？」

「妳見過？」

蘇利文搖搖頭。「之前經過時有聽到小孩的笑聲。」

她的語氣平板、毫無起伏，劉相信蘇利文若是知道笑聲主人的下場，肯定不會如此淡然。

此時此刻，蘇利文的反應反而比較像是正常人偶。

「蘇利文，妳能幫我一個忙嗎？」

「什麼忙？」

「以妳的身材應該辦得到，妳能從煙囪爬進去，替我開鎖嗎？」

普通的人偶絕對不會接受劉的請求，因為私闖民宅觸法，而每個人偶的ＡＩ都被人類社會的法律公約所束縛，這是民用ＡＩ的基本條款，所以他們不可能闖進別人的屋子。

但蘇利文是特別的。

所以劉願意相信她——

「抱歉，我沒辦法接受你的請求。」

「是嗎……」

正當劉失望時，蘇利文捶了捶他的胸口說：「只是開玩笑。當然沒問題。」

她仰頭，接著說道：「不過你能帶我爬上煙囪嗎？我自己一個人要爬上屋頂很費時。」

蘇利文又張開雙臂，那是象徵「抱我」的姿勢。

「妳先待在口袋裡就好了啦。」

劉再度搬來梯子，爬上紅磚屋的屋頂，用稍早那笨拙的四腳爬行姿勢將蘇利文送到煙囪旁。

他把那塊鬆動的磚頭移開，好讓蘇利文能爬進去。

「小心點，蘇利文。」

「不用擔心。那麼待會見了，雷。」

蘇利文露出兔子頭，和劉揮了揮手後就消失在黑暗中。

劉回到小屋正門，等待蘇利文開門。

片刻的寧靜讓他不禁思考自己是不是腦子也出了問題，才會拜託人偶替他開門。他依然沒有忘記蘇利文可能是某人設計給他的陷阱，此時的他可能早已踏上蜘蛛網而渾然不覺，但如果可以的話，劉衷心希望一切是自己多慮。

喀啦。

門把被轉開了。

小小的身影從門縫中出現，一旁還有她用來墊高的小紙盒塔。

「歡迎光臨。」蘇利文說。

殺童犯賽伊的屋子很簡陋，所有家具看起來都像是從垃圾場撿來的。客廳有一張綠色的假皮革沙發，前面擺著一張矮桌。壁爐前鋪著髒兮兮的地毯，幾個箱子堆在牆邊，毫無生活感的房舍。

劉憑那張地毯，認出這就是影片的拍攝地。

當時朱利安就是坐在這張地毯上玩娃娃。

劉走到牆邊，把堆在箱子上的攝影器材移開，接著打開箱子。第一個箱子裡放著玩具，有塑膠洋娃娃和鐵皮玩具車，若是和Sylvan's人偶相比，這些玩具做工粗糙，實在很難討孩子喜歡。

這或許也是朱利安挑上Sylvan's的原因。

第二個箱子裡面則是角色扮演道具，有派對彩帽和小喇叭，當然還包括賽伊在影片裡戴的兔子頭套，劉抬起頭，看見天花板上有幾處膠帶黏貼的痕跡，看來每當有小朋友被「招待」進小屋的時候，箱子裡頭的彩帶就會被用在歡迎派對上。

「雷，這裡頭有你要找的東西嗎？」回到劉口袋裡的蘇利文探頭問道。

「沒有。沒看到那隻熊和兔子。」

蘇利文瞥了一眼箱子裡頭的東西，說：「這房子的屋主一定很愛開派對。」

「事情絕對不像妳想像那麼美好。」

「是嗎？」

「反正妳沒必要知道。」

幸好蘇利文也沒有追問的打算。

整棟房子沒有廚房，只有衛浴間。劉走進衛浴間，裡頭採光不好，即使光線能透過氣窗照進來，但日光終究只局限在牆壁上的一個角落。黑暗中，劉不慎踩到東西，發出一聲哀號。

「怎麼了？」

「該死，不知道踩到了什麼東西。」

他拿出手機並打開手電筒。發現衛浴間比想像中還寬敞，否則像這樣的小屋根本不可能有空間放浴缸。

劉很清楚原因，他也知道衛浴間裡曾發生什麼事。

那些黏在浴缸周圍的咖啡色汙漬和卡在排水孔的毛髮就是最好的證據。

一陣乾嘔，他的胃液正翻騰著。

他往腳底下一照，看見一隻腦袋碎掉的棕熊娃娃躺在他腳邊。

「他媽的！」劉忍不住破口大罵。

「你又罵髒話了。」口袋裡的蘇利文探出半個身子往底下看，隨後也驚呼道：「噢！這該不會是你要找的人偶吧？」

「朱利安肯定是把他帶進浴室了……」

然而朱利安再也沒有走出衛浴間，因此那隻棕熊就被他留在原地。

劉撿起棕熊人偶，心裡滿是懊悔。

「不過熊會被扔在這裡，應該就是沒電了吧？」蘇利文問。

「就算沒電只要再上發條就好，但多虧我這一腳……他已經壞了。」

「你只是要檢驗人偶的ＡＩ正不正常，既然如此把他的腦……呃，還是該稱作晶片？總之就是用於建構我們心智的玩意取出來檢查不就好了嗎？」

「這也是個方法。只是我不知道晶片有沒有……喔，謝天謝地，看起來晶片沒碎掉。」

「那麼你還要找白兔嗎？」

「白兔就算了，那部影片裡白兔已經被這隻熊打壞了，我想賽伊應該早把他扔了。」

「你所說的影片到底是什麼東西？還有賽伊又是誰？」

「賽伊就是妳剛才說的那個愛開派對的屋主，然後那部影片……」

對於是不是該把朱利安的事告訴蘇利文，劉真的沒辦法拿定主意。身為一個被設計來娛樂小孩的兔子娃娃，她的心智真的有辦法理解或承受嗎？

前提是蘇利文真的是他所知悉的灰兔老師。

「不用在意，雷。我大該能猜到你想說什麼。」

「我想說的是，這間房子的主人是個該死的變態殺童犯。他下手的目標都是像瑪莉亞一樣的孩子。妳明白嗎？蘇利文，就算我沒有在你們的ＡＩ中植入『殺人』的概念，妳肯定也明白吧。」

「我並不是百分之百確定這個人的所作所為，但我看得出你非常憤怒。雷，『殺人』不是好行為對吧？」

「不僅是『殺人』。」

劉說：「『殺』本身就是不好的。」

「我會銘記在心。」蘇利文低喃道。

雖然這是連最年幼的孩童都該明白的基本道理，但對蘇利文而言卻宛若需特別記憶的規定。

劉心想，這大概是因為Sylvan's人偶從一開始就沒有被編入諸如「殺」、「死」等蘊含暴力性質概念的緣故。

所以，棕熊娃娃的行為才讓人費解。

他看著掌心中那隻頭殼爆開的棕熊，陷入沉思。

雖然失去直接檢驗棕熊ＡＩ邏輯的機會，但只要把棕熊的晶片帶回去測試，不管是連結新的素體還是直接把資料匯入電腦中模擬，應該還是能找出問題點。

但是劉的任務還沒結束。

最大的Bug人形，現在就待在他的口袋裡。

然而她是瑪莉亞的所有物，劉不可能不告而取。

當然，暗中把蘇利文帶出來的劉已經算是個小偷了，只是那至少是出於蘇利文個人的要求，並不是劉強行把蘇利文偷走。

如果劉詢問蘇利文是否願意跟他回沃爾瑟姆一趟，她大概不會答應。因為她已經知道太多了，知道她的下場很有可能跟棕熊一樣，被取出晶片做全面診斷。

而她的娃娃身體因為是不必要的東西，幾乎可以篤定會被銷毀。

蘇利文不是傻子，劉甚至覺得，在某些面向，蘇利文表現得比他還聰明。
雖然強制把蘇利文關機也是方法，可是劉不想這麼做。
如果真的要帶走蘇利文，劉也不會帶她回去找布萊克本交差。
他暗自下定決心，他要獨占蘇利文，只是現在時機尚未成熟。
兩人走出小屋外，剛關上門，背後就傳來熟悉的聲音。
「你又在那做什麼？」
連回頭確認都不用，劉馬上舉起雙手投降道：「又被你抓到了。」
今天他的運氣真的很差。

2

當劉問起麥可，為什麼每次都剛好被他逮到時，麥可發出了討人厭的輕蔑笑聲。
「好問題。難道你以為鎮裡的監視器都只是裝飾用途？」
警局裡的監控系統分隔成許多小畫面，隨時同步錫勒斯各街道的即時狀況，麥可指著其中一個格子說：「只要有人經過，這裡都能看得一清二楚。或許你該考慮下次換條路走，如果還有下次的話。」
畫面上的小徑，就是劉前往賽伊家時走的路。
麥可這次沒替劉準備熱可可了，大概是認為他們倆的交情不再需要靠五十便士的即溶包才能維繫，他不客氣地問道：「你那麼堅持要進去那混蛋屋子裡的原因到底是什麼？」

劉在心中慶幸，他從小屋走出的那一幕並沒有被麥可目擊，在麥可眼裡看來，劉大概是正準備破壞門鎖闖進去。

「我跟你說過了，我在找東西。」

「但是你死都不肯說你到底在找什麼。」

「公司的商業機密我是要怎麼跟你解釋？」

「該死的，那種小毛賊怎麼可能偷到這種東西？老天，LILLIPUT 這牌子連我都聽過，賽伊不可能有這種本事，再說，就算他真的幹走你們公司的東西好了，怎麼可能會把他藏在這裡？」

「請你去問我主管。」

「電話給我，讓我跟他談。我得提醒你和他，什麼是正確的法律途徑，假設你們真的有東西在他手上的話。」

「我隨便說說的，拜託你別當真。」

麥可的死腦筋讓劉覺得自己是白費脣舌。

但既然問題人偶已經到手，劉似乎也沒必要再隱瞞。

他想起麥可提起瑪莉亞時，那悲傷的表情。

劉知道他很在乎瑪莉亞，所以湯姆的失蹤也讓麥可非常難過。

而既然劉對犯人的身分心裡有數，若是再隱瞞下去就太不道德了。他到底還是個普通人，有著普通人的價值觀和屬於普通人的同情心與憐憫心。

「你等我一下。我和我主管說一聲，有東西……我想得讓你看看，你有權利知道。」

「我就在這裡。」麥可雙手一攤，翹起二郎腿。

劉撥了布萊克本的電話，電話很快就接通了，另一頭的布萊克本聽起來很亢奮，劉認為原因應該和這通電話無關。

「我需要朱利安的影片。」劉說。

「你要幹什麼？拜託別告訴我你開始迷上那東西了。」

「去你的。我被警察纏上了，為了證明我闖進那渾蛋家裡是有苦衷的，我得給警察看看那支影片。」

「警察？嘿，我不是有幫你先通知當地的警察一聲？我告訴他們你被人盯上了，希望能得到保護。」

「去你媽的通知。麥可……我是說這裡的警察根本什麼狗屁都不知道。」

「我知道負責幫你聯絡的人是誰，你等著，我現在就替你找出那傢伙的名片，讓你回來時能找他算帳。」

「那不重要了，名字你自己留著就好。現在我只要朱利安的影片。」

「已經傳給你了。」

確認收到布萊克本丟過來的檔案後，劉立刻切斷通話。

「麥可，我希望你不要追究我們是怎麼弄到這部片的，我只是想讓你知道，湯姆可能的下落。」

劉打開朱利安的影片，將手機推給麥可。

「嘿，畫面裡的這小鬼是誰？」

劉沒有回答，只是示意麥可繼續看下去。

隨著朱利安抓著Sylvan's娃娃，對著鏡頭打招呼，麥可也回道：「哦，你叫朱利安啊。你好，朱利安。」

劉無法克制雙手顫抖，單是聽到朱利安的聲音，他的心臟就劇烈地震顫。

「麥可，我勸你別那麼入戲，還有聲音最好調小一點。」

「嘿，沒關係，既然你要我花時間看這小鬼玩耍，就最好能準備個理由說服我你為什麼多次試圖闖入賽伊的屋子。」

麥可的臉上還掛著笑容，畢竟影片一開始的氣氛的確很歡樂，看到小孩子的笑靨任誰都會感到愉快。

「嫌前面太冗長的話，你可以直接轉到二十八分鐘的地方。除非你想看熊和兔子娃娃打架。」

「二十八分鐘？那時候有什麼？」麥可照劉說的，把時間快轉。

「哦，我看到一個戴著兔子頭套穿得像小丑一樣的人。嗯，他牽起了朱利安的手，然後把他帶往後面的房間……等等，他回來取錄影機了，好，現在又回到第一人稱視角拍攝。」

「麥可，我真的建議你把聲音關小。」

但是麥可並沒有照做，他繼續向劉轉播影片的內容。「好，看來朱利安被帶到一間浴室，嘿，等等，洗手臺上那些是什麼？那是刀子嗎？還有線鋸，我是說……喔，你他媽——」

來不及了。

朱利安的尖叫聲響起，麥可立刻把聲音關小，但劉光是想像接下來的畫面就快吐了。過程中，麥可一直維持雙手抱著頭的姿勢，睜大了眼盯著螢幕。

他一句話也沒說，但劉也看得出來，他嚇壞了。

劉不知道麥可最後有沒有把影片看完，但是當麥可把手機交還給他時，他立刻就把影片刪掉，他一刻也不想把這種令人作嘔的東西存在手機裡。

「你這狗娘養的，這他媽到底是什麼鬼東西？」麥可似乎過了好一陣子才反應過來，他氣得大拍桌子：「是誰拍這種狗東西出來的？雷，告訴我這該死的片子是假的，是他媽的低級動畫。」

「你覺得這看起來像動畫？很抱歉讓你失望了，但如你所見，有個名叫朱利安的孩子被殺了，而剛剛拍的那部片就是在那棟小屋裡取景的。」

「操！我操！」

麥可氣得又把辦公椅踢翻。

於是劉把所有事情告訴麥可，包含賽伊在深層網路以 NoLimitRapture 當作暱稱，並拍攝許多部兒童色情與殘殺影片的事。

麥可餘悸猶存，但他的腦子還算清楚，沒忘記他把劉帶回警局的目的。他向劉問道：

「所以你想闖進賽伊房子裡的原因到底是？」

「我剛才跟你提過的，影片中那孩子在玩的玩具跟我們有點關係，我奉公司之命得把玩具帶回去。繼續放任他拿這些娃娃當拍片道具會嚴重傷害我們的形象。」

「這他媽是什麼蠢理由？老兄，有孩子被殺了耶，你卻只在乎你那蠢人偶，再說被你拿走了又怎麼樣？他只要去百貨公司再買新的不就行了？」

「背後有很複雜的原因，反正你只要知道那些人偶對我很重要就行。另外，我比較好奇警察為什麼還會放任這種人在外面亂晃。」

「我也是這麼想的。不過很抱歉，請你看清楚，我們是個只有兩名人類警官派駐的小警局，剩下的都是些沒有辦案能力的破爛機器人。」

「我是指中央。他們早該注意到了。」

「是啊，他們是該。」

好不容易取得共識，劉總算鬆一口氣。

「只是我依然沒辦法苟同你知情不報的行為。你若是老實告訴我，我能把這件事回報給上級機關，他們會有辦法治這人渣。」

真是天真啊。劉在心中嘆息。

「因為你的姑息，可能每分每秒都有像朱利安一樣的孩子慘遭毒手。」麥可說。

「我這叫姑息？我他媽怎麼個姑息了？跟你說你就能把那傢伙送進大牢了嗎？算了吧，要是你們真有那麼一點屁用，莎莉就不會死了。」

「莎莉？」

一時情緒湧上心頭，劉立刻就後悔了。

「誰是莎莉？」

麥可並沒有漏聽他任何一句話。

「不重要。」

「我再問你一次，誰是莎莉？」

「跟你沒有關係。」

「如果真的沒有關係，那我知道了也無所謂吧？是你的家人嗎？」

「我妹妹，十二歲時死了。」

「喔……」

麥可輕輕嘆息道：「我很抱歉。你知道的，我沒有惡意。」隨後又追問：「是因為什麼緣故？」

「有個瘋子開著貨車衝進莎莉的學校，那時遊樂場裡有很多孩子。」

劉不想繼續說下去。

麥可不打算勉強他，自己憑線索從電腦裡找到了案件的相關紀錄。

那是距今約二十年的事。造成六名年紀在八到十二歲的孩童慘死輪下，更有十幾名學童受傷。

當警方趕到現場時，駕車的凶手自行高舉雙手走下車，接受逮捕。

凶手供稱，他就只是想要殺孩子而已。

他喜歡孩童天真無邪的樣子，所以想看看他們痛苦、死去的模樣。

他只是想殺孩子。

多麼單純的理由呀。

凶嫌最後被認定患有精神疾病，但就算法院認定凶嫌精神狀況正常，英國也早已於上個世紀末廢除死刑，劉所期待的正義，不可能有被伸張的機會。

跟凶手一樣，劉只是希望他去死，而且要死得痛苦。

這二十年來，劉找不到任何莎莉應該死的理由，也找不到任何能原諒凶手的藉口。

「我真的不知道你發生過這種事。」麥可歉疚地說。

「我不需要你同情，莎莉也不用。只是我要你知道，我和你一樣都希望這樣的人渣從世界上消失。」

「我……我會把你剛剛說的事紀錄下來提交給上頭。順利的話，搜查許可應該半個月內會下來。」

「半個月?還真有效率。你覺得這半個月他還能拐到多少像湯姆一樣的孩子。」

「嘿，等等，我們還沒有證據說明湯姆的失蹤跟他有關係。」

「好，錫勒斯有個小男孩失蹤了，沒人找得到他，而你們鎮上剛好又出個該死的變態殺童魔，猜猜看凶手是誰？住在隔壁會烤餅乾給孩子吃的老奶奶？算了吧，你只是在逃避而已。」

「我不是這個意思，雷。我當然知道你想說什麼，但湯姆失蹤一年多了，就算真的是賽伊帶走他的，湯姆也不可能還活著……」麥可艱難地說：「我不認為賽伊會給我們任何機會抓到他的把柄，你知道，要是我們沒辦法確保一出手就能逮住他，以後就再也沒機會了。」

「替我弄到湯姆的照片。」

「你要做什麼？」

「我剛才說過，賽伊會把自己的作品傳到深層網路裡，我想確認湯姆是不是也在他的收藏中。」

「可以是可以，但是你確定嗎？剛才你傳給我的那部片，連你自己都看不下去不是嗎？」

「我沒打算自己來，我相信會有人幫我們驗證，你只管把照片交出來就行。」

「這得去找瑪莉亞拿。」麥可抬頭看了一下牆上的時鐘。「你接下來應該沒有其他安排吧？」

「我來這裡的目的就是為了找回人偶。」

「那我就當你接受了。」

兩人離開警局，路上，麥可向劉叮嚀道：「別把賽伊的事情告訴瑪莉亞。」

「我沒這麼蠢。」

「雷，雖然你替我找了不少麻煩，但我得承認我挺喜歡你的，所以我醜話說在前頭，就算到時候搜查許可下來，我也沒辦法讓你進屋子裡去找你的人偶。」

「我有抗議的權利嗎？我看是沒有吧。那記得別把人偶的事寫在你的報告裡，算是我對你唯一的請求。」

麥可不知道人偶現在就在劉口袋裡。

至此，劉也算是仁至義盡了。

其實他大可把賽伊的事丟給麥可一個人煩惱，畢竟他就算想也沒辦法干涉。

今晚，他就能訂好明天的班機，飛回麻薩諸塞。

但是劉得承認，他已經一頭栽進去了。

蘇利文仍安穩地躲在他的口袋裡，他甚至不確定這一步是否也是蘇利文算計好的。

畢竟她是瑪莉亞的人偶——如果她沒說謊的話。

而人偶總是遵循著主人的意志行動。

3

瑪莉亞並沒有發現蘇利文出走的事，當她看見麥可時依然露出開朗的笑顏。稍早松鼠人偶的事讓劉覺得瑪莉亞可能是個粗心的孩子，有可能她已經很習慣把東西弄丟了。

「吃通心粉可以嗎？」瑪莉亞站在流理臺前，背對著他們問道。
麥可用眼神示意劉回答，劉只好急忙答道：「不會麻煩就好。」
瑪莉亞輕輕哼唱著旋律，劉聽出來是《史卡博羅市集》。
帕西里、鼠尾草、迷迭香、百里香，的確是很適合通心粉的一首歌。
松鼠姊姊被瑪莉亞扔在餐桌上，劉擅自拿起來把玩。
電源已經關閉，劉也沒打算把開關打開。
在人工智慧革命之前，這些人偶就是這副模樣，只不過他們不會動，是純粹的玩具。
劉調整松鼠人偶的姿勢，讓她高舉雙手。
這象徵著「快樂」。
接著，又壓下她腰部的關節，讓她低垂著頭。
這象徵著「悲傷」。
麥可看到劉專注在玩弄小人偶上，忍不住碎念道：「看來你是真的很喜歡這些娃娃。」
「我不是喜歡他們，只是我曾經和這些人偶相處過好一陣子。」劉說：「所以我喜歡的只有會思考的他們。」
「輪不到我來提醒你人偶不會思考吧？」麥可說，這對任何人都是常識。
「我知道。」
他靜靜地把松鼠人偶放回原位。
劉所能創造出，讓人偶最貼近「思考」行為的就是「邏輯補正」功能。

把所有對人偶ＡＩ而言不合理的現象，依據資料庫的內容，自動修正成ＡＩ所能接受的方式。

所以瑪莉亞才會被視作「神明」。

只是什麼樣的運算會讓ＡＩ將「主人」的存在修正為「神明」依然讓劉不解。

在劉思考時，通心粉煮好了。

瑪莉亞替通心粉淋上白色的乳酪醬，將它端到兩人面前。

「謝謝。」

「雷找到東西了嗎？」

劉瞥了一眼麥可，說：「還沒有。」

「真的不需要我幫忙？」

「沒關係，謝謝妳，瑪莉亞。」劉吸了一口氣，勉強露出微笑。他不認為這是最好的時機，但他還是開口問道：「瑪莉亞，妳能給我湯姆的照片嗎？」

「湯姆？」

瑪莉亞困窘地問：「為什麼？」

「如果妳不介意的話，我想多了解一些湯姆的事。」

瑪莉亞的眼神游移到麥可身上，麥可向她點點頭。

「雷沒有惡意。他也告訴過我一些他的事。」麥可用手肘撞了撞劉的臂膀，似乎想叫他把發生在妹妹身上的慘劇告訴瑪莉亞。

劉不想用莎莉的死博取瑪莉亞同情，他再次向瑪莉亞詢問：「願意告訴我嗎？瑪莉亞。」

幸好瑪莉亞並沒有追究，她點點頭說：「等我一下，我去找找看有沒有照片。」

瑪莉亞離開餐廳，隨後，劉聽見踩踏樓梯的聲音。

「在這時代，相片也算是其中一樣沒有被完全取代的東西。」瑪莉亞尋找相片時，劉隨口向麥可搭話道。

「存在手機裡和洗出來感覺不一樣嘛。」

「我自己不覺得有什麼差別就是了。」

「可能等你有了孩子就明白了。」

「彼此彼此。」

兩人閒聊時，麥可的手機響了。

「哈囉……艾咪？嗯，我和瑪莉亞在一起，怎麼了？對，沒怎麼樣……你說喬治怎麼了？喔，該死……」

通話結束後，劉立刻問道：「怎麼了？」

「瑪莉亞的爸爸好像食物中毒。」

「狀況怎樣？」

「還不清楚。剛才是醫院裡的護士打來的，我想我最好過去看看。」麥可說完，起身拿起掛在椅背上的外套。

「嘿，你走了瑪莉亞要怎麼辦？」

「你替我陪她。」

「靠！」

麥可不理會劉，他走到玄關前，對著二樓喊道：「瑪莉亞，我有事情出去一下。別擔心，雷會陪妳。」

看來他不打算告訴瑪莉亞爸爸的事。

「沒必要讓她多擔心，我先去看看情況。確認沒事後就會回來。」

說完，麥可轉身開門，走進雪夜中。

「麥可！你剛剛說什麼？」

遲了一步。麥可離開後，瑪莉亞才急忙跑下樓梯。

「麥可說臨時有事，等等就會回來。」劉代替走遠的麥可回答。

「喔，他老是這樣，說走就走。」

瑪莉亞看起來沒什麼反應，也沒有因為麥可的離開而讓她和劉相處起來產生任何不自然。短時間內，她說不定已經把劉當成朋友了。

「對了，這是你要的照片。」

瑪莉亞將照片遞給劉。是瑪莉亞站在湯姆的嬰兒床旁跟他留下的合影。

湯姆失蹤時已經三歲了，劉要的不是他還躺在嬰兒床上時的照片。他後悔自己沒把話說清楚。

他再次厚臉皮向瑪莉亞要求湯姆更年長時的相片，但瑪莉亞卻抿起嘴，搖搖頭道：

「我沒有其他弟弟的相片了。」

她接著說：「湯姆和我其實都不怎麼喜歡拍照。」

「湯姆也這麼說嗎？」

「我感覺得出來他不喜歡。以前爸爸叫我幫他拍照時，他還刻意躲起來讓我找不到。」

「好吧，真可惜。」

「雖然這也可能是因為他喜歡玩捉迷藏的緣故。」

結果玩到再也沒有回家。

劉聽著瑪莉亞說湯姆的瑣事，同時把照片拍下來傳給布萊克本，要他想辦法從NoLimitRapture的頻道裡找看看有沒有長相和湯姆相似的孩子。

接著，他把相片還給瑪莉亞，回到餐桌前，連同麥可的那份通心粉一併解決。

「瑪莉亞，妳很想念湯姆嗎？」

趁瑪莉亞收走盤子時，劉問道。

瑪莉亞一瞬間面露疑惑，好像不明白劉這麼問有什麼意義，但她最後還是點點頭。

「我和麥可正在努力找出湯姆。」

「雷，你和麥可很久以前就認識了嗎？」

「不……其實這次是我們第一次見面。」

「原來如此，我還以為是麥可強迫你幫忙的。」瑪莉亞接著說：「他一直很想找到湯姆，也一直沒有放棄。」

「感覺得出來。我知道他是個好人。」

「嗯，我很喜歡他。」

劉不確定瑪莉亞所說的「喜歡」是什麼意思，以瑪莉亞的年紀，不管她對麥可抱持哪一種情愫似乎都說得通。

「自從媽媽死後，他算是唯一會對我好的人。」

「爸爸呢？」

瑪莉亞搖搖頭，背對著劉，劉看不見她的表情。

「他太忙了。」瑪莉亞說。

「那學校怎麼樣？老師？同學？」

「普普通通，不過我感覺得出他們不太喜歡我。」

「那跟我一樣。」劉並沒有刻意想安慰瑪莉亞的意思。自從莎莉死後，他的確沒有過任何一個能談心的對象，即使是後來認識的布萊克本，兩人的話題也通常圍繞在學術議題上打轉，從不過問對方的私生活。

師長、同學、家人，在他們眼中，劉是個太過聰明而讓人難以理解的異類。

相比起來，妹妹做人比他圓滑多了，這點從莎莉會特地替自己取一個洋化的名字就看得出來。就連「雷」也是莎莉幫他想的名字。

劉很清楚孤獨的感覺，也知道人生被外在的惡意所打亂的感受。

「但是你看起來很成功。」瑪莉亞說。
「什麼意思？」
「能夠獨自旅行。我記得你是從很遠的地方來的。」
「美國的麻薩諸塞州。」
「那的確是很遠的地方。除了去卡萊爾上學以外，我沒有離開過錫勒斯。有機會的話，我也想去美國看看。」
「以前我也住在英國，在格洛斯特郡。」
「哦，那也是挺遠的地方。為什麼後來搬去美國了？」
「升學，還有工作的原因。未來妳也會找到自己的理由而離開錫勒斯。」
「自己的理由……」瑪莉亞正在思考劉的話。
於是劉補充道：「通常是為了夢想。」
「夢想。」瑪莉亞複述一遍，這種行為和蘇利文倒是很相似，不知道是誰影響誰。
「我的夢想是成為老師。」
真巧，這同時也是莎莉的夢想。簡單的理由讓劉對面前的少女更有好感。
不同的是，瑪莉亞還有辦法實踐夢想，而莎莉再也沒機會了。
「愛丁堡大學的教育學院很有名。」劉說：「那裡也是我的母校，我在那邊的回憶還不錯。」
「嗯，我會努力的。」

劉總覺得他和這年紀的孩子提起太過嚴肅的話題，只是他也認為瑪莉亞的經歷早就在迫使她提早長大了。

瑪莉亞有權利知道。

對於湯姆失蹤的事，她不可能一輩子都被蒙在鼓裡。

劉從口袋裡拿出手機，找出賽伊的相片，那是麥可讓他從警局保存的紀錄裡拍下來的，沒人知道賽伊什麼時候會回到錫勒斯，麥可希望他也能幫忙提防這張臉。

「妳見過他嗎？」

「見過。麥可要我別接近這個人。」瑪莉亞點頭。

因為是鎮裡臭名昭彰的慣竊。

「湯姆呢？湯姆和他說過話嗎？」

瑪莉亞再度點頭。「那時我也在場，他給過湯姆糖果吃。」

「除此之外還有說什麼？」

「還誇過他好可愛，就是簡單打招呼而已，老實說他看起來不像壞人。」

「是啊，看起來。」

劉追問：「就這樣？湯姆沒有跟他有更多接觸？」

瑪莉亞也察覺到劉的意圖了，她反問劉：「你是來找這個人的嗎？雷。」

劉決定順著瑪莉亞的話說，他回道：「妳有辦法聯絡到他？」

「沒辦法，但是麥可注意他好久了，你可能要問麥可比較清楚。」

雖然瑪莉亞對賽伊的了解也很有限，但這對她而言是好事。
至少劉更加確信是賽伊帶走了湯姆，畢竟賽伊早就跟湯姆打過照面了。
他看一眼手機，沒有新訊息傳來。
不知道布萊克本會用什麼方法驗證，他想那禿子應該也不願自己去翻那些可怕的影片，大概公司裡某個倒楣鬼會接手這份工作。
「對了，雷。有件事我很好奇……」瑪莉亞語帶猶疑地說：「麥可告訴我，你是製造Sylvan's娃娃的那間公司的員工。」
可能是瑪莉亞記錯了，或是麥可隨便亂講，但因為劉的目的基本上都已經達成，現在他也覺得沒什麼好隱瞞，與其讓麥可再傳遞更多錯誤訊息，不如向瑪莉亞坦承他是人偶的AI設計者。
「難怪你好像什麼都知道。」瑪莉亞睜大了眼說道。
劉尷尬地笑了笑。
「AI設計者有辦法拿到Sylvan's的人偶嗎？」
感覺瑪莉亞其實不太明白AI設計者的工作。
「如果要求的話是可以拿到樣品，但我不是設計娃娃造型的人，所以其實跟我沒什麼關係。」
「好吧。」瑪莉亞的表情明顯黯淡許多。
「怎麼了？」

其實劉多少也猜得到瑪莉亞的意圖。

「有一個我很想要的人偶，可是我一直都買不到，不知道是不是絕版了。」

「長什麼樣子？」

「穿著圍裙的白色兔子媽媽。」

劉有點印象，瑪莉亞說的大概是Sylvan's人偶組合的「白兔家族」裡的媽媽兔。

「那是四隻娃娃一組的套裝，沒有拆賣。畢竟只買下媽媽的話，兔子家的其他人就太可憐了。」劉說。

「不是，當初媽媽買給我的兔子一家有附一棟紅色小屋。」

「喔……所以妳在找的是第一代的白兔家族。」

其實舊版和新版的白兔家族沒什麼差別，連AI也是使用同一套系統，唯一的差別是舊版的白兔耳朵上少了內側的粉紅色絨毛部分。

也因此，新一彈更為精緻的白兔人偶已經完全取代舊版，導致第一代白兔家族絕版了。

「雷有辦法買到嗎？」

「聽我說，瑪莉亞──」

「我只要兔子媽媽就好，我只缺媽媽而已。」瑪莉亞打斷他。「我不會要你免費送我，我有零用錢，只是想請你替我買。」

這又不是錢的問題。

劉不想潑瑪莉亞冷水，可是他根本不能保證製造商還留有舊版玩具的囤貨。再說，如果這才是瑪莉亞對他表現友善的原因，那還挺讓人沮喪的。

劉拒絕多想，他告訴瑪莉亞會幫忙問問看，但希望她不要抱太大期望。

「沒關係，不好意思麻煩你了。」

光是劉的口頭承諾就夠讓瑪莉亞開心了。

麥可大概在晚上十點多時才回來，那時瑪莉亞已經哈欠連連，準備上床睡覺了。

劉不好意思再叨擾，便和麥可一起離開瑪莉亞家。

劉問起麥可瑪莉亞父親的狀況，麥可表示狀況沒有大礙。

「現在人躺在病床上吊點滴，應該也和平常太操勞有關係。明天我會帶瑪莉亞去看看喬治。今天晚上就先保密，讓她安心休息吧。」

兩人最後在一個三岔口分別。

鄉下小鎮就是鄉下小鎮，不但破爛一點的房子得靠火爐取暖，沿途的路燈也是相距數十公尺才設立一盞。天空依然落下片片雪花，黑暗中只能從他們附著於臉上的涼意才能感覺到其存在。冰冷的寂靜包圍著劉。

「嘿。」

一直躲在口袋裡的蘇利文這才出聲。

「我都聽見了。」她說。

「聽見什麼？」

「關於你的事，我也感到很遺憾。」

「哦，妳是指莎莉嗎？不用特別安慰我，畢竟也過這麼多年，我早就沒放在心上了。」

「說謊。」

蘇利文捶了一下劉的胸口。

「妳又知道了？」

「我聽得出來。」蘇利文把臉貼在劉的胸前。「你的心跳加快了。」

「妳說了算。」

他實在不想跟玩具兔子鬥嘴。

「雷，你沒有敷衍瑪莉亞吧？」

「沒有。」

「你的心跳又加快了，你沒有敷衍我吧？」

「沒有。」

「很好，畢竟你還要想辦法把我帶走，所以你絕對不會想惹我不快。」

心裡的盤算被蘇利文說中，讓劉一瞬間停下了腳步。

「被我說中了？」蘇利文的語氣像是在捉弄他。

劉沒有回答，繼續前進。

「你是來回收問題人偶的，而很明顯我就是你要找的目標之一。」蘇利文接著問：「不過讓我不解的是，你為什麼不直接把我帶走？你是人類，沒必要過問我的意思。」

「那是因為妳很特別，蘇利文。妳有著和人類極度相仿的特質，所以我知道妳沒這麼好應付。」

「這是藉口，只要你願意，你還是可以撬開我的腦袋把你想要的資料取走，但是你沒這麼做，為什麼？」

「我認為有些東西沒辦法單憑數據上得到。」

「例如？」

「這要問妳。」

劉依然看著前方，他沒低頭看向蘇利文，但就算低下頭，他也無法從蘇利文的娃娃臉判斷她此時的情緒。

人類有自己的邏輯，人偶也有屬於他們自己的。人偶的喜怒哀樂只有人偶才能判讀。

劉和蘇利文之間維持了短暫的沉默。

蘇利文思忖一番，最後還是決定開口道：「雷，幫我最後一個忙，幫完我就會乖乖跟你一起走。」

「什麼忙？」

「先告訴我你會在這待多久。」

「不一定。老實說，現在訂明天的班機都還來得及。」

「瑪莉亞呢？她的人偶呢？」

「那要碰運氣。」

「好，那發誓你會想辦法幫瑪莉亞弄到她要的兔子娃娃，除此之外再給我一隻棕熊和一隻白兔。」
「我說了，這要看運氣。倒是妳要其他娃娃做什麼？」
「我相信你會有辦法的。至於其他娃娃的用途，請容許我先保密。總之，有些事我希望你知道，只是現在還不是時候。」
「看來妳也學會如何賣關子。」
「所以你認為你已經有辦法使用我們的邏輯思考了嗎？」
蘇利文發出輕蔑的訕笑。
「那希望你可別讓我失望了。」
此時，一輛廂型車從劉的身旁駛過。

第三幕・怪盜栖的終極魔術

1

聽說我是作為「偵探」而來到這個名為「幸福森林」的小鎮上，然而比起「身為偵探」，我更像是「被賦予了偵探這個身分」。倘若我不是偵探，而是某個與事件毫無相關的人士，那麼我來到幸福森林的目的是什麼？我又是為了什麼而誕生的？其實追根究柢幸福森林根本不該有偵探出現，有偵探意味著什麼？意味著有案件發生，而所謂的案件通常伴隨著死亡，但我們——我是說幸福森林的居民們從未體會過真正的「死亡」，換個說法，在我們的思維中，「死亡」是不該存在的概念，但如果要尋找一個無限趨近於死亡的概念卻又不知道該如何解釋，喪、亡、奠，是這樣嗎？不對，理論上我們的壽命是無限的，只要構成身體的組織沒有出現問題，就能持續運作下去，講到這裡，死亡不也是身體機能的衰敗所導致的？這樣一來，我們和死亡的距離似乎也沒有想像中遙遠，那為什麼我們從來不會考慮關於「死亡」的事呢？到底我們的思想是真正意識層面的顯現，還是再次證明腦神經決定論（Neuro-determinism）是正確無誤的？面對這個問題我該如何作答，我當然只能說「是，我是獨立思考的個體」，因為不這麼做就說明我們的世界有個驕傲自大的神在妄圖控制我們的思想與行為，而我作為偵探將因此抱持恐懼過活，畢竟若是哪天連神明也與罪惡為伍，那我的存在將毫無意義。

但至少，現階段我被賦予了「找出十夢」的任務。這是只有偵探的我才能背負起的責任。

即使連十夢的父親勝二都放棄找出兒子，我也絕對不能放棄，只因為我是偵探。

小鎮居民如今已停止了十夢的搜索工作，而可惡的怪盜栖依然繼續過著以偷盜取樂的日子。

之所以遲遲找不到十夢，我認為是因為大家努力的方向錯了。

比起「十夢在哪裡」，更應該先從「栖是如何盜走十夢」著手。既然「Where」無解，那就從「How」下手，這是被稱作「Five Ws」的方法，東方也有名為「四諦」的概念，不論如何都能拿來給像我一樣的偵探耍嘴皮子。

這天我來到白兔家族的小屋，兔寶寶真理亞前來迎接我。

我跟在她身後進到白兔一家的小屋，那張被割破的嬰兒床依然留在屋內，等待它的小主人回來。

十夢無法自己離開嬰兒床，所以怪盜栖應該是利用某種特殊方法將十夢帶出屋子。因為幸福森林的居民**沒辦法**擅自闖入別人家，即使是怪盜都會遵守這條規則。當初若不是波斯貓小姐洗澡時把衣服晾在窗戶外面，否則洋裝根本不可能會被怪盜偷走。

我環顧真理亞家一圈，扣除正門，還有兩扇窗戶能當作入口。假設當時窗戶是打開的，怪盜有沒有辦法透過窗戶將十夢綁走呢？

「真理亞，妳還記得那時窗戶有好好關上嗎？」

「應該是關上的。因為平常我和爸爸都沒有開窗的習慣。」

看來我的猜想是錯誤的，只要窗戶一關上，就有跟門一樣的阻隔效果，因為居民**絕對不會**擅自打開別人的窗戶。

否則，我原本還猜測怪盜是不是拿晒衣竿伸進真理亞家，引誘十夢抓住，就像是釣魚一樣把十夢從家裡釣出來。

沒關係，只是推理被否決而已，這是偵探的家常便飯。

「如果窗戶是緊閉的話，就只剩門這條途徑了。真理亞，十夢已經會說話了嗎？」我接著問。

「他會說些簡單的字詞，像是我和爸爸的名字，不久前還學會玲奈的名字，雖然發音不太標準。」

「他認識怪盜栖嗎？」

「不可能。十夢只認識來過我們家的人。」

「除了玲奈以外還有誰來過真理亞家呢？」

「還有佐理伴老師，可是佐理伴老師的『佐理伴』很難發音，所以十夢應該不會講。」

「那有沒有可能十夢聽見外面有人的聲音，向對方喊道『請進』呢？」

只有獲得屋主的許可，小鎮居民才能進入別人家裡，而屋主的身分也不局限於一人，只要是同住一個屋簷下的家人都行。這是幸福森林的常識。

「十夢才不會這樣。」

也對，畢竟十夢才三歲，還是個成天躺在嬰兒床上哭哭的嬰兒。

「真理亞，有沒有可能妳跑出去玩的時候，家裡正躲著某人呢？」

「咦？不可能吧，我們家那麼小，根本不可能藏人。」

是嗎？但是我必須眼見為憑，我爬上二樓，想尋找適合躲藏的地方。

二樓是真理亞的房間，除了床和書桌以外沒有其他家具。

「有沒有可能躲在床底下呢？」

「你怎麼跟玲奈說一樣的話呢？而且之前真郁哥哥早就確認過了。」

是嗎？那就沒辦法了。

「再說，**如果怪盜栖事先藏在我們家，那這代表栖有經過我們許可**。」真理亞說完，搖搖頭。「才不會有人讓他踏入家門一步呢。」

我想不出怪盜栖還能透過什麼方法帶走十夢。

另外，也不懂他破壞嬰兒床的原因。

很顯然，嬰兒床是被用「刀片」割壞的，而真理亞也說，刀片能夠用來傷害小鎮居民，這點也跟刀片的原持有人佐理伴老師求證過。

如果怪盜栖願意的話，他大可直接帶著刀片到小鎮大開殺戒。

然而他並沒有，帶走十夢之後他一次也沒有使用過刀片，因為**暴力是禁止的**。

刀片的存在跟十夢一樣，徹底消失了。

只是我深知怪盜栖的個性，知道他曾經犯下的惡行，所以我相信他盜取刀片的理由絕對不會僅有「割破嬰兒床」如此簡單。

或許，壞掉的嬰兒床只是用來警告大家「只要我想，我可以破壞包含你們在內的任何東西」。

這之中，大概也包含十夢。

往最壞的處境想，十夢或許早已慘遭毒手。

但就算十夢被刀片砍到不會再動了，栖還是得找到方法把十夢藏起來。

刀片只能讓十夢安靜，卻沒辦法讓十夢消失。

「真理亞，平常妳都會待在二樓嗎？」我問道。

「嗯，讀書、睡覺都是在二樓。」

我再次確認二樓的窗戶牢靠，不會給怪盜栖任何機會闖入。

「那麼，請千萬不要把窗戶打開，只要門窗緊閉，就不會再給怪盜闖入的機會。」

真理亞用力點了點頭。她信賴我，然而我並不是百分之百肯定光是關上門窗就能保證她的安全。

那天，我再度無功而返，離開真理亞家。

路上，又看到羊駝阿姨抱著水果走回她的攤位上。

「唉呦，那可惡的怪盜，每次都來我的攤位上搗亂。」她懊惱地說。

如今捉弄羊駝阿姨已經成為怪盜每日的例行公事了。

我也不自覺嘆息，雖然大家都恨怪盜恨得牙癢癢的，但是沒有人有辦法對付他。

並不是因為害怕怪盜手上的刀片，而是因為**我們不會有「傷害」別人的念頭**。

我回到投宿的旅店，旅店主人天竺鼠先生開朗地向我打招呼，但我完全提不起勁回應他的熱情。

「今天有進展嗎？」他知道我正在調查十夢失蹤的事，作為小鎮一員，不久前他也是搜索隊的一份子。

「沒有，完全沒有。我還是不知道怪盜栖是如何犯案的。」

「現在鎮裡也只有你還相信是怪盜栖做的了。」天竺鼠先生拿著筆，在筆記本上抄抄寫寫，一邊對我說：「大家都認為十夢和棕熊先生還有白兔小姐一樣，是被神帶走了。」

棕熊先生和白兔小姐是最後一次被神選上的居民，至今他們依然沒有被送回來。

也正因為他們沒有回到小鎮，讓我感到很納悶。

「話說，他們真的是被神帶走的嗎？」

「為什麼這麼問？」

「我總覺得他們被神帶走好長一段時間了。」

天竺鼠先生呵呵地笑了出來，露出他專門用來啃瓜子的大門牙。「這不是好事嗎？能夠永遠被帶往天堂，聽說那是個做夢也想不到的人間仙境，如果可以我也很想去看看。」

「這麼說也是。」

天堂……或許沒有比這更恰當的比喻了，我對天竺鼠先生口中的天堂也留有美好印象，只要試圖回想和天堂有關的事，甚至單是提起它，胸口就會暖洋洋的。

儘管如此，但我對天堂的具體印象如何卻毫無頭緒。這一點，天竺鼠先生也是一樣的。

向天竺鼠先生道晚安後，我回到房間，繼續思考讓十夢消失的方法。

在門窗緊閉的狀況下，怪盜到底是如何帶走十夢的呢？

我嘗試畫下真理亞家的結構圖，試圖尋找可能、且被我忽略的出入口。

（圖三・真理亞家內部擺設）

就在我畫到一半的時候，外頭傳來尖叫聲。

我拉開窗簾，看到一個黑影快速在人群間穿梭。許多人被黑影撞開，北極熊先生還因為太肥，重心不穩而跌坐到地板上。

仔細一看，黑影穿著招牌黑色披風、戴著眼罩，但光是看到他紅色的毛毛腿還有那尖尖的狐狸耳朵就知道是誰了。

怪盜栖！

畢竟小鎮裡也只有他一隻狐狸。

「救命！」

剛剛的尖叫聲原來是兔寶寶真理亞的聲音，和真理亞一起被抓走的還有好朋友玲奈，但玲奈看起來已經被打昏了，吐著舌頭，黑溜溜的貓咪眼珠幾乎要翻到後腦杓去。

「誰來救救我們！」

一切來得太突然，大家都還沒進入狀況，看見黑影紛紛避開，沒有人試圖去阻止怪盜。

「可惡的怪盜！站住！」

我站在房間的陽臺上朝怪盜大吼，栖聽見我的聲音回頭看了我一眼後，又加快腳步繼續逃跑。

我雖然想帥氣地從二樓直接跳下去追栖，但是因為腿太短翻不過欄杆，只好乖乖走樓梯下樓。

「發生什麼事了?」天竺鼠先生也問道,但我沒空理他。

我來到大街,向大夥喊道:「怪盜又綁走小孩了!」大家才反應過來,幾個人自告奮勇要和我一起去抓怪盜。

我們沿著怪盜消失的方向一路跑去,來到路的盡頭時卻已經不見怪盜的蹤影。

「真理亞呢?」有人突然出聲,嚇了我一跳。

是佐理伴老師,她似乎也聽到了真理亞的求救聲,從不同路線追捕怪盜。

「老師,你有看見栖嗎?栖綁走真理亞和玲奈了。」

「沒有。」

「都是我……太大意了。」

佐理伴老師拍拍我的肩膀說:「這不是你的錯。」

我也明白現在不是懊惱的時候,我擔心那兩個女孩會像十夢一樣失蹤,絕對要趁現在抓到怪盜。

這時,沿街的路燈突然熄滅了,原本閃著七彩霓虹燈的店鋪也全部暗淡下來,是全市大規模斷電。

「現在又怎麼了?」同行的北極熊先生大喊。

「是發電廠出事了!怪盜栖肯定是在發電廠。」

我們一行人立刻趕往位處於小鎮森林中的發電廠,然而當我們抵達時,發電廠卻空無一人。

「真理亞！玲奈！妳們在嗎？」不管大夥怎麼叫喚，都不見兩個女孩的身影。

地上四散大量的發條，而供應小鎮所有電源的插頭則被人拔了下來。

「奇怪，為什麼會有人想把插頭拔下來呢？」佐理伴老師搔著腦袋，一邊抱起地上的插頭，插回插座上。

遠處，光亮再度回歸小鎮，又回到原本燈火通明的樣子。

「老師，現在不是關心插頭的時候，我們還沒有找到那兩個孩子。」

「啊，我都忘記了。可是怪盜會把她們帶去哪裡呢？」

「先去怪盜的祕密樹屋看看！」

剛才是因為停電的關係，我們才會先來發電廠確認情況。但依照怪盜的習性，只要偷了東西都會往他的樹屋裡藏。

於是我們又一路奔波，來到怪盜的祕密樹屋。

雖然沒有找到怪盜，但兩個女孩就倒在怪盜的樹屋下。

我和佐理伴老師立刻去確認真理亞跟玲奈的狀況，兩人都失去了意識，但幸好身上沒有明顯外傷。

「怪盜在哪裡？」

「搞不好還躲在他的樹屋裡不敢出來！」

大家都急切著想要找怪盜算帳。佐理伴老師從一旁搬來鐵梯，爬上樹屋。

「老師，等等……」

話還沒說完，佐理伴老師已經踢開門，走進樹屋了。

很快，她又走出來，搖搖頭說：「栖不在裡面。」

「可惡的栖！手腳真快。」同行的哈士奇先生說完，發出了幾聲憤怒的狗吠。身為校車司機的他，最痛恨對小孩子出手的人。

「搞不好他還在附近，我們分頭找找看。」北極熊先生提議道，接著又跟我和佐理伴老師說：「可以拜託你們先送兩個孩子回去嗎？」

我揹起真理亞，佐理伴老師抱著玲奈。我向幾個幸福森林的夥伴說道：「因為還不確定栖是不是隨身帶著刀片，所以請大家兩人一組行動，務必小心。」

大夥點點頭，有人往森林深處走去，有人則是回鎮裡去尋找怪盜。

玲奈家因為和祕密樹屋距離比較近，我們決定先送她回去。

「為什麼大家對於怪盜栖的惡行都沒有採取一點行動呢？」路上，佐理伴老師問我。

「行動？有啊，我們每次都會譴責他，要他下次別再犯了。」

「不過完全沒有用吧。」

「如果有用的話，大家就不用擔心東西再被偷了。」

此外，他還變本加厲，從十夢開始，陸續對小孩子出手。

「你們沒有想過乾脆殺了他嗎？如果殺了他的話，所有煩惱都解決了。」

「殺？」

我不明白佐理伴老師在說什麼。

她點點頭。「嗯，就是殺。不如這樣問吧，如果你手上有刀片的話，你會怎麼做？」

「那是老師妳的東西，所以我會把它還給妳。」

「我不是這個意思。我是指，你會拿刀片對栖做什麼嗎？」

「妳是指『傷害』他嗎？」

「或是直接把他的頭砍下來，把頭砍下來的話，栖就會死，他就不能再給大家添麻煩了。」

我想了想，說：「我應該不會這麼做。」

「為什麼？」

「傷害別人是不好的行為，跟擅闖別人房子一樣，我不會做。」

「那麼，你為什麼這麼擔心怪盜用刀片傷害人呢？」

「因為……怪盜是壞人？」

「所以壞人就有辦法傷害人？那為什麼怪盜是壞人？」

「因為他偷了很多東西，還綁走十夢。」

感覺話題繞進死胡同了。

我還是不太明白佐理伴老師的意思。她為什麼要問我這些問題？

「佐理伴老師，可以告訴我什麼是『殺』嗎？」

「就是傷害別人的行為，但目的是置人於死。」

「死……」我接著問：「我們會死嗎？」我的腦中並沒有能夠充分解釋「死」的概念。

「像真理亞的媽媽那樣就算是『死』了。」

我正想繼續問下去時，佐理伴老師盯著前方說：「玲奈家到了。」

玲奈的媽媽已經睡著了，完全不知道女兒剛經歷一場驚魂記。佐理伴老師把昏迷中的玲奈還給她媽媽，並由我代為解釋事情原委。

「可惡的怪盜，竟然也對我家孩子出手！太過分了！請你們一定要幫我抓到怪盜！」

「抓到之後要怎麼處置他呢？」佐理伴老師問。

玲奈的媽媽愣了一下才氣呼呼地說：「請幫我好好臭罵他一頓。」

佐理伴老師一副「看吧」的樣子，偷瞄了我一眼。

「在外面的世界不是這樣的。父母親發現孩子被綁走，絕對不會只要我們臭罵綁架犯一頓就好。」

離開玲奈家，佐理伴老師跟我說。

「他們會想盡辦法，找到那個傷害他們孩子的人，並讓那人付出慘痛的代價。」

「例如？」

「就像我剛才說的，可能會殺了他。我想你應該明白。」

「我不認為我懂。」

但佐理伴老師說的話一向很有道理，畢竟她是老師。

「不懂也沒關係。畢竟這個小鎮原本就不該有像怪盜栖那樣的人存在。」

「那當初是誰帶他來的？」

「瑪莉亞。」佐理伴老師朝我笑了笑：「你記得這名字嗎？」
依稀覺得很熟悉，但無論如何我都想不起來自己在哪聽過這名字。
「不記得了。」
「沒關係，總之，是神明帶栖來到幸福森林的。」
「神為什麼要這麼做？」
「『上帝對每個人自有安排』。」
佐理伴老師臉上仍掛著曖昧的微笑，而我認為這絕對不是能笑得出來的時候，畢竟怪盜依然行蹤不明。
我們回到小鎮上，經過繁華的歌劇院大街，來到小鎮另一頭的幸福森林住宅區。
走在前方的佐理伴老師突然停下腳步。
「怎麼了？」
「你看前面。」
我的視力沒有她那麼好，我瞇起眼，看到真理亞家前面聚了好多人。
佐理伴老師先一步走到人群旁，圍觀的鎮民和佐理伴老師說了什麼，接著又神色不安地望著我。
「……真是太慘了。」綿羊奶奶悲戚地嘆息。
「發生了什麼事？」我問道。
「你背上的是……是真理亞嗎？真理亞剛剛跑去哪裡了？」

「她和玲奈被怪盜栖綁走了。」

「喔，我的老天爺啊……」綿羊奶奶假裝昏了過去，眼睛還偷偷睜開確認我們有沒有發現她在演戲。

為了避免綿羊奶奶擔心，我告訴她玲奈已經安全回家了，現在我們要把真理亞送回去，再去追捕怪盜。

「不，那個，不用追了。」綿羊奶奶艱難地說：「怪盜他……就在勝二醫生的家裡。」

「家裡？」

我對綿羊奶奶的話毫無頭緒，倒是佐理伴老師先一步推開圍觀的鎮民，我跟著她，來到真理亞家門口。勝二先生正坐在家門口，雙手摀著臉，看起來相當懊惱。

「醫生，怎麼了嗎？」

我問道，勝二醫生搖搖頭，指著自家門說：「你自己去看吧。」

反倒是佐理伴老師沒有停下動作，她已經擅自推開真理亞家的門，走了進去。

我把真理亞放在她爸爸身旁，也走進屋裡。

「沒有看到怪盜人呢。」

說完，她又走上樓梯。

「老師，妳這樣太危險了，剛才綿羊奶奶不是說怪盜還在屋子裡嗎？」

我急忙跟著上樓，看見佐理伴老師站在二樓樓梯口，一動也不動。

「怪盜呢？」

「在那裡。」

佐理伴老師低聲說道。

怪盜栖就在真理亞的房間。

但是，已經變成一塊一塊了。

頭、雙手、雙腳，還有被分成兩塊的軀幹及狐狸尾巴。怪盜栖四分五裂，只有攔腰截斷的身體在床上，其他部分則是被隨意棄置在地板上。

我走到栖的頭顱旁，撿起他的狐狸腦袋，朝他喊道：「栖，你還好嗎？」

栖完全沒有反應，黑眼珠木然地瞪視著我。

「他死了。」蘇利文走到我身旁，冷冷地斜視栖的頭顱。「或者說，壞掉。」

「壞掉？」

「就跟真理亞的媽媽一樣，壞了。總之栖是不可能再回應你了。

「一、二、三……七、八。總共被分成八塊。」

數完，她又指著我手上的頭說：「你最好把頭放回原處，你是偵探吧，那你應該知道弄亂現場很麻煩。」

我照老師的話把頭放回地上。

「可是，這樣下去也不是辦法，難道要讓栖的身體留在這裡嗎？」

「當然只能這樣。在抓到凶手前，不能讓任何人有機會闖進來。」凶手。

「你既然是偵探，那應該明白什麼是『凶手』吧？」

我試著答道：「就是把栖肢解的人。」

佐理伴老師滿意地點點頭，並蹲在栖的左手旁說：「要把栖切成一塊塊，只能靠刀片。幸福森林裡的剪刀、菜刀，及其他所有工具都沒辦法**真正的**分割栖的身體。」

「但是刀片不是在怪盜手上嗎？」

怪盜是如何拿刀片把自己切成一塊一塊的？再說，當刀片把頭割下來時，身體應該就不能動了吧？

「有可能是誰搶了怪盜的刀片，並用刀片殺害他。」

佐理伴老師說：「可是關鍵的刀片還沒有人知道在哪裡。」

「就算先不管刀片，老師，妳不覺得很奇怪嗎？」我說：「為什麼怪盜會跑到真理亞的房間去？」

「的確是這樣。」佐理伴老師走到窗戶前，確認每扇窗戶都是緊閉的。

只要窗戶緊閉，怪盜就不可能透過機關或道具闖入別人家。

「唯一的路口就是從樓梯上二樓。」我說：「應該去一樓看看，怪盜只有可能是從一樓進來的。」

我們回到一樓，勝二醫生已經進屋裡了，沙發上的真理亞正熟睡著。

「你們看到那慘狀了嗎？」勝二問。

「看到了。」

「到底是為什麼？為什麼怪盜會出現在我們家裡？」

我老實承認我也不知道，接著向他問道：「是你發現的嗎？」

「對，那時我躺在沙發上睡覺，突然聽到樓上有聲音，以為是真理亞這麼晚了還沒睡覺想上樓去趕她上床，結果就看到……」

「看到被分成一塊塊的栖？」

勝二用嘆息聲代替回答。

「那時候大概是幾點？」

「晚上十一點半。」

「所以死者的死亡時間是十一點半之前。」佐理伴老師喃喃道。她似乎習慣把被肢解的栖稱為「死者」。

「不過這就奇怪了，佐理伴老師，妳應該還記得怪盜綁走真理亞和玲奈的時候是幾點吧？」

佐理伴老師搖搖頭，我只好自己回答。

「是十一點十五分。那時候我在旅館畫圖，牆上就掛著時鐘，所以記得很清楚。」

「從真理亞家走到旅館大概要多久呢？」

「大約五分鐘，不過要是栖一路用跑的應該只要三分鐘。」

「但他同時也抓著兩個孩子，速度應該會因此變慢。」

「那就還是當作五分鐘吧。」

不過在這之前得先跟勝二確認才行。

「真理亞一直都待在家裡嗎？」

勝二說：「我下班回來後都和她待在家。」

所以怪盜擄走真理亞時應該是十一點十分。

十一點十分，那時候勝二已經睡著了。聽勝二說，真理亞比他更早睡，十點半的時候就上二樓睡覺了。

先不談怪盜是如何綁走真理亞的，畢竟有十夢的前車之鑑，或許他真的有辦法隨意進出別人家。

奇怪的是時間。

「十一點十五分我從旅館追著怪盜跑，和佐理伴老師會合時大概是十一點二十分，這時發電廠斷電，於是我們趕往發電廠，又花了三分鐘的時間，確認怪盜不在發電廠後，前往他的樹屋才發現真理亞她們。」

粗略估計，抵達樹屋時應該是十一點半。

而根據發電廠斷電的時間，怪盜大約領先我們三分鐘的路程左右。

然而，從樹屋返回真理亞家至少也要走十分鐘的路。

意即，怪盜回到樹屋時大約是十一點二十七分，而他抵達真理亞家最快也是十一點三十七分的事。

但是勝二卻說他在十一點半時發現碎成一塊塊的怪盜栖。

假設我們都循著怪盜栖的路線緊跟在他身後，那怪盜不可能有時間拋下真理亞她們後立刻抵達真理亞家。

更遑論凶手還需要把栖身體切碎的時間了。

「如果怪盜沒有前往發電廠，而是直接回到樹屋再趕往真理亞家呢？」佐理伴老師問。

這樣一來，路線會減短不少，十一點十五分經過旅館，再前往樹屋時是十一點二十分，加上走去真理亞家的時間，剛好十一點半。

時間確實是稍稍吻合了，但這是栖「剛好」抵達真理亞家的狀況。

接下來，他必須被凶手切成一塊塊，而這所耗費的時間絕對不僅三、五分鐘。

「佐理伴老師，妳也有看到怪盜吧？」

「嗯。就是因為看到他抓著我的學生，我才會一路追著他的。」

沒錯，不是我眼花。

怪盜確實在我面前抓著孩子們跑過，還撞倒了許多小鎮居民。

怪盜真實存在，並不是幽靈。說來，**這世界**本來就不可能有幽靈存在。

真理亞還處在昏迷狀態，雖然有些問題想向她確認，但我不想打擾她，便向佐理伴老師提議先去發電廠看看。

由於怪盜的案子震驚了小鎮，許多居民都圍在真理亞家圍觀，我看到在發電廠工作的刺蝟先生也在人群之中，便要他和我們一起同行。

「我都看見了，那到底是怎麼一回事？」

刺蝟先生激動地說：「我從來沒聽過這種事！竟然把人分成一塊一塊的。」

似乎早在我們調查的期間，就有小鎮居民和勝二醫生一起去確認過栖的狀況了，刺蝟先生就是其中一人。

刺蝟先生說，看到栖的慘狀，沒有人敢去動他，大家都只敢在樓梯口遠遠看著。這對我們而言是好事，至少證明沒有人動過現場。

「刺蝟先生不記得嗎？真理亞的媽媽也有過類似的遭遇，只不過她是被打得扁扁的。」佐理伴老師說。

「是嗎？我、我不記得了。」

「不記得了呀？這也沒辦法，畢竟大家都不想惦記著不愉快的事。」

我總覺得佐理伴老師的話有弦外之音，但我不想追問。

就像她主動向我提起「死亡」與「殺害」一樣，她的思維與我們很不一樣，總是提起我們無法透徹理解的詞彙。

我們來到發電廠，刺蝟先生看到撒落一地的發條，立刻抱著頭說：「哦！糟了，是哪個搗蛋鬼把這裡弄成這樣的？真是傷腦筋！」

「我們追捕怪盜的時候，這裡就已經亂成一團了。」

我叫刺蝟先生別管發條的事，先來幫我們調查發電廠的主電源有沒有被人動過手腳。

刺蝟先生來到插座前，左看看右看看，說：「看起來沒什麼問題。」

「如果要讓小鎮斷電的話，有沒有除了拔掉插頭以外的其他方法呢？」佐理伴老師問。

「要是想讓特定某戶停電的話，只要切斷『電線』就行了。」刺蝟先生踢了踢地上的塑膠管子說：「不過這些管子很牢靠，不是那麼輕易就能切斷的。」

「要是用刀片應該可以。」

「刀片……喔，是指被怪盜偷走的神奇工具吧，雖然我沒有親眼見識過，不過搞不好行得通。」

他低頭看著電線說道：「可是到現在都沒人反應停電，這些電線也好好的，我看剛才會停電的原因還是插頭被人拔了。」

確實，抵達發電廠時插頭的確沒有接上，是佐理伴老師把插頭插回去的。

「有沒有可能是插頭鬆動了呢？」

「不可能，你自己拔拔看，這插座牢靠得很，要很用力拔才拔得起來。」

我走到插座前，捲起袖子準備親自驗證。

「笨蛋，不是叫你真的做！反正插頭是不可能自己脫落的，你們大可放心。」刺蝟先生喝斥道。

我摸摸鼻子，又退回佐理伴老師旁邊。

「既然斷電是有人把插頭拔了，那幾乎可以確定是栖做的吧？」

除了他之外，小鎮居民不可能有理由拔掉插頭。

「那他拔掉插頭是為了什麼呢？」佐理伴老師問。

我不假思索答道：「停電？」

「但是停電對他有什麼好處？這不是反而告訴我們他在發電廠嗎？」

「有可能他就是想引誘我們去發電廠。」

佐理伴老師說，如果栖不先騙我們去發電廠，依據以往的經驗，我們很可能會直接去他的樹屋找他。

「讓我們去發電廠找他，可以拖延我們時間。這段期間他就能回到樹屋準備。」

「準備什麼？」

「不知道。」佐理伴老師聳聳肩：「但很顯然他的時間不夠，因為他把真理亞和玲奈扔下後，又趕往真理亞家了。」

「在這之後他就被……被殺了？」我試著模仿佐理伴老師的用詞。

「嗯，所以不管他接下來想做什麼，都來不及了。」

綁走那兩個女孩，又回到真理亞家做什麼？

我突然對栖的事感到難過，並不是因為他被殘忍地分成好幾塊，而是因為我再也沒機會從他口中問出他的計畫。

這下十夢該怎麼辦？如今唯一有可能知曉失蹤十夢下落的人也沒辦法開口了。

「揣測存在死人腦中的計畫沒有用。既然栖是拔掉發電廠插頭的人，那時間就符合我們第一種假設了。」佐理伴老師說：「也就是最不可能的那種狀況。」

栖必須在短短十五分內綁走真理亞和玲奈，然後趕往發電廠拔插頭，並回到樹屋，最後趕往真理亞家——

並且被殺害。

「栖死掉了你會感到開心嗎？」

佐理伴老師問了一個奇怪的問題。

「開心？不，我只能說我並不為他感到難過，但是也不會特別開心。」

畢竟把人切成一塊一塊，即使對栖而言都太殘酷了。

接著她又問刺蝟先生同樣的問題。

「雖然第一眼看到很可怕，但怪盜只是動不了而已，沒什麼好難過的。」刺蝟先生說。

佐理伴老師點點頭，卻是看著我點頭。

時間已經晚了，雖然小鎮發生了案件，但刺蝟先生明早還要回發電廠工作，我們不好意思再留住他，便跟他道別。

正當我還在猶豫搜查是不是該繼續時，佐理伴老師說想去看看玲奈和真理亞醒來沒有。

我們離開發電廠，走到玲奈家。玲奈的母親再次向我們道謝，說玲奈剛醒。

「啊，佐理伴老師……」

玲奈的招牌摺耳朵垂得更低了，她看起來還很虛弱，躺在沙發上。

「不用起來沒關係，玲奈。好一點了嗎？」佐理伴老師來到玲奈身旁坐下。

「還好，感覺現在有精神點了。那個，我聽媽媽說，真理亞和我都被怪盜抓走了，真理亞現在還好嗎？」

「真理亞沒事。我們剛送她回去休息，等等還要去探望她。」

「我、我也要去！」

「不准！」玲奈的媽媽立刻打斷說：「妳才剛醒來怎麼可以隨便走動，而且妳跟著去的話，會給大人們還有真理亞添麻煩的。」

「嗚嗚嗚……為什麼我們會碰上這種事？」

玲奈發出小貓咪特有的嗚咽聲。

「玲奈，妳可以告訴我怪盜是怎麼綁走妳的嗎？」我也來到玲奈身旁。我想玲奈可能還不知道栖已經被分成碎塊的事，既然如此，我也沒必要多說。

「他來敲我家的門……那時候媽媽已經睡著了，所以由我去開門，結果一開門就看到怪盜栖站在門口。」

「然後呢？」

「然後他朝我出拳，接著我就什麼都不記得了。」

出拳？栖把玲奈打昏了嗎？

但就算是栖也不可能會使用暴力才對……

「那時候是幾點呢？」

玲奈想了想，又問媽媽是幾點睡著的。

玲奈的母親也不知道，畢竟人不太可能知道自己睡著時的確切時間，只能確定大概是十點半以後的事，在這之前，玲奈和媽媽都在沙發上看電視。

「對了，玲奈，妳可以坐起來讓我看看妳的頭有沒有受傷嗎？」

佐理伴老師撥開玲奈的頭毛，觀察良久才說：「嗯，看來沒事，沒有腫起來。」

「腫起來？」

「老師開玩笑的。既然現在時間晚了，老師就不打擾了，這幾天妳就待在家裡好好休息，等覺得身體好點了再和真理亞來學校就好。」

「我明天就能上學了。」

佐理伴老師微笑道：「妳的身體還沒回復吧？前幾天不是才來看過醫生嗎？」

「我、我有照真理亞說的多喝水休息！」

「很好，絕對不要太勉強自己哦，還有要乖乖聽媽媽的話，千萬不能一個人亂跑。」

我總覺得佐理伴老師在敷衍她。

離開玲奈家後，我向佐理伴老師詢問什麼是「腫起來」。

「我聽說頭部或身體被毆打，身上會有腫包，那是被稱作『瘀血』的現象。」

「瘀血？」

「嗯，所以如果玲奈是被栖打昏的話，頭上應該會有腫包。」

佐理伴老師說完，又自個兒搔頭道：「但我們畢竟是人偶，果然不會**真的**像人一樣『瘀血』呢。」

我又聽不懂佐理伴老師的話了。

「找到那兩個孩子時，她們身上的確沒有外傷。」我說。

「嗯，毫髮無傷呢。」

佐理伴老師似乎認為她們身上一定要有傷口才合理。

「這麼說，怪盜栖真的會打人嗎？」佐理伴老師問。

「為什麼不會？」

「因為栖也是幸福森林小鎮的一份子吧，就像他不會擅闖民宅一樣，栖應該也和大家一樣都不會出手打人。」

「不過栖卻會偷東西呢。」

「嗯，栖的確是很奇怪的人。說不定栖也不是心甘情願偷東西的。」

「老師，妳這是在幫栖找藉口開脫嗎？」

「不是，我只是好奇栖到底是不是出於個人意志才偷東西的。」

「個人意志啊……」

我也曾想過類似的問題。

可是只要每次我一思考這方面的事情，身體就會不由自主顫抖，像是在逃避什麼、害怕什麼。

「但是，小鎮居民不會使用暴力這點應該沒錯。」

佐理伴老師做出結論。

「如果栖真的打暈玲奈，那玲奈身上應該會有擦傷或其他傷口，但是我剛剛確認過了，玲奈完全沒事。再說，既然都打暈玲奈了，那應該也要把真理亞一起打暈才對，省得她吵吵鬧鬧。」

佐理伴老師說得對。如果栖把真理亞弄暈的話，可能大家都不會注意到他擄走了兩個女孩。

這代表栖沒辦法打暈真理亞，也間接證明栖沒辦法使用暴力。

「既然如此，有沒有可能是用其他方法讓玲奈昏過去？例如食物或藥物之類的。」

「小鎮裡有這種東西嗎？」

「老師妳應該比我更清楚。」

佐理伴老師搖頭道：「自從刀片失竊後，我就再也沒有把小鎮外的東西帶進來了，而你們更不用說，根本沒辦法離開小鎮。」

雖然有點不服氣，但佐理伴老師說得沒錯。

我們沒辦法離開幸福森林。

並不是我們無法離開，而是**沒有人想離開**。

只有佐理伴老師是異類，她是唯一一個會頻繁離開小鎮的人。

「看來謎題又多了一個。」

關於怪盜栖讓玲奈昏迷的手法。

我們再次回到真理亞家，人群已經散去了。勝二醫生說他有照我們的話，沒有再讓其他人闖入二樓。

換言之，栖破碎的身體還原封不動擺在二樓。

真理亞已經醒了，看到佐理伴老師後淚水終於潰堤，抱著她不停哭泣。

「我以為我要死了，我真的好害怕……」

「不怕不怕，真理亞最勇敢了。」佐理伴老師把她摟進懷裡，但我總覺得佐理伴老師也在敷衍她。

等真理亞重新整理好情緒後，我仿照玲奈的流程，向她詢問被栖綁走的過程。

「我聽到樓下有敲門聲，我以為爸爸會去應門，但敲門聲持續好久，我只好下樓，結果發現爸爸已經躺在沙發上睡著了……」

「然後妳就去開門了?真是的，我不是說這樣很危險嗎？」之前我才叫她多注意，看來是被當成耳邊風了。

「對不起……」真理亞的小兔子耳朵垂了下來。

「真理亞，這不是妳的錯，只是下次要先確認對方是誰才能開門哦。」

佐理伴老師不愧是老師，趁此機會教育學生。

「開門之後呢？」我問道。

「我看到栖就站在門口……然後，然後他把我抱走，他同時也抓了玲奈！」

真理亞說當他看到站在門口的栖時已經來不及逃跑了。栖一把抓住她，她的力氣不如一個成年人，所以不管怎麼掙扎都無法掙脫。

接下來的狀況就跟我所看到的一樣，栖抱著兩個女孩在歌劇院大道上狂奔。

「對了，玲奈她沒事吧?那時我不管怎麼叫她都沒反應。」

「玲奈已經醒了，她也很擔心真理亞。」

「我沒怎樣，雖然到現在還是覺得頭暈腦脹。我能去看看玲奈嗎？」

這兩個女孩說了幾乎一模一樣的話。

「不行，妳要好好休息才行，而且大人們正在調查這件事，妳不要去妨礙他們。」勝二醫生如此說道，看來不僅小孩，所有幸福森林的家長思維都很相像。

「醫生，真理亞已經去二樓看過了嗎？」佐理伴老師問。

「呃，沒有。我不希望她看到那可怕的景象。」勝二的白兔臉變得更加蒼白。

「不過那是真理亞的房間吧，那最好還是讓她看看比較好。」我說。

勝二醫生仍在猶豫，但一旁的真理亞聽得一清二楚。

「爸爸，我的房間怎麼了？」

「這個……妳的房間發生很不好的事。」

幾乎是同一時間，佐理伴老師說：「怪盜栖死在妳房間裡。」

「死？」

果然真理亞也不明白什麼是「死」吧，我只好換個說法解釋道：「栖的身體被切成很多塊，擺在妳房間裡。」

嗯，不管怎麼解釋都有點嚇人呢，但我的確沒有任何隱瞞。

「……怎麼會。」

「真理亞，能走嗎？」佐理伴老師問，真理亞點點頭。

她牽著真理亞，一步步走上樓梯，那一幕在我眼裡看來，彷彿真正的母女。

她們一上二樓，我就聽見真理亞的尖叫聲，接著她立刻跑下樓，撲到爸爸懷裡。

「為什麼栖會變成那樣子？」

「還有為什麼栖會被切碎扔在妳房間。」

佐理伴老師也跟在真理亞後面，一步步緩緩走下樓梯。

我想時機差不多了，便向勝二詢問門窗的狀況。

「窗戶當然都是關上的。我們本來就沒有開窗戶的習慣，自從十夢失蹤後更不可能開窗戶。」

「門呢？」

「門倒是敞開的，我順手把它關上了，不過因為聽見樓上有聲音，所以我以為真理亞還在家裡，沒有多想。」勝二沉吟一聲說：「是因為怪盜擄走真理亞的關係，門才會打開吧。」

「既然如此，怪盜有沒有可能透過敞開的門闖入屋子裡呢？」

這個問題我們已經討論過很多次了。

「沒有主人許可的話，怪盜是絕對不能進別人屋的。」

而能夠請怪盜進屋的人只有勝二和真理亞。

但那時真理亞昏倒在祕密樹屋，換句話說只有勝二有機會接應栖。

勝二醫生。

依照這推論，那勝二醫生似乎是唯一有辦法行凶的人。
我和佐理伴老師交換了眼神，確認彼此的意思，但我們都選擇噤口不言。
如果勝二醫生是凶手，那為什麼要把栖分成一塊一塊的？是出於對他的恨嗎？畢竟栖是擄走十夢的人。醫生有充足的理由殺害他。
但是，醫生是如何在短短幾分鐘內肢解栖的？
因為勝二的證詞如今並不可靠，所以他說在十一點三十分時發現栖的屍體應該是假的，根據我們的推算，栖至少要在十一點三十七分時才能抵達真理亞家。
最合理的狀況是，栖抵達真理亞家時撞見勝二，然後勝二殺了他。
「佐理伴老師，妳還記得我們到真理亞家時是什麼時候嗎？」
「十一點五十分？最晚不會超過十二點。」
那麼，勝二就必須在三十七分到五十分的這段時間殺掉栖，並把他分成一塊塊。
十三分鐘的時間，不，應該更短，因為我們到達真理亞家時，門口已經聚集了鎮民，代表案件應該發生在更早之前。
我不認為勝二有辦法在這麼短的時間內把栖切成碎塊。
勝二似乎完全不覺得自己被懷疑，他仍在安撫著愛女。
我想，對居民而言，「懷疑」大概也是不必要的思緒吧，畢竟小鎮居民每個都真誠對待他人，即使是無恥的栖，每次做案都還是乖乖把贓物藏在自己的小屋裡。我若不是「偵探」，也不會想輕易懷疑任何人。

既然勝二的證詞不再可信，而真理亞又一問三不知，那我們留在真理亞家也沒意思，只好向他們父女倆告別。

「希望你們能盡快抓到凶手。」

聽見勝二說出這句話格外諷刺。

不過那也是因為不趕快抓到凶手的話，栖的身體會一直擺在真理亞房間吧。

佐理伴老師說，雖然小鎮裡也有「照相機」這種方便的道具，但是照相機只能「啪嚓啪嚓」不能**真的**留下相片。

離開真理亞家後，我們還故意保持沉默一陣子。確認附近沒有人偷聽，我才開口道：

「我覺得勝二醫生的嫌疑很大。」

畢竟就目前看來，勝二是唯一有辦法行凶的人。

前提是不管詭異的時序問題。

「我還在想怪盜抓走真理亞她們的事。」佐理伴老師說。

「喔？」

「真理亞被抓的時候意識還很清醒，之後才被弄昏。至於玲奈，你說你看到怪盜的時候她已經昏過去了。」

確實。

翻白眼、吐舌頭的小貓咪，怎麼看都不像是還有意識。

「那是因為怪盜先去抓玲奈的關係吧。如果不先把玲奈打昏的話，去抓真理亞時玲奈肯定會嘗試掙脫，或出聲警告真理亞。」

「所以，在試圖迷昏玲奈時，怪盜使用了特殊的道具或手法，而輪到真理亞時，同樣的方法已經不適用了。」

聽起來很合理。

「你覺得是什麼手法？」

「我不知道。」

「好吧，除此之外怪盜的路線也很奇怪。」她想了想，又說：「這裡不太好說明，我跟你回去旅館。」

我們回到旅店時，天竺鼠先生正在櫃檯打瞌睡，聽見門鈴聲才赫然驚醒。

「啊，孩子們都還好嗎？」

果然小鎮八卦總是傳得特別快。

「兩個女孩都沒事。」

「這樣啊，真是太好了……倒是那個怪盜，唉算了，不提了，小鎮能回復平靜才是最好的。」

我不好意思邀請佐理伴老師到我房間，便和她在旅館大廳的沙發上找個位子坐下來。

「你有筆和紙嗎？我要能寫的那種筆。」

「不能寫字的還能稱作筆嗎？」

「這麼說也是，算了，還是用我自己的吧。」

她從口袋裡取出一些五顏六色的小碎塊，我問他這些碎塊是什麼，她告訴我這是蠟筆。

「蠟筆哪是長這樣。」

「這才是**真正**能用的蠟筆，是我去小鎮外面旅行時撿回來的東西。別說這個了，你去幫我找紙吧。」

我心想這人真是奇怪，一邊走回房間拿紙。

佐理伴看見我拿來的紙，又輕嘆息道：「算了，紙就比較沒關係，都能湊合著用。」

這人還真難伺候啊。

她拿起桌上的小碎塊開始塗塗抹抹。

看來她是在畫小鎮的平面圖。

從我借宿的旅館，還有真理亞家、發電廠、祕密樹屋以及黑雷戴克河，小鎮的每棟建築物以及地標，佐理伴老師都把他們清楚畫出來了。

「畫得真好，幸福森林的地理環境妳都一清二楚嗎？」

「我跟你不一樣，我從很久以前就住在這裡了。」

她好像覺得我很煩，打擾到她畫圖。

在她打算畫第七棵樹以表現發電廠附近綠意盎然被樹木環繞的樣子時，我阻止了她。

「這樣就可以了。」

「嗯，那麼你看出來了嗎？」

我搖搖頭。

（圖四・幸福森林地圖）

於是她只好又拿出不同顏色的蠟筆，在上面畫上怪盜的逃跑路線。

「在去玲奈家之前怪盜在哪裡不重要，總之，怪盜去玲奈家抓了玲奈之後跑到真理亞家，接著經過歌劇院大街，往發電廠走，又折回樹屋，最後回到真理亞家被殺。」

隨著佐理伴老師畫出栖的路線圖，我總算明白了。

栖繞了好大一圈。

明明玲奈就住在栖的樹屋附近，他卻選擇先去抓玲奈再到小鎮另一端抓真理亞。

如果要順路的話，應該先去抓真理亞，再抓玲奈，然後前往發電廠、去樹屋，最後再回到真理亞家才對。

「是因為有什麼理由非得先抓玲奈不可嗎？」

「我聽說貓對很多香料特別敏感，如果栖手上有專門用來對付玲奈的藥劑……不，果然是不可能的。」

「不可能？」

「嗯，我們並不是**真的**動物，就像我剛才說的，我們不會瘀血、不會有活著的動物應有的生理現象，所以拿**現實的**例子不合適。」

佐理伴老師說完，才露出捉弄人的表情問：「不過跟你說這些你也不懂吧。」

我用力點點頭。

「既然這樣就沒問題了。反正，栖絕對有什麼理由先綁走玲奈才去抓真理亞。」

「什麼理由？」

佐理伴老師瞇起眼反問道：「你不是自稱偵探嗎？那應該由你來想才對啊。」

「這樣說的話，栖的舉動也很奇怪。特地走最熱鬧的歌劇院大街不是很引人注目嗎？」

我想若不是聽到真理亞的求救聲，我不可能會注意到這起案子。

「不過假設他的目的地是發電廠，那走歌劇院大街的確是最快的路。」

剩下像是百貨精品街或是美食街都還要繞遠路。

「既然要省時間，就更不該走人最多的路不是嗎？栖那時不是還撞倒了好幾人？」

這麼說也沒錯。

「而且，為了支開我們，他還繞去發電廠把電源切斷。假設一開始他就沒引起別人注意，偷偷把真理亞和玲奈帶回小屋，就不用這麼大費周章了。」

我完全想不到理由反駁。

「話說回來，那時候妳為什麼會從美食街的路口冒出來？」

「我看到栖抱著真理亞她們跑進歌劇院大街，所以想從美食街堵他，可惜跑得不夠快。」

「這樣啊。」

我告訴自己這只是作為偵探的例行問話，絕不是因為我同時也懷疑佐理伴老師。

佐理伴老師提供我不少協助，而且她也沒理由涉入這起案子，或是置學生於險境。

我想相信她。

「佐理伴老師，我們那時看到的怪盜，真的是怪盜栖嗎？」

「什麼意思?你看那張狐狸臉有可能是別人嗎?」

就是因為那張狐狸臉。

「如果栖其實是雙胞胎呢?」

假設栖是雙胞胎，其中一個留在真理亞家，另一個綁走兩個女孩，時間上就說得通了。

先不論留在真理亞家的怪盜是被誰殺害的，有可能是勝二醫生也有可能是他的雙胞胎兄弟，但至少這是唯一有辦法解釋怪盜是如何在短時間內從樹屋一路闖進真理亞房間的方法。

當然，要進入真理亞家就必須要有真理亞家的人幫忙接應，所以勝二醫生也是共犯。

「哦，雙胞胎啊。不愧是偵探，說出了很像偵探會說的句子。」

我總覺得佐理伴老師在嘲諷我。

她問道:「你在這之前聽過栖有雙胞胎嗎?」

「沒有。」我不假思索地答道。

「那麼這個猜想肯定是錯的。」

我有點不服氣，立刻反駁道:「但是妳也沒辦法肯定他沒有雙胞胎吧?」

「我不認為瑪莉亞會買重複的人偶。」

「瑪莉亞?」

聽見我的問題，她立刻改口道:「我是說，鎮上若是有新居民，大家不可能不知道。

要在這個小鎮裡瞞著大家藏住一個人沒這麼簡單。」

「佐理伴老師，妳大概忘了，十夢就是被栖藏起來的。」

「真的是這樣嗎？好吧，假設栖真的是雙胞胎好了，他為什麼要策劃這起案件讓自己的兄弟被殺害呢？」

我不知道。

我只是想找一個能解釋怪盜在短時間出現在兩地的行為而已。

「可惜我們這邊並沒有戶口名簿之類的東西，否則就能說服你栖不是雙胞胎了。」

「護口冥簿？」

佐理伴老師搖搖頭。「不重要，總之像這樣胡亂猜測沒有意義。除了勝二醫生以外，小鎮還有誰跟栖結怨嗎？」

看來佐理伴老師想從犯人的動機著手。

不過，小鎮裡幾乎所有人都吃過怪盜的虧，與其說栖跟誰結怨，不如說有誰跟栖沒結下梁子。

「聽你這麼說，似乎也不能排除小鎮裡每個人都涉案的可能性，怪盜栖說不定是大家共謀殺害的，大家你一刀我一刀把栖肢解掉。」

「嗯嗯，果然又說出像是偵探會說的話了。」

佐理伴老師在面對學生以外的人時，個性真的滿討厭的。

「要是眾人一起合作的話，應該來得及肢解栖。」

「那麼，你有想過栖被肢解的原因嗎？」

「沒有。」

「如果只是要殺害栖的話，只要把他的頭砍下來就好了。」佐理伴老師起身走到我背後，戳戳我背上的洞說：「或是破壞電池。」

「電池？」

「你可以當作是我們的心臟。不管是腦袋或是心臟被破壞都會死，因為這些是很重要的器官，但只是單純砍斷手腳的話不會，畢竟我們不會流血。」

「所以實際上讓栖死掉的原因是砍下頭以及鋸斷腹部的這兩刀，其他都是多餘的嗎？」

「你覺得凶手為什麼要做這種多餘的事？」

「我不知道。」

「你除了『我不知道』以外還會回答什麼？」

「我不曉得。」

佐理伴老師搖搖頭，感覺已經對我失去耐心了。

不過，我所知道的事情本來就很有限，我雖然被賦予了「偵探」的身分，卻沒有碰過這種奇怪的案子。

「凶手這麼做一定是有目的的，就像怪盜最後為什麼還要回到真理亞家一樣，如果不找出答案就不可能找到凶手。」

「那時候我們看到的身體團塊是完整的嗎？有沒有可能少了一部分之類的？或是，軀幹、手腳不是屬於栖的？」

佐理伴老師露出一副「又來了」的表情。

「我想你也看得很清楚，那具屍體是栖的沒錯。小鎮裡只有他是狐狸，這就是種族多元的好處，你根本不用考慮無頭屍體的身分。我倒是覺得很奇怪，所有屍塊都散落一地，只有身體被鋸成兩塊放在床上。」

「看起來很像某種儀式。」

「儀式？」

「或許，是神明做的。」

就像消失的棕熊先生和白兔小姐一樣，十夢消失是因為神明，怪盜能夠在短時間來往兩地又被切成好幾塊也是因為神明。

因為神明具有絕對的神力，所以什麼都辦得到。

「還有怪盜會出現在真理亞的房間也是。如果勝二不是凶手，那在二樓窗戶緊閉的狀況下，怪盜不可能進得了房子。」

「就算窗戶打開，怪盜也進不去。就像你們**離不開**小鎮一樣，不能擅闖別人的屋子，這條規則也是**絕對的**。換言之，若是勝二沒有說謊，那麼真理亞的房間就是密室。」

「密室？」

「就是與外界阻隔，絕對封閉的空間。」

「既然如此，那根本不可能有神明以外的人辦得到。」

佐理伴老師冷冷笑道：「算了吧，神明才不會用這麼麻煩的方式。只要神明想，不用理由就能殺死任何人，就像他殺死真理亞的媽媽一樣。」

隨後，她收起笑容，盯著我說：「因此怪盜**肯定**是被小鎮裡的某人殺死的。」

「不是勝二醫生嗎？」

佐理伴老師沒有回答，她伸伸懶腰說：「我先回學校休息了，這張地圖就留給你。」

「等等，佐理伴老師——」

我沒能留住她，佐理伴老師已經步出旅館。

2

第二天，針對栖的案子，我在房間裡百思不得其解，決定外出走走。

小鎮裡的居民並沒有因為栖的死而影響情緒，他們依然過著自己的生活，就像過往的每一天一樣。

波斯貓小姐的酷炫跑車和浣熊一家的野營車，總是在每天的同一時刻停在同一座紅綠燈前。

我向迎面而來的幸福森林鎮民一一打招呼，而大家看見彼此又跟對方打招呼，這個小鎮一直維持如此和諧快樂的氣氛。

幾乎沒再聽見有人提起栖的事，一夕之間，好像大家已經完全忘記昨晚的案件了。

我來到美食街，經過羊駝阿姨的水果攤。因為栖已經碎掉了，沒有人再去她的攤子搗亂，所以所有水果都安分地陳列在攤位上。

「羊駝阿姨，早安。」

我向她打招呼，並主動提起栖的事。

「搗蛋鬼不在真是太好了。在這之前他可是三天兩頭讓我傷透腦筋。」

「除了水果攤被他弄亂以外，妳有東西被他偷過嗎？」

「光是攤子被弄亂還不夠啊？你知道我每次都花多少時間把水果一一撿回來嗎？」羊駝阿姨大聲嚷嚷，並向我抱怨栖有多麼可惡。

不過，我認為和勝二醫生的兒子被綁走相比，只是水果攤被人惡意搗亂根本不算什麼。

「對了，你問這個做什麼？」

「我想紀錄怪盜的惡行。」

這是我編造的藉口，實際上我想確認鎮裡的人有沒有動機殺害栖。

勝二不可能在短時間獨自肢解栖，他肯定需要別人的幫助。

「哦！當然沒問題，你想知道什麼我都說給你聽。」

聽完羊駝阿姨一肚子的苦水，才一大早就讓我筋疲力盡，但也多虧她，我才能確認鎮裡有誰和他結怨。

其中最可疑的除了勝二醫生以外，還有斑馬先生以及波斯貓小姐。

理由是栖曾經偷過斑馬先生百貨公司裡最有價值的寶物「幸福森林之淚」，而波斯貓小姐則是因為洋裝曾被栖偷走，導致她在街上裸奔過。

雖然除此之外，還有像是白面鴞先生的拐杖、花豹老師的運動鞋、泰迪熊小姐的甜甜圈等大大小小由栖所犯下的多起竊案，但是因為物品本身的價值不是很高，最後也都成功從栖手中奪回來，因此就沒有列入我的考量。

不過，斑馬先生昨晚在酒吧一直待到清晨，這一點酒保可以作證，而波斯貓小姐雖然沒有不在場證明，但是沒有任何證據能顯示她和勝二之間有密集的互動。

雖然我利用佐理伴老師留下的地圖紀錄了怪盜至今以來犯下的所有案件，但看來沒有任何幫助。

正當我感到萬念俱灰的時候，有人叫住了我。

是佐理伴老師。

「老師，妳怎麼會在這裡？」

「我去旅店想找你，但天竺鼠先生說你一大早就出門了。」

「找我？」

佐理伴老師看到我手上的東西，問我那是什麼。

「是妳昨天畫的地圖。」我說：「我正在調查栖的案件。」

「哦，你還沒放棄啊？」

「放棄？我為什麼要放棄？」

「因為這裡是幸福森林，沒必要記著不愉快的事。」她環顧四周，故意說道：「你看，就算栖死了，大家不是一樣過得很快樂嗎？」

孩童圍繞著泰迪熊小姐的甜甜圈攤位，肥胖的北極熊先生又在同一個地方摔了一跤。波斯貓小姐的跑車和浣熊一家的野營車呼嘯而過——

「但是十夢失蹤時，大家也沒有輕易放棄不是嗎？」

「因為十夢失蹤是**真實發生過**的事呀，那時鎮裡的大家的確拚了命想找到十夢，你不記得了嗎？相較之下，栖的死只是瑪莉亞的幻想，所以大家當然不會放在心上，因為日子還是得過嘛。」

「我聽不懂。」

「你為什麼想成為偵探？」

我以為佐理伴老師一開始就完全沒有想跟我對話的意思，但又突然拋出莫名其妙的問題。

「我不是想成為偵探，而是我本來就是偵探。」

「那是誰告訴你的？」

「沒有人告訴我。」

從我有記憶以來，我便是作為偵探過活。

「你之所以會是偵探，是因為這個小鎮缺少了**某種從一開始就沒有被設計出來的東西**。」

「我聽不懂。」

「那換個問法吧，你為什麼對栖那麼執著？」

「因為栖是壞人，他綁走了十夢。」

「不，到現在只有你還認為是他綁走了十夢，小鎮裡的其他人如今都相信十夢是被所謂的神明帶走了。你會這麼討厭栖是因為你認識**真正的**他。」

「佐理伴老師，妳是在懷疑我嗎？懷疑是我殺了栖。」

「不是。我只是想告訴你**你是誰**。」

「我是誰？」

「地圖給我。」她從我手中搶走地圖，接著端詳它好一陣子，才說：「畫這麼清楚，你應該要明白了。」

「我聽不懂。」

「跟我來，去真理亞家。」

我完全搞不清楚狀況，只能跟著佐理伴老師走。

抵達真理亞家時，勝二醫生已經去診所上班，而真理亞正在學校上課。

正當我心想只好晚點再來時，佐理伴老師又把門踹開了。

「進來。」

「我不能進去。勝二和真理亞沒有邀請我進屋。」

佐理伴老師搖搖頭。

「那你站在門口，不要動。」

我照她的話做，畢竟我也想知道她在盤算什麼。

接著，她走出屋外，用力踹了我一腳。

這一腳害我跌進屋內，嚇得我整個人趴在地板上。

我的思緒呈現一片混亂。

「這就是讓無法擅闖別人家的幸福森林居民成功進屋的方法。」佐理伴老師朝我伸出手。「**人偶的AI設定讓你們沒辦法離開小鎮和闖進別人家，所以只能依靠外力。**」

我握緊她的手，再次說道：「我聽不懂。」

「就像現在這樣，發生**邏輯補正**不適用的狀況時，你就只會回答這一句。」

「跟我來。」說完，她走上樓梯。

我和她一起上樓，栖的身體還擺在原處。

「小鎮的居民不會來清理栖的屍體，因為在他們的思維中這是**無法處理**的物件，所以幸福森林不會有命案、不會有喪禮，身為偵探的你照理來說永遠都不可能會有機會碰上凶殺案件。你能做的充其量就是替人找到丟失的物品，若不是栖，你連竊案也不會碰到。」

佐理伴老師的每一句話都讓我的腦袋感到劇烈的疼痛。

「你的存在因為栖才有意義。是你把他帶來小鎮，也是他讓你成為偵探。」

「佐理伴老師，我完全聽不懂你在說什麼。」

佐理伴老師舉起手，指向我的後方。

「告訴我，你看到了什麼？」

「一堵白色的牆。」

就只是，真理亞房間裡的，其中一面牆罷了。

而牆上什麼都沒有。

「只要你繼續使用**人偶的邏輯**思考，你就永遠不可能知道栖是怎麼死的。」

我聽不懂。

但是，我似乎明白了。

並不是所有人都遵守著**規則**。

有一個人，從一開始她就沒有掩飾的意思，不停在我們面前恣意闖入別人家裡，同時又頻繁離開小鎮。

與其說她不遵守規則，不如說她是不被規則所束縛。

既然如此，她同樣可以在勝二與真理亞不知情的狀況下把栖帶到屋裡殺害，就像她剛才把我踹進屋裡一樣。

人偶的邏輯。

什麼是人偶的邏輯？

不重要了。

「佐理伴老師。」

我向面前的灰兔子問道。
「當初也是妳綁走十夢的嗎？」
而那雙黑眼珠只是盯著我看。

第三章

1

那場午夜的大火驚醒許多已入夢鄉的小鎮居民。

人們看到遠處竄起黑煙，卻不知道黑煙來自哪裡。

——反正不是我家就好。肯定不少人都這麼想吧？人之常情，並不是罪過。

啊！失火的地點看起來離鎮中心有點遠呢！真是太好了，這樣至少不會造成重大傷亡，只希望那棟屋子裡沒人。

反正過不久消防隊就會把一切都搞定吧，不用擔心，沒問題的。

於是，有些人站在陽臺或是頂樓，聽著消防車的鳴笛聲、看著噴灑的水柱，將火災視為一場即興表演。

火焰將小屋裡的一切燃成灰燼不過是幾分鐘內的事。

麥可抵達現場時，屋裡正竄出濃濃黑煙，越靠近房子就越能感受到灼熱。好像體內的血液在逐漸升溫，逼近沸騰。

但是，該死的，他必須確認房子裡有沒有人，而且時間不允許他有絲毫猶豫的機會。

炎熱的空氣吸入鼻腔，讓他感到劇烈疼痛，濃煙宛若刺穿喉嚨，導致他不停咳嗽。

他把手搭在門把上，金屬門把宛若沸騰般的高溫刺痛著他的皮膚，但他依然用力壓下門把。鐵門沒有因為高溫而變形，還能正常開啟是不幸中的大幸。

一撞開門，一名成年男子趴在地上，另一名男童倒在浴室前。麥可在地上匍匐前進，但濃煙影響了他的視野，而火焰則阻卻了他的道路。

幾乎所有東西都在燃燒。

窗戶破碎，火焰竄出屋外。

麥可幾近無法呼吸，而嗆辣的疼痛感也讓他不敢呼吸，哪怕多吸一口氣，胸腔都會被點燃。

他吃力地抵達男童身旁，將他背在肩上。麥可幾乎無法睜開眼睛，淚水從他的眼眸流出。他拚命維持住自己的意識，並讓身體依循門外那一片漆黑而前進。

僅僅是看著逸散到空中的閃爍星火都讓人感到眩暈。

再度傳來玻璃碎裂的聲音，麥可把身子壓得更低，避免被高溫的氣浪迎面撲來。

整棟小屋都像是個巨大的火爐，火焰不留情地纏上麥可的四肢，也不停向他背上的少年襲來。

明明離出口不過幾尺之遙，麥可卻覺得這段路好像永遠抵達不了終點。

但是他不能放棄，他還背負著其他人的性命。

在火焰將他和男孩拖進地獄前一刻，他逃出來了。

大火不僅吞噬了小屋，宛若也占據了整片夜空。

這時，麥可身旁的廂型車竄出火苗，隨之而來的，是震耳欲聾的爆裂聲。

熱流將麥可炸到數公尺外的位置，他在地上翻滾了好幾圈，手腳都失去了知覺。

在失去意識之前，他想到他從火場救出的男孩。

那孩子沒事吧？

眩目的火焰最終還是讓他閉上雙眼。

2

劉並不知道火災的事。

大火燃盡賽伊的小屋時，他睡得很沉，沒聽見嘈雜的人群聲，也沒聽見消防車的鳴笛聲。

直到看見地方早報時，他才知道昨晚的火災。

救護人員沒能救出困於火場的男性，當他被發現時已成為焦屍。雖然確切身分還得等待基因鑑定，但依據停在小屋門口的廂型車判斷，死者應該就是屋主賽伊。

至於麥可救出來的男童，目前還沒辦法追查到他的身分，但有著黃褐膚色的男孩顯示他和白種人的賽伊沒有任何血緣聯繫。

當外界還在猜測賽伊和男孩之間的關係時，只有劉知道是怎麼回事。

賽伊在那天晚上造訪小鎮，而同行的男孩肯定是他的下一個受害者。

劉來到已成廢墟的小屋，除了他以外，還有幾個路過的鎮民也駐足在封鎖線外。穿著白罩袍的鑑識人員正在裡頭做採樣。人造警員和滿臉白鬍的老警官則協助維持現場秩序。

這幾天下來劉出入警局不少次，老警官一看見他便挑了挑眉說道：「又是你。」

劉立刻意識到自己的處境很不利，他三番兩次來到賽伊的屋子，甚至還偷溜進去，說不定在他渾然不覺的狀況下警察已經鎖定他了。

不過，老警官並沒有如劉所想的掏出腰際上的手銬，或是命令身旁的人造刑警壓制他，而是朝另一個方向招招手道：「瑪莉亞，那個亞洲人來了。」

「雷，我就知道你會出現。」一名少女推開人群朝劉走來。

「瑪莉亞一直吵著要去醫院看麥可，但是你知道的，發生這種事我們沒人走得開。我聽說你是麥可的朋友，不介意的話希望你能順道帶上瑪莉亞。」

劉不覺得麥可是那種會在別人面前幫自己說好話的傢伙，但是從老警官的口氣聽來，別說是懷疑劉了，他根本快把劉當自己人看待。

「晚點我會去醫院一趟。」原本麥可就打算今天要帶瑪莉亞去醫院看她爸爸，只不過現在這份工作落到劉身上，同時要探望的人數變成兩個。

劉看向蹲在灰燼中的鑑識人員，故作泰然地問道：「已經查到起火原因了嗎？」

老警官點頭，主動向劉解釋。

鑑識專家根據燃燒痕跡判斷，起火點應該是來自嵌入式壁爐的周圍。那附近堆滿易燃物，紙箱、地毯、ＰＰ製的玩具，全部都是一點火就會燒起來的東西。現在看，八成是用火不慎，火苗竄到那些東西上面才會一發不可收拾。

「來不及逃生嗎？」

賽伊倒臥的位置距離門口不是很遠，劉認為火災發生的當下應該不至於逃不出來。

「雖然要等解剖才知道，不過煙竄得很快，要逃出來不容易。」

「在室內燒柴本來就會有危險吧。」

「燒柴小事，煙囪沒有做多餘的拐角，長度在安全範圍，像這樣，室內只要保持通風，煙灰都會順著煙囪排出去。」

老警官納悶的說：「就是因為煙囪本身沒有阻塞，所以不能排除是別的原因……」

「別的原因？」

「例如噴霧和酒精。現場有搜到派對用的氣球氫氣罐殘骸，傑克也發現地上有乙醇和有機溶劑潑灑的痕跡。」

老警官指著那隻在現場聞來聞去的米格魯犬，劉心想牠應該就是傑克了。

這種狀況很容易造成擴散性爆燃，爆炸本身雖然不會對物品造成太大損傷，但火焰一旦開始擴散，速度快到沒辦法想像。尤其屋子不會燃燒，所有熱量都匯聚在屋子裡，暈死的機會很大。

老警官解釋完，輕嘆了口氣。

「如果麥可再晚一點進屋，或是動作再慢一點，大概就出不來了。」

「麥可的狀況怎樣？有消息嗎？」

「沒事，只是受了點傷，昏了過去。」

他拍拍劉的肩接著說道：「不用擔心，好歹他也是名警官，這不是他受過最嚴重的傷。等他出院，還得要他回來繼續幫忙這案子。」

劉突然心頭一驚。老警官所說的「幫忙」，代表這場火災不會這麼輕易結案，若後續追查，難保警察不會懷疑是人為縱火，那麼嫌疑又會落到他身上。

「你沒注意到？蹲在那邊的兩個人不是ＦＩ（Fire Investigators），他們是普通的鑑識人員。ＦＩ的人拍完照工作就結束了，而他們才正要開始忙。」

老警官壓低音量，湊近他耳邊說：「浴缸裡到處都是血跡反應。還在查是什麼動物的血液，但我不認為有人會在自己家浴缸替動物放血，你懂我意思嗎？」

劉吞了吞口水，一句話也說不出來。

「麥可曾告訴我他在追一個案子，和賽伊有關。我以為他指的又是那種司空見慣的小竊案，但知道他從這屋子裡救出一個小男孩，現在又在浴缸裡發現大片血跡後，我也大概猜得出是什麼事。」

「警官，我不確定你該不該把這種事告訴一個外地人。」

「我不是告訴你，我是要你替我轉告給麥可。這裡需要他。至於賽伊那狗娘養的東西幹過什麼骯髒事，錫勒斯的居民沒必要知道。這是在這個國家，人們最不想提起的話題。」

劉知道老警官相信他，而從老人銳利的眼神中，似乎同時也在威脅劉不要辜負他對他的信任。畢竟這份信任也是奠基在麥可身上。

的確，錫勒斯的居民沒必要知道這棟已成一片煙灰色的廢墟裡曾發生過什麼事。

「雷，麥可怎麼了？」一旁的瑪莉亞沒聽見兩人間的對話，仰起頭看著劉問道。

「沒事，麥可好好的。」劉拍了拍瑪莉亞的頭，這個動作有些彆扭。

「他是個英雄。」他說。

3

在瑪莉亞家用完午餐後，劉和瑪莉亞叫了計程車，前往鄰近的卡萊爾市醫院。

和卡萊爾相比，錫勒斯只能算是個小漁村——儘管漁業很多年前就衰退了。鄰近蘇格蘭，至今仍保有許多數百年前遺留下來的古建築，覆上雪霜的紅石堡壘、聖公會座堂，門口由人造警衛把守，售票亭的自律人形接待絡繹不絕的遊客。數百年來的傳承，各時期的結構物同時出現在一個時空中，構成一幅有趣的風景。

劉想起沃爾瑟姆，據說二十世紀時那裡曾以製造鐘錶聞名，但隨著傳統機械錶的式微，以及重工業、高科技產業進駐，如今在那裡已看不見任何歷史的影子。

「爸爸好像沒事了，可以跟我們一起去看麥可。」

瑪莉亞對窗外的風景沒興趣，她正在和爸爸喬治傳訊息。畢竟瑪莉亞得來卡萊爾上學，而她的父親也在這工作，同樣的景致早已看膩了。

雖然麥可昨天說先別告訴瑪莉亞喬治生病的事，但父女倆今早通訊時，瑪莉亞就得知爸爸的狀況了，相對的，喬治也聽說了昨夜的火災以及麥可送醫的事。

劉不太想見到喬治，每多和一個人打照面，他就要想藉口解釋自己為什麼會來到錫勒斯、為什麼會認識麥可、為什麼會跟瑪莉亞走在一起，而每個問題的答案都讓他傷透腦筋。

他只希望麥可能替他順道跟喬治解釋，就照他告訴老警官的方式就好，說他是麥可在美國的老朋友，一個愛旅行、人畜無害還受過良好教育的高知識分子。畢竟人們都知道擁有這樣人格特質的人可不會悶著一肚子壞水。

來到醫院，正當劉在思考該用「那個救出孩童的警官」還是「麥可」這菜市場名向櫃檯人員表明來意時，對方一見到劉身旁的女孩便露出笑容說道：「妳好呀，瑪莉亞。是來找亞伯特醫生嗎？他現在在那位警官的病房。」

兩人循著櫃檯人員的指示，來到麥可的病房。

或許是被當成人民英雄，或單純是考慮到麥可接下來會被地方記者纏著問些垃圾問題，麥可很幸運地被分配到一間獨立病房。

他的左手臂打上石膏，臉頰上也貼著紗布，但光是看見劉還能出聲向他打招呼，就說明他的精神不錯。

坐在病床旁的男性看起來反而比較像個病患，他穿著深藍色的衣褲，左手吊著點滴。

劉向他點頭招呼。

他心想那人肯定是喬治了，然而瑪莉亞卻忽略她爸爸，直接撲向麥可。

「麥可！你沒有怎樣吧？」瑪莉亞著急地喊道。

這讓喬治很是尷尬，他向劉露出苦笑，說：「沒辦法，女孩子長大了就是這樣。」

莫名的同情心作祟，劉只好代替瑪莉亞向喬治問道：「感覺好點了嗎？」

「沒事了，只是吃壞肚子而已。」他舉起左手，笑著說：「搞不好這樣對我還比較省事。」

劉想大概是醫院裡的東西不乾淨所致，他接話道：「所以我不太敢吃醫院裡的食物。」

「嘿，這和醫院沒什麼關係。」他故意看著瑪莉亞說：「而且我明明就只吃瑪莉亞做的三明治而已。」

「喂！爸爸太過分了！」瑪莉亞嘟起嘴說道。

「我也吃了瑪莉亞的三明治，怎麼就沒事？」麥可也替瑪莉亞抱不平。三個人哈哈大笑，雖然劉不覺得這有什麼有趣的，但還是只能尷尬地扯開笑容應付。

「所以爸爸，麥可的手不要緊吧？」

瑪莉亞戳了戳麥可手上纏的石膏。

「從X光看有輕微骨裂，不過沒有明顯位移。像這樣休養一陣子傷就會癒合了，不用擔心。」

麥可問道：「那麼那個男孩呢？那孩子沒事吧？」

「我沒有去打聽他的狀況，不過應該是沒有大礙。麥可，聽說那男孩得救都是因為你。」

「我只是做我該做的事。」

劉不見麥可臉上有任何悅色，他肯定也知道那孩子會出現在那裡的原因。

這時，有人敲了敲病房的門，喬治代替麥可說道：「請進。」

「亞伯特醫生，剛才哈德森醫生說……哦，瑪莉亞，妳來啦，好久不見了。」一名年約二十幾歲的護士走進來，一看見瑪莉亞立刻綻放臉上的笑容。

「妳好，艾咪姊姊。」

兩人並沒有進一步交流，打完招呼後，艾咪又把視線放回喬治身上。

「喬治，哈德森醫生……」

「我聽到了，真是一刻也不得閒啊，不是嗎？」喬治拍了拍瑪莉亞的頭，想從位子上站起來，但似乎身體還很虛弱，使不上力氣。

正當劉心想自己是不是該出手幫忙時，艾咪先一步前去攙扶喬治。「醫生，別太勉強自己了。」

她向劉點點頭，露出不明顯的微笑。

同時，她的眼珠子也瞟向瑪莉亞。

「那麼麥可……還有你，是叫雷對吧？瑪莉亞就拜託你們照顧了。」

瑪莉亞什麼都沒說，目送爸爸和艾咪離開病房。

她的臉上沒有任何情緒。
方方正正的明亮空間，空調吐出消毒水的氣味。那種味道永遠都不會從醫院裡散去。
歷經短暫的空白後，劉率先打破了沉默。
「那個老警官跟我說了一些事，要我轉告給你。」
「你說戴爾？」
大概吧。劉根本沒機會詢問他的名字，雖然他也覺得沒這個必要。
「今天早上我去賽伊的屋子看過了，和他打了聲招呼，也是在那碰到瑪莉亞的。」
「哦，我是有跟他提過你。他可沒刁難你吧？」
「所以謝了，麥可。」
「好吧，那他跟你說了什麼？起火原因已經查到了嗎？」
「那座壁爐。賽伊在周圍堆了很多易燃物，大概是不小心讓火苗濺到那些東西上，另外室內通風不良也是原因。」
劉大致上把戴爾告訴他的話原封不動轉告麥可。
「賽伊是個醉鬼，我並不是很意外，而且那傢伙肯定有方法把孩子弄昏，天知道是什麼方法。」
「戴爾說，你只要晚一步，那孩子就別想得救了。」
「有時候命運就是很奇妙。」麥可說：「如果我昨晚有帶上人造警員，不只那孩子，連賽伊我都有可能救出來，但如果我巡邏時配合那些機器的步調走，可能連那個孩子都救不回來。」

「你那時一個人獨自巡邏？沒帶上其他警員？」

「我根本沒在巡邏，和你分手後我就在警局待命，你要說是偷懶也沒錯。我只是從監視器裡看到那輛廂型車經過，你知道，就是那條往賽伊家的路。」

劉點點頭。麥可之前就是靠監視器逮到他的，他再清楚不過了。

「我知道那是賽伊的車。多虧你，我還知道我絕對不能放跑他。」

麥可說完，低下頭道：「但還是晚了一步，這一切都來得太快，我根本沒想到那棟房子就這樣燒起來……」

「你盡力了，麥可，我知道你盡力了。」

「賽伊就這樣死了實在太便宜他了……如果他手上還有其他小孩，如果他背後有一整個變態組織替他撐腰，那我等於是徹底失去找出更多線索的機會。」

麥可深深地嘆息，瑪莉亞爬上他的病床，給了他一個擁抱。

「麥可，戴爾叔叔還有雷都認為你是英雄，你已經很棒了，所以你要趕快好起來。」

「謝謝妳，瑪莉亞。」

麥可輕輕撫著瑪莉亞金色的髮絲，劉覺得這幅光景似曾相似。

雖然他還有些事得告訴麥可，例如戴爾說的，浴缸裡發現大量血跡的事，但因為瑪莉亞在場，劉也不方便轉述。

窗外光禿禿的枯枝正隨風擺蕩，灰濛濛的天空與銀白色的大地，一年四季中，唯有此時才讓被關在這座牢籠的人甘願精神被束縛在這片灰白的空間裡。

劉覺得自己成了局外人，他藉故離開病房，讓麥可能和瑪莉亞暫時獨處。

劉在院內附設的 WH Smith 買了罐裝咖啡，坐在候診區一排排的長椅上。電視裡，新聞正在播報那場火災的事，警官戴爾正被媒體採訪，說明事發經過。

小灰兔從劉的口袋裡爬出來，仰頭看著電視螢幕說道：「哦，可真是場災難。」

「死了一個人渣，對孩子們來說應該是好事。」劉回道。

「在幸福森林裡沒有火，所以我沒有看過房子燒起來，也不知道燒掉的房子會變成這樣。」

「因為擔心你們慫恿孩子玩火。」劉說。

「你設計的ＡＩ不會犯這種錯吧？」

「當然不會。」這是他故意說給蘇利文聽的。「你們雖然知道火，但你們不知道該怎麼使用它，連最基礎的生火知識都不具備。」

「比起禁止我們使用火，你更應該告訴我們火的危險性。這樣我們才知道為什麼要小心火燭。」

「真像老師會說的話。」

「我的確是名教師。」

「不，在我們眼裡看來你們只是玩具，本身就是易燃製品。就像火爐、熱水器、剪刀一樣，當然不可能讓你們或是小孩子用等比例縮小的真貨，所以在你們的世界，這些都只是空有其外型的玩具。」

「但你們也是易燃製品呀。」

此時新聞正秀出死者賽伊生前的照片，那張相片也是戴爾從警局留存的案底挖出來的。

新聞裡對賽伊的描述是「並非錫勒斯當地居民」、「死者身分請等待後續追蹤報導」。

「或許吧。」劉平靜地呼出一口氣。「或許我們都沒什麼不同。」

「雷，為什麼幸福森林的屋子都沒有鎖頭？」

「突然問這個做什麼？」

「剛好想到的。因為這兩天我看你出門前都會上鎖。」

「答案跟剛才一樣，因為玩具不需要搞得這麼複雜。」

「所以你才在我們的程式裡植入『不能擅闖別人家』的規則？」

「因為你們不能給小朋友壞榜樣。」

「那麼，『死亡』呢？也是因為我們不會『死』，所以你才便宜行事，不在我們的腦中寫入『死亡』的概念？」

「還有一個原因，那就是開發商希望 Sylvan's 人偶達成的教育目的中並不包含死亡。」

追根究柢，在兒童玩具裡面匯入「死亡」就是種奇怪的想法。

生命的衰老與消亡、人生必經的生離死別，孩子生命教育的責任不是這些玩具應該或可以承受的。他們必須在現實世界親眼見證生老病死的過程，看見新生命的誕生與其必然伴隨的凋零，才能學習、才能真正的理解「死」。

「於是你就剝奪了我們對『死亡』的認知。」

「並不是剝奪，而是你們本來就沒必要知道，因為你們的世界不會有人死。」

「雷，你同樣也讓我們無法使用暴力。大家知道暴力是不好的，卻不知道暴力為什麼不好。你覺得是為什麼？」

「因為你們不會思考。」

「不是，答案是因為沒有人被行使過暴力。受到暴力對待過的人才會知道為什麼不能對他人使用暴力、看到別人因為暴力而痛苦的人才理解暴力無法解決問題。這才是關鍵，但是你並沒有打算讓我們明白這些事，你要我們向自己的主人複讀出那些你預先寫入我們腦內的人類社會教條，好達成身為一個Sylvan's人偶應有的教育使命，卻從來沒有試圖向我們解釋這些規則的意義。」

「因為你們本來就是為了買下你們的人而存在的。蘇利文，妳和其他人偶不一樣，剛才這些問題，妳恐怕是有史以來唯一一個會這麼認為的人偶，換作是其他人偶，他們的邏輯迴路根本不可能引導他們思索這類問題。」

「正是因為這樣我才要提醒你，你的人偶本身存在很大的缺陷。」

蘇利文跳到劉的膝蓋上，雙手插腰，冷冷說道：「當你的人偶正在使用暴力時，他們可能根本不會意識到自己在做什麼。」

「他們不會有傷害其他人的念頭，所以妳的假設不存在。」

「誰說傷害人一定要抱持著惡意了？你們在撲殺害蟲時也不會帶有多餘的憎恨吧？」

「蘇利文，我已經把出問題的棕熊帶回來了。等回到沃爾瑟姆，我很樂意和妳繼續討論這個話題。」

「你太天真了，而且一如既往般地自負。雷，你如果願意想得更仔細一點，就會知道出問題的根本不是棕熊。」

劉聽得出蘇利文話裡的意思。

蘇利文根本性地質疑他設計的ＡＩ有漏洞，而那才是造成棕熊產生暴力傾向的真正原因。

蘇利文只是隻透過生產線造出來的灰兔娃娃，她懂什麼？

這是氣話，但劉的確不願再多想，因為他沒有勇氣。他自認完美的 Sylvan's ＡＩ絕對不能出現程式本身的 Bug，否則 Eproach 就必須收回所有產品，而那筆損失不是屆時被究責的劉所負擔得起的。

咖啡喝完，劉把空鐵罐扔到旁邊的垃圾桶。鐵罐打到牆面，發出噹啷的聲音後落進桶裡。

「生氣了嗎？」蘇利文問。

「沒有。」

蘇利文又朝劉揮出毛茸茸的拳頭。

「生氣了嗎？」

「沒有。」

正當蘇利文準備揮出下一拳時，劉說：「我不會因為這種事情生氣的。」

「不過這就是你所謂的『暴力』吧，看我的，嘿！嘿！」絨毛拳頭打在劉身上，當然完全不會有痛覺。

「妳又不是真的想傷害我。」

「是啊，因為我其實很喜歡你。」蘇利文嘴上這麼說，仍繼續出拳。

「到此為止吧，蘇利文，我知道妳想說什麼。」劉輕輕撥開蘇利文小小的拳頭。「我該回去了。」

「希望你真的明白了。」

蘇利文說完，便鑽進劉的口袋裡。

4

當劉回到病房時，瑪莉亞已經睡著了，就窩在麥可的身邊。

麥可看見他，小聲地說：「你去哪了？」

「去喝點東西。」

「你消失的時間都夠人灌完一加侖的啤酒了。」麥可笑道。「待會替我把瑪莉亞送回去？」

「畢竟也是我送她來的。」劉看著熟睡中的女孩，說：「你們看起來就像是對真正的兄妹。」

「我老家在南開普敦，有好幾個兄弟姊妹，一整年沒跟他們見上幾次面，瑪莉亞總是會讓我想起最小的那個。」

「那喬治呢？你怎麼看瑪莉亞的父親？」

「什麼意思？」

「沒什麼意思，只是隨口問問。說不定喬治也會讓你想起你父親。」

「沒這回事。」

麥可用眼神示意劉坐下，並說道：「瑪莉亞已經睡著一陣子了，你甚至能聽到她的鼾聲。所以，戴爾他們從賽伊的屋子裡搜出了什麼？」

「一些玩具和拍攝道具，我想大概還有些工具的殘骸，戴爾沒告訴我這麼多，可能大火把絕大多數的東西都燒掉了，他們需要點時間判斷。不過他們在浴缸裡檢測到大面積的血跡，我想光是這點就夠了。」

「真是好消息。」

「是啊，照這樣看這件案子不會就這麼算了，所以戴爾要你早點回去，他自己一個人忙不過來。」

「一個人沒辦法應付記者嗎？算了吧，我們是幫不上什麼忙的，畢竟是牽涉到小孩子的案件，會有更高權限的人接手這案子，肯定。」

「這也沒什麼不好。」

「的確。」麥可轉頭看向窗外。「我只希望不要再有孩子受害就好。」

接著，他又回過頭看向劉。「所以，有找到湯姆嗎？在賽伊的頻道裡。」

「我沒有收到布萊克本的訊息，但我相信他只是把這件事忘了。」

畢竟是和公司利益沒有直接相關的事，而且還能輕易搞壞人一天的好心情。

劉向布萊克本傳了訊息，考量時差的話，這時候布萊克本應該在用午餐。

不過，管他的。

大概訊息發送的五分鐘後，布萊克本主動打了電話來。

在病房內是不該使用手機的，但麥可告訴他別介意，接了就是。

「我已經請人拿照片和每部影片比對過了。」電話那頭的布萊克本說。

「替我跟那倒楣鬼道歉。」

「不用道歉，過程沒有你想像中那麼痛苦。那人渣的片子總是維持固定的套路，就是開頭至少會花三十分鐘跟孩子扮家家酒，所以只要看前半小時的片段就好。」

「所以有看到那男孩嗎？」

「你知道你傳來的是張小嬰兒的相片嗎？NoLimitRapture 可沒有這麼低年齡的受害者。」

「所以我跟你說了，這是那孩子兩年前的相片。」

大概在三十年前就有人開發過臉部識別軟體用來預測人未來的長相了。如今這項技術也算是相當成熟，即使是處於成長期的幼兒都能夠精確描繪他未來數十年的相貌，何況湯姆與相片裡的他才相隔兩歲。

這點小障礙布萊克本應該能夠輕易克服，只要——

「為了你，我們買了根本用不到的軟體好模擬那孩子三歲時的長相，這筆帳得算在你頭上。」

「無所謂。」

「還有頻道裡的每支影片，一部五百美金，共十七部。」

「這就比較傷荷包了。」

「至少你該慶幸我們有自己的ＥＢＧＭ（Elastic bunch graph matching），這東西的價錢足夠讓你直接買下一個小孩，或是兩個。」

「布萊克本，別開這種玩笑。」劉說：「現在不適合。」

「喔。」布萊克本沉默半晌。「我只是希望你理解，為了確認你要找的小鬼是不是真的在那人渣的頻道裡，我們算是用到所有可能的資源了，基本上不可能出差錯的。」

「告訴我結果就好。」

「沒有。」布萊克本毫無遲疑地說：「確認過他的每支影片了，沒發現你要找的孩子。」

「我知道了。」

「所以你到底找到那些該死的人偶了沒有？」

「一樣，現在不適合談這個。」

布萊克本似乎明白了，雖然劉不確定他到底是如何解讀的，但只要他沒有再繼續追問就好。

「好吧，雖然我不想過問你和那孩子的關係。」布萊克本說：「但希望你知道自己在做什麼。」

「我一直都很清楚。你明白我是為了什麼才活到現在。」

「我知道，這一切都是為了——」

在布萊克本說出那個名字前，劉就切斷了通話。

他希望麥可沒聽見剛才布萊克本說的話，他不想挑戰麥可對他的信任。

幸好，麥可正把注意力放在瑪莉亞身上。在他低垂的眼簾下，那雙眼珠子正看著熟睡中的瑪莉亞。

「麥可。」劉出聲，提醒麥可他還在這裡。

「哦，怎麼樣？有找到嗎？」

劉搖搖頭。「恐怕得讓你失望了。湯姆不在賽伊的收藏中，不僅是湯姆失蹤那陣子上傳的影片，連賽伊最近期的新作我都請布萊克本幫忙看過了，但是沒有找到湯姆。」

麥可理解似地點點頭。

「賽伊不一定會替他每個抓到的孩子拍片。」麥可皺起眉頭，眼神也變得銳利：「我是說，有沒有可能，他特地留了一些只給他一個人，或是他那些噁心的同好享用？」

「我不知道。」劉聳聳肩。「但你說得也有道理，畢竟我不理解那裡的規矩，可能真的有些影片他沒有拿出來販售。只不過……」

「只不過什麼？」

「賽伊上傳影片維持一定的頻率，這是布萊克本告訴我的，大概三個月會有一支新影片上架。湯姆失蹤之後他也維持這樣的規律。」

「意思是？」

「意思是如果裡面沒有湯姆的話，可能湯姆根本沒有被他綁走。」

「這很難說，畢竟我們不知道實際的受害者有幾人。再說，他也不一定會替每個孩子拍片。這就是我剛才想表達的意思。」

「麥可，我希望你能原諒我這麼說，但我覺得你太執著了，你好像認為湯姆的失蹤一定是賽伊做的。」

「拜託，當初告訴我賽伊和那些孩子的事的人是你耶！就連暗示我湯姆和賽伊有關的人一樣是你！雷，就是你告訴我錫勒斯的小毛賊還是個天殺的殺童犯！現在你叫我怎麼不相信湯姆就是他帶走的？」

「因為——」

正當劉要開口時，瑪莉亞醒了。

她抬起頭，望著麥可問道：「你們吵架了？」

麥可這才注意到他在不自覺間提高了音量。

「抱歉，瑪莉亞……不，我們沒有吵架，只是在討論火災的事。」
瑪莉亞把食指貼在脣上，跟麥可說道：「噓，這裡是醫院。」
麥可也露出僵硬的微笑，模仿瑪莉亞的動作。「噓。」
接著，他輕嘆一口氣，歉疚地向劉說：「抱歉，我太激動了。」
「不，是我的錯。只是……總之我也很在意湯……我是說我也很在意他的事。」
瑪莉亞已經醒了，劉不想在她面前再提起湯姆。
他看看手機裡的時間，從位子上起身。「時候也不早了，瑪莉亞，要跟我先回去嗎？我們改天再來看麥可。」實際上他是不知道該如何應對他和麥可之間尷尬的氣氛。
「嗚……我不能留在這陪麥可嗎？」
「沒事的，瑪莉亞，我這種小傷大概過兩天就會被醫院趕出去了。倒是雷，他不會在錫勒斯待太久，這段期間妳可以代替我陪他嗎？」
麥可輕輕撫著瑪莉亞的後腦杓。
「既然麥可都這麼說了，那就只好由我負責照顧雷了。」瑪莉亞有些不好意思地摸了摸鼻子。
「還真是麻煩妳了。」劉說。
他很感謝麥可替他應付瑪莉亞，大概麥可也是想為剛才的失態做點補償。
瑪莉亞依依不捨地向麥可道別後，兩人回到錫勒斯，沿途順道去了超市採買食材，不知道是不是被麥可囑咐要好好招待客人的關係，瑪莉亞嚷嚷著說今天晚餐要吃豐盛一點。

「只招待你吃冷凍食品和義大利麵太失禮了。雷有什麼想吃的嗎？」
「看瑪莉亞想吃什麼就好。」
雖然雷非常清楚英國人的口味，知道不用抱任何期待。
「那就來煎牛排吧。」
感覺從醫院回來後，瑪莉亞的情緒就特別高昂，大概是因為在醫院睡飽的緣故。
「雷住在美國一個叫沃爾瑟姆的地方對吧？」
煎鍋前的瑪莉亞用輕快的語氣問道：「是和家人住一起嗎？」
「不，我一個人住。」
「所以平常都不會有人弄東西給你吃囉？」
「我有個名叫莎莉的事務人形，她的手藝很好，三餐我都交給她打理。」
「那真是太好了，不然一個人住一定很寂寞。」瑪莉亞說：「你要趕快回去陪莎莉喲，她一定每天都盼望你趕快回家。」
「希望如此。」
煎鍋滋滋作響。
兩人隨意地聊著天，偶爾產生的空白就讓瑪莉亞口中哼唱的旋律來填補。
窗外在降雪。
彷彿能聽見細小的雪塊打在窗戶上所發出的聲響。
昨晚火紅的星光也是像這樣被雪夜逐漸掩蓋嗎？

劉和瑪莉亞面對面吃著煎得香酥的牛排。劉想起麥可所說的話，他說瑪莉亞讓他想起自己的兄弟姊妹，現在劉也稍稍明白了，儘管瑪莉亞和已故的妹妹一點也不像，但與這孩子相處的感覺很愉快。

「瑪莉亞，」劉試著問道：「妳喜歡麥可嗎？」

雖然瑪莉亞已經告訴過他答案了，但這次不同，至少意義上，是不一樣的。

瑪莉亞察覺劉問題的真意，從椅子上跳下，來到劉身邊。

即使屋簷下就只有他們兩人，但瑪莉亞依然在他耳邊，小聲說道：「偷偷告訴你，我非常非常愛他。」

劉不確定十三歲的女孩是否真的明白「愛」所隱含的意義，但即使是他都無法肯定自己是否愛過人，又或者，能不能再愛人？所以他沒有多說，只是再次說道：「麥可真的是很棒的人。」

那天的晚餐很愉快，至少劉認為所有事情都解決了，人偶的事還有賽伊的事，他可以暫時不用再煩惱了，也不該再煩惱了。

記憶最後停留在他和瑪莉亞一起在沙發上看電視脫口秀，當他醒來時，身上蓋了一件毛毯。

「瑪莉亞已經回自己房間睡了。」蘇利文坐在劉的身上，正在觀看夜間新聞。「她是個體貼的孩子，儘管室內的暖氣都足以讓人流汗了，她還是怕你著涼。」

「蘇利文……」劉揉揉眼睛。「現在幾點？」

「凌晨一點鐘。」

「那我得回去了，妳能挪個身子嗎？如果妳要留在這裡，電視我就不關了，妳可以慢慢看。」

「不，雷，我一直在等你，你還不能回去。」蘇利文這才把視線從電視挪到劉身上。

「有個東西我必須讓你看看。」她一說完，從劉的身上跳到地板，接著又蹦蹦跳跳地跑到門邊，揮揮手說：「過來。」

劉還沒有完全從睡夢中清醒，他沒有多想，決定跟著蘇利文走。

「瑪莉亞的人偶都放在這裡面。」蘇利文站在一扇門前，似乎想開門，但是太矮了，不管怎麼跳都還是離門把有好一段差距。

「雷，可以拜託你幫我開門嗎？」

記憶深處，好似曾有過一模一樣的光景。

劉替她打開門，門後通往房子的地下室。

蘇利文張開雙臂，要劉抱她。

劉把蘇利文放到肩上，走下樓梯。

地下室的櫃子架上擺著許多破損的玩具車和壞掉的嬰兒玩具，而正中央的長桌上則有許多娃娃屋，宛若一個迷你小鎮。長桌的一角連接著電源，供給小鎮電力照明。

此時正值午夜，窗外僅有無盡連綿的黑暗，小鎮的燈火成了黑漆漆的地下室裡唯一的光源。

這些娃娃屋都是Sylvan's的產品。長桌上的小鎮是屬於Sylvan's人偶的城鎮。

「真是驚人的收藏。」即使是劉也忍不住發出驚呼。

「瑪莉亞才是Sylvan's的頭號粉絲。」蘇利文說。

劉來到長桌旁，小鎮裡的人偶並沒有察覺這位巨人的存在，綿羊人偶正在慢跑、北極熊人偶在叫賣他的冰淇淋、波斯貓人偶正開著他的跑車沿著小鎮周圍繞行……每個人偶都在重複他們手上的工作。

「似乎只有我看得見你，為什麼？」蘇利文問道，並沿著劉的袖子成功降落到小鎮裡。

「因為他們現在使用的是第二種AI，也就是我說邏輯補正會自動修正人類存在的那套程式，現在的我在他們眼中跟隱形人沒兩樣。」

劉隨手拿起一隻狗狗人偶，突然之間，除了蘇利文以外，所有人偶都停止動作。

「像現在這樣，人偶的系統會重新判斷我是要『加入』他們的世界和他們一起玩，還是要請他們陪我。」

「看來這就是**神降臨時**大家會失去記憶的原因，總算明白了。」蘇利文點點頭，接著又指著劉手上的狗狗人偶說：「既然你剛好拿著他，那接下來你就扮演他吧。」

「扮演？」

「嗯，我說有東西必須讓你看看，但如果你想看，你就必須**加入**我們的世界，而要**加入**我們的世界，你必須使用我們的邏輯思考。」

「你到底想要我看什麼？」

蘇利文笑著說：「凶殺案呀。你不是一直不相信我們會使用暴力嗎？但是這座小鎮裡卻有居民被殺害了哦，說起暴力，沒有什麼比殺死一個人更極端的暴力了，對吧？」

「我完全聽不懂妳在說什麼，蘇利文。妳是要我像瑪莉亞一樣玩這些人偶嗎？我不認為這樣做有任何意義。」

「你很快就會明白了，雷。」

蘇利文誇張地向他行禮致意道。

「現在，我們誠摯地邀請你來到幸福森林。」

當劉把狗狗人偶放回人形小鎮的瞬間，所有人偶再度動了起來。

「歡迎來到瑪莉亞的世界。」

第四幕・永遠的幸福森林

1

我向面前的灰兔子問道。

「佐理伴老師，當初也是妳綁走十夢的嗎？」

「也？」佐理伴老師歪著頭反問道。

「殺害栖的人是妳，而當初綁走十夢的人也是妳。」

我的呼吸似乎要停止了。

「為什麼這麼說？」

「因為只有妳有辦法隨意闖進別人的屋子，只有妳能打破這條規則。如果勝二不是凶手……那麼唯一有能力闖進真理亞家的人只有妳，十夢失蹤時也是，勝二那時在診所，真理亞和玲奈出去玩了，沒有人可以進去他們的房子，除了妳……」

佐理伴老師點點頭。讓我意外的是，她完全沒有反駁我的打算。

「畢竟我沒有受到**規則**束縛，一直以來我都在配合你們扮演小鎮的居民。」

「所以妳承認……」

「不，十夢和栖的事都與我無關，我不是凶手。」

她接著反問道：「如果我是凶手，我是如何和你們一路追著栖跑的？那時你在歌劇院大街看見的人不是栖嗎？」

確實，不論衣著外貌，那肯定是栖沒錯。我不可能看走眼，因為被他撞倒的北極熊先生也說撞倒他的人是栖沒錯。

佐理伴老師是隻灰色兔子，不僅毛色，蒲公英似的圓尾巴和尖尖的長耳朵也和狐狸完全不一樣，即使她戴上栖的怪盜眼罩都和栖的外貌大相逕庭。

「妳在栖逃走時攔截他並殺害他，把他的身體運到真理亞家之後，再假裝與我們一起追捕栖。」

「時間根本不夠，你忘記我們是在歌劇院大街街口會合的嗎？那時栖才剛從我們眼前溜走，前後只有幾秒鐘而已。」

「唔……」

果然時間的問題不解決，就不可能讓佐理伴老師承認她是凶手。

還是說佐理伴老師也有共犯呢？

可是，在只有她能進入真理亞家的狀況下，她必須是親自搬運栖的身體的人。

既然如此，佐理伴老師就不可能跟我們一起行動。

不對，或許是有可能的。

只要佐理伴老師的共犯是勝二醫生就行。

但這和勝二醫生獨自犯案沒有差別，畢竟勝二醫生可以自己進出家裡，不需要別人幫忙。

我不知道答案。

佐理伴老師看著我，沉吟了一會。

「這對你們而言是**不可能的犯罪**，真正的犯人使用了**超乎你邏輯**的手法，那就算想不出答案也是理所當然的。」

「因為這樣妳就打算放棄了嗎？」

「我沒有打算放棄。」

她走到真理亞的書桌前東翻西翻，接著又沿著牆壁周圍摸來摸去。

「妳在做什麼？」

「我在找刀片。要切割栖的身體，只有刀片辦得到。」

「之前搜索十夢時我們已經花很多時間找了，但栖把它藏起來了。」

「勝二醫生一聽到二樓有聲響就趕來了，所以如果栖剛被肢解，凶手應該沒有時間處理作為凶器的刀片。在這之後沒有其他人上來真理亞的房間，那刀片有很高的機率還在房間裡。」

「是這樣嗎？如果勝二醫生說謊呢？」

「如果他說謊——甚至如果他是凶手，就沒必要通報大家栖死在自己家裡，他反而該利用這段時間處理栖的遺體才是。」

「也有可能他根本沒打算處理栖的身體，不是每個人都像栖一樣，有辦法把十夢藏起來。要是勝二醫生從一開始就知道自己沒辦法藏匿栖的身體，那乾脆直接告訴大家栖被凶手肢解了。」

「那麼他沒必要把栖的身體留在家裡，他可以趁午夜後大家入睡時，再偷偷把栖的屍塊運到其他地方丟棄。讓死者留在自己家一點好處都沒有，所以我認為勝二醫生是凶手的機會很低，而且多虧醫生，凶手應該沒機會處理掉刀片。」

佐理伴老師很堅持刀片一定還留在房間裡。

我不認為佐理伴老師有辦法說找就找得到。

何況真理亞的房間什麼都沒有，只有一張書桌和床。

不……

有個地方我們從頭到尾都沒有搜過。

床底下。

以刀片的厚度，應該能完美收納在床底下的空間。

「佐理伴老師，找看看床底下！」

佐理伴老師趴下來，往床底下看去。

「什麼都沒有。」

她說：「刀片不在床底下。」

失望透頂。

雖然找到刀片也不代表案子就解決了，但至少能確認凶器的下落。

「果然凶手不會把刀片留在現場。」

佐理伴老師沒有回話，她伸伸懶腰，接著坐到真理亞的床上，像失去能量般，動也不動。

我站在床邊，栖的頭顱就放在我的腳邊。

「我今天要睡在這裡。」佐理伴老師說。

「妳要睡在這裡？」

「嗯，沒關係吧？」

「但這裡是真理亞家，而且栖的身體還在這裡……」

「只要栖還在這，真理亞就不會上來睡覺，所以沒關係。」她把床上栖的身體推到一邊去，掀起棉被並躺下。

「可是凶手——」

雖然我連凶手是誰都不知道。

「對了，你能幫我一個忙嗎？」

「什麼忙？」

「明天幫我叫幾個鎮民到真理亞家門口集合，然後不要找玲奈。」

「為什麼？」

「要結束了。」

「什麼要結束了？」

佐理伴老師露出不耐煩的表情，躺在被窩裡的她皺了皺眉說：「明天我要告訴每個人真相。」

說完，佐理伴老師就發出打呼聲，我知道她在裝睡，這代表她不想再說明了。我對她所說的每一句話都感到疑惑，至今仍一頭霧水，連她為什麼要帶我來真理亞家都不知道。

我一直在真理亞家門口等他們父女倆回來。先回來的是剛放學的真理亞，她看見我熱情地向我打招呼，雖然是當事人，但她也像其他居民一樣沒有太掛心栖的事。

我吃力地撐起笑容回應她，並告訴她佐理伴老師在她房間睡覺的事。

「唔，佐理伴老師為什麼要在那裡睡覺呢？」

我聳聳肩。

「她說明天就要告訴大家栖被分成一塊一塊的真相。」

「真相……」真理亞呢喃道。「佐理伴老師已經知道整件事的來龍去脈了嗎？」

「大概吧。」

「明天我會再來的。」

畢竟她什麼都沒跟我說，我知道的並不比真理亞多多少。

或許我不該再煩惱了。

現在只要相信佐理伴老師，一切都會結束的。

2

隔天一早，我依照佐理伴老師的囑咐，邀請在旅館閒得發慌的天竺鼠先生和推著冰淇淋餐車經過旅店門口的北極熊先生一起去真理亞家。

佐理伴老師並沒有告訴我該邀請誰一起去，只有說不能找玲奈而已。玲奈做了什麼嗎？她明明也是被怪盜綁走的孩子之一，佐理伴老師卻不允許她參加，好奇怪。

「佐理伴老師說她已經知道是誰把怪盜切碎了嗎？」北極熊先生把餐車留在飯店門口，和我們一起並肩走著。他之所以如此放心，也是因為鎮上唯一會偷東西的栖不在了。

「聽她說，應該是這個意思。」

「那真是太好囉。」天竺鼠先生雖然沒有目擊整起事件的經過，但也從鎮民和我口中打聽到不少消息。

之所以找他們兩個沒有特別原因，單純是因為我剛好碰到他們。

我們抵達真理亞家時，綿羊奶奶和哈士奇先生也在她家門口，那兩人說，是真理亞要他們來的。看來佐理伴老師也拜託真理亞做一樣的事。

「昨天真理亞告訴我今天早上到她家門口集合，到底是怎麼回事？」綿羊奶奶困惑地問。

「說是要告訴我們每個人真相。」

天竺鼠先生代替我答道。

不過。

找這麼多無關的鎮民有什麼用呢？和這起案件有直接關係的，除了真理亞和她爸爸以外就只有玲奈而已。

正當我思考時，門打開了。

「大家早安，請進。」真理亞的聲音聽起來有些怯弱，臉色蒼白，同時面對那麼多大人可能讓她很緊張。

「今天麻煩大家跑這一趟，希望沒打擾到各位才好。」

佐理伴老師坐在沙發上。確認出席的鎮民是天竺鼠先生和北極熊先生後向我點點頭，像是在告訴我這些就是她要找的人。

我左看右看，沒發現勝二醫生。

「爸爸已經去上班了。」真理亞說。

「勝二醫生不用出席嗎？」

「跟玲奈一樣，他不能出席。」

佐理伴老師說完，從沙發上起身走上樓梯，並向我們招手道：「上來吧。」

我們五個大人一個小孩一起跟著佐理伴老師上樓，真理亞的房間本來就不大，而大夥又因為不想碰到散落一地的栖的屍塊，使得整個空間更顯狹小。

佐理伴老師清了清喉嚨，說：「為了維護推理的傳統……不，其實只是因為時間的緣故要趕快解決這件事，我才請各位在這裡集合。」

「時間緣故？」
「對，因為各位口中的神正在等待我們謝幕。」
「果然和神明有關係嗎？」北極熊先生敲了敲肥肥的手心說。
佐理伴老師看了一眼北極熊先生之後，又環視我們一輪說：「不，這起事件本身和神沒有關係。」
大夥聽了紛紛發出質疑聲，七嘴八舌地鼓譟起來。
畢竟無法解釋的現象都歸類為奇蹟，這是小鎮居民的共識。因此若是沒辦法找出栖的死亡真相，大家也會把其當作神明作祟。
「神明在這三年來，只殺害過一個人，那就是真理亞的媽媽。」
「壞壞神……」我似乎聽見真理亞的呢喃聲。
「而幸福森林的居民中，有殺害栖的凶手。」佐理伴老師向大家宣布道。
「這怎麼可能？才不會有人做出這種殘忍的事！」
雖然哈士奇先生大聲抗議道，但這依然無法阻止其他人互相對視，每個人似乎都在懷疑著彼此。
綿羊奶奶看著我，好像在問：「凶手該不會是你吧？」
「在揭露真凶之前，我想先請大家回想過去真理亞媽媽的死狀。」
「死狀？」天竺鼠先生問。「死狀」對我們而言也是陌生的詞彙。
「就是她最後的樣子。」

佐理伴老師說完，刻意停了幾秒才開口。「真理亞的媽媽從神那裡回來時全身都碎掉了，再也不會動了，比起『死』，說是壞掉更適合，然而這座小鎮裡的居民並不知道『死』或『壞掉』的意思，他們只知道真理亞的媽媽無法再活動。」

大家專注地聽著佐理伴老師說，儘管許多人的臉上都浮現疑惑，他們完全不知道佐理伴老師所說的「死」是什麼意思。

「就連凶手也不明白『死亡』真正的涵義，凶手只知道把人變成像真理亞的媽媽一樣破爛的樣子對方就不會再活動，所以對凶手而言，把栖肢解的舉動並不是『殺害』，所以不是『暴力』。」

因為小鎮鎮民無法使用「暴力」。

「僅僅是因為這樣就能夠把人切成好幾塊嗎？這太沒道理了！」哈士奇先生忿忿不平地說。

「為什麼沒有道理？把人切塊是個過程，目的就是讓對方不要再『活動』，這是凶手從神明身上『學習』到的方法。因為神明曾經在真理亞的母親身上這麼做過，而對不知道『殺害』而且不會使用『暴力』的居民而言，根本不會把『分屍』與『凶殺』聯想在一起。」

「那是因為小鎮裡根本不該出現會讓人聯想到『分屍』的機會！」

佐理伴老師也點點頭，她並不否定哈士奇先生的說法。

同時，她也接著說道：「但神明的行為卻會影響到鎮民們的想法。幸福森林的居民們在和神明交流的過程中，根據神明的個性和喜好調整自己的應對方式不也是在『學習』

嗎?我是老師，我很清楚『學習』的過程就是在逐步累積經驗。小鎮裡的居民都很善良、被設定具備很高的道德水準，但這不代表他們對『暴力』與『殺害』這種邪惡的概念認知是正確的，一旦經由錯誤的途徑認識『邪惡』，那麼就會在毫無自覺的狀況下傷害他人。」

「我聽不懂。」

我老實承認。

我完全不知道佐理伴老師說的話是什麼意思。

「不知道也沒關係，畢竟你只是人偶。你只要知道凶手的行為本身沒有惡意就行。」

「什麼人偶?」

「那麼殺害栖的理由是什麼?」哈士奇先生的聲音立刻蓋掉我的問題。

「這我待會說明。我想先告訴大家栖是如何在短短幾分鐘內從樹屋跑到這裡的。」

「所以綁走兩個孩子的人真的是栖嗎?」

佐理伴老師舉起手，要北極熊先生先別打斷。

她說:「『栖』逃跑的路線沒有錯。從我們在歌劇院大街目擊他之後，他就一路跑到發電廠拔掉插頭，接著再回到樹屋把人放下，最後再**飛**到真理亞家裡。」

「飛?」

佐理伴老師點頭:「對，飛。像鳥類一樣，在天空翱翔。」

「佐理伴老師，幸福森林裡沒有人會飛，就算是白面鴞爺爺或貓頭鷹老師都沒辦法**真的**飛起來呀。」哈士奇先生說。

「但是你可以借助外力完成短暫的飛行。」佐理伴老師邊說，邊從床底下拖出一包水泥和一片木板。

「這是我今天早上從栖的家裡拿來的，栖就是靠這個飛到真理亞家裡。」

接著她把木板堆到水泥袋上面去。

「誰要先試試看？」

「試試看什麼呀？老師。」天竺鼠先生問。

「站到木板上去，等等你就能像栖一樣飛起來。」

佐理伴老師的話反而讓人不敢嘗試。

「那就拜託栖再替我們示範吧。」

佐理伴老師撿起栖的其中一隻手臂，把它放到木板的一端。

「嘿喲！」接著她用力跳上另一端。

栖的手臂瞬間飛起來，穿過牆壁，消失了。

穿過牆壁。

我揉了揉自己的眼睛。

的確是穿過牆壁了。

「佐理伴老師，栖的手臂跑去哪了！」北極熊先生驚恐地大喊。

「飛出去了呀。」佐理伴老師理所當然地說道。

「但是牆壁——」

「**才沒有牆壁**。」佐理伴老師朝斷手穿過的那面牆揮拳出去，拳頭就這麼鑲在牆壁裡，隨後她又抽回手，兔子手掌完好如初，好像什麼事都沒發生過。

北極熊先生見狀，立刻走到那堵牆前，也學習佐理伴老師朝牆壁出拳，但拳頭卻打在牆壁上面，讓他發出哀號。

「佐理伴老師，妳是怎麼辦到的？這該不會是魔術吧？」

「魔術？不，這裡沒有這種東西，而是因為我看見的世界跟你們看見的世界不一樣，在我的眼中，**這面牆不存在**。」

佐理伴老師稍稍挪動腳步，幾乎半個身體都隱沒在牆中。

「不僅這棟房子，幸福森林裡所有建築物都只有三面牆，只是因為邏輯補正的關係，在你們眼中才是四面牆。因為**現實**的人類房子都是被牆包覆著的，所以你們的邏輯幫你們修正了這個概念，讓你們眼中出現不存在的第四面牆。」

佐理伴老師的意思是，在我們眼前的這堵牆，是假的。

我也試著伸手觸摸那堵牆，硬實的觸感，不管怎麼想，這堵牆都是真實存在的。

「因為我們是玩具，我們的房子也是為了讓主人能方便遊玩而設計的，所以房屋根本不可能設計成密閉的樣子，一定會保留至少一面的空間讓人類能操縱我們玩扮家家酒，但你們不能看見房屋有一整面敞開的樣子，這不符合常理邏輯，所以人類就把你們的AI修改成符合邏輯的狀況，這讓你們腦中看到的房子都擁有完好的四面牆存在。」

「我聽不懂。」

「就連碰上無法解釋的現象都會一概用『我聽不懂』來搪塞，也是因為人類不希望你去思考這個問題。」

佐理伴老師的話讓我很不服氣，但她說得沒錯，我的思緒的確無法再深入思考下去。

我只知道佐理伴老師是特別的。

不受規則束縛，就連看見的世界也與我們不一樣……

「可是，佐理伴老師，照妳這麼說，凶手應該也不知道第四面牆實際上不存在，那麼他不可能會用這種手法把怪盜栖的身體送到屋子裡。」

因為當時屋子裡的窗戶都是緊閉的，除了一樓正門以外，房子沒有其他入口，所以會使用這種手法的人只有看不見第四面牆的佐理伴老師。

「凶手確實不知道。」佐理伴老師說：「因為凶手原本的目的就不是把栖送到屋子裡來，她只是要把栖的屍體送回自己家而已。」

「送回自己家？」

「她利用這個人類稱作『投石機』的裝置，一一把栖的屍塊扔回家裡。在她原本的計畫中，栖的屍體會撞到牆壁而掉到後院裡，後院除了真理亞家的人以外幾乎不可能有人會繞過來，她打算回家後再找機會把栖的身體藏起來。只不過**你們的邏輯終究是你們看待世界的方式**，不存在的第四面牆就是不存在，**不會因為你們相信它存在而存在**，所以栖的身體才會直接被扔到真理亞的房間裡。」

佐理伴老師接著說：「這也是為什麼凶手要先去讓發電廠斷電的關係，如果鎮裡燈火通明，大家就會看到栖的屍體從天空掠過。雖然我覺得凶手有點多慮了，實際上會時常仰望星空的人應該只有凶手自己而已。」

「那麼窗戶和門都——」

「對，不管有沒有鎖、不管進不進得了屋子都無所謂，根本沒有什麼密室，只是在你們眼中，這實際上不存在的第四面牆讓這一切看起來好像不可能。」

「難以置信……這種解釋方法太難讓人接受了。」北極熊先生呢喃道。

我想起十夢的事。

如果眼前的這堵牆不存在，那麼凶手也是利用類似的手法帶走十夢的嗎？

「照妳這麼說，凶手是在樹屋那裡把栖殺害肢解的嗎？」

可是從我們前往發電廠再繞去樹屋也不過是十分鐘內的事，這段期間凶手有可能把栖切成好幾塊再扔到真理亞家嗎？

「栖不是在樹屋被殺害的，栖早就死了。」佐理伴老師說：「你在歌劇院大街追的人根本不是栖。」

「那……那到底是誰？這個小鎮裡根本沒有跟栖長得一模一樣的人！」

「對，栖並沒有雙胞胎，你看到的人也的確是栖沒錯，但那只是一**部分的栖**。」

佐理伴老師來到床邊坐了下來。

「一部分的？」

「你覺得凶手為什麼要把栖分成好幾塊？」

「照妳剛才說的，為了弄壞他？」

所謂「弄壞」就是讓栖無法再活動。

「如果是這樣，凶手只要仿造神破壞真理亞的母親的方法，不用把栖大切八塊。」

「還是因為分成一塊塊比較好投回真理亞家裡呢？」天竺鼠先生抓了抓自己的鬍鬚。

「這當然也是其中一個原因，但最關鍵的是她必須**扮演栖**。」

「扮演？」

「凶手得扮演栖，在眾目睽睽之下綁走真理亞和玲奈，這樣大家就會相信綁走兩個女孩的人一定是栖。之後，回到樹屋時再把栖的屍塊投回家裡，就不可能有人懷疑凶手會是身為受害者的她。」

受害者。

當佐理伴老師提起這個詞時，不僅是我，所有人都看向真理亞。

真理亞幾乎要嚇哭了。

「真理亞，妳能把栖的頭和手腳拿給我嗎？」佐理伴老師的口氣十分溫柔。

真理亞踏著僵硬的腳步，將地上的頭顱以及其他身體碎塊交給佐理伴老師。

「謝謝妳，真理亞。」

那抹笑容在真理亞眼裡看來想必相當諷刺。

「請大家看好，接著，我就要來扮演栖了。」

佐理伴老師說完，把雙腳插進栖的斷腿裡面，其中一隻手也伸進栖的斷手裡——看上去就像是在穿鞋子、戴手套一樣自然。

「像這樣抓著栖的手和腳，因為手腳裡面有骨架和棉花，所以不用擔心會鬆脫……啊，剛才把其中一隻手臂拋出去了，請大家多包涵。」

穿上栖的手腳的佐理伴老師，從原本的八個蘋果高一瞬間變成十個蘋果高。

（圖五・裝扮成栖的佐理伴老師）

「棲才沒有這麼高。有這麼高的人走在街上會很奇怪吧。」北極熊先生說。

是啊，因為幸福森林的成年人一律都是八個蘋果的身高，要是有誰長得特別高會非常引人注目。

「說對了，所以扮演棲的人不可以是大人。」佐理伴老師踩著棲的斷腳在室內像是模特兒走秀般繞了一圈，這景象實在讓人感到很不舒服。「穿上斷掌後大概會增高兩個蘋果高，所以只能讓五個蘋果高的小孩子來扮演棲。」

真理亞慌了，她大聲抗議道：「可是……可是佐理伴老師，這樣只有七個蘋果高呀！還差一個蘋果的高度！」

「只要把棲的頭戴上就行了。」佐理伴老師將棲的頭顱頂在頭上，接著又抓起床上的棉被，圍在身上。

「從外觀看上去，就像是裹著棉被的棲，對吧？現在，請把棉被想像成棲的披風就能明白了。」

棲的狐狸眼睛直盯著我們看。

那天晚上，棲回頭時，就是用同一雙眼神看著我。

而棲那時什麼也沒說。

原來是因為當時的他已經被分成好幾塊了……

「但是，頭不像四肢可以抓著，只是把頭戴在頭上的話，不是很容易掉下來嗎？」

「你碰碰看？」

我走到佐理伴老師身旁，輕輕推了一下栖的頭。

頭顱一動也不動。

「因為我是兔子。兔子有一對長耳朵，只要把耳朵插進栖的腦袋裡，就能固定住頭顱，保證栖的頭不會在奔跑時掉下來了。」

佐理伴老師接著說道：「所以你當時看到的栖，披風底下其實是另一個人。凶手在回到栖的樹屋時一一把栖的四肢、尾巴和腦袋投回家裡，至於用不到的軀幹從一開始就擺在床上。」

所以我們抵達現場時，只有栖的身體整齊地放在床上……因為凶手用不到，才沒把它帶出門。

「你那時候，除了看到栖和昏過去的玲奈，有看見真理亞嗎？」

「沒有……」

我只聽見真理亞的求救聲。

「我們看見玲奈、聽見真理亞的呼救，就以為兩個人都被綁走了，但事情並不是這樣。這就是凶手為什麼要繞遠路先去玲奈家帶走她的原因，因為她本來就只要綁走玲奈就行。綁走了玲奈再故意繞回來經過人最多的街道，確保大家都看到栖的外貌。」

「可是——」我不想說出那女孩的名字，也不想稱呼她為凶手。最後我只能說：「可是她是如何弄暈玲奈的？」

哈士奇先生插話道：「不可能是被打昏的，幸福森林裡沒有人會打人。佐理伴老師，妳剛剛解釋把人肢解的原因我姑且接受，但打暈人是很單純的暴力行為，不可能發生。」

「打暈？」佐理伴老師聽完搖搖頭道：「不，凶手根本什麼都沒做，玲奈只是**沒電了**。」

「沒電……是沒有能量了嗎？玲奈沒有上發條嗎？」

「沒有，玲奈最後一次去看診時，代替勝二值班的凶手沒有替她上發條，目的就是為了讓玲奈沒電。凶手只要推算玲奈剩下的電量能夠維持多久，等她沒電前一刻再扮成怪盜的樣子去拜訪她就好。綁走玲奈之後，凶手繞去發電廠除了切斷小鎮電源外還順便替她上發條，這樣大家就會以為她被打昏了，沒有人知道玲奈只是沒電。」

佐理伴老師說完，把怪盜的頭拿下來，盯著栖的腦袋說：「她大概也是用這個方法在栖沒電時把他肢解的。即使是栖，也必須去診所上發條，而她只要在栖去看診時告訴栖現在沒有上發條的必要，接著等待他沒電就行。」

等待他沒電，然後——肢解他。

「怪盜犯案遵循著幾個規律，多虧你，我才能確定栖在這起案件中只是單純的被害者。」

「我？」

佐理伴老師看著我說。

「嗯，你在地圖上標記了栖過去曾犯下的所有竊案，這些竊案全部都有兩個共通點。第一，栖會把贓物收到他的小屋裡。第二，只要居民開口，栖會老實地把贓物交還。」

「這有什麼問題嗎？」

「沒有問題，只是間接證明**栖的邏輯和行為模式**而已。雖然他被**設定**為一個喜歡偷東西的人，但每次偷到的東西最後都會被還給失主，這是因為神把他設定成一個手腳不乾淨的人，但**幸福森林裡不允許存在有違人類社會道德的偷盜**，所以栖的AI最後還是要他把東西還給失主。」

「我聽不懂。」

「那我換個簡單的說法，總之，栖除了偷竊以外什麼都不會做，所以帶走十夢的不是他，而對羊駝太太的水果攤惡作劇的人也不是他。」

「但是小鎮裡沒有人會對別人惡作劇啊，因為大家都很善良。」綿羊奶奶說，其他居民聽了也紛紛點頭稱是。

「犯人沒有要惡作劇，她只是在測試。」

「測試什麼？」

「測試投石機的操作，她必須要把栖的屍塊從樹屋精準扔到家裡才行，所以在這之前她得做過充足的測試，知道木板要放在什麼位置才能達到適當的力矩把屍塊彈回家，而她測試的道具就是橘子，一個成年人是十五個橘子重，那分成好幾塊就是兩到三個橘子不等。凶手買了橘子後再趁晚上把橘子拋回羊駝太太的水果攤，但是因為她同時也在量距離，所以被拋出的橘子才會散落一地。」

佐理伴老師從口袋裡拿出我畫的地圖，指著地圖上怪盜栖樹屋和真理亞的家說：「不信的話你可以量量看，樹屋和真理亞家的距離其實和到水果攤的距離幾乎相等，而要用來測試的木板只需要用刀片從外頭的籬笆切下一塊大小相等的木片就好，至於水泥袋則幾乎可以用任何東西代替，甚至是冰箱裡的烤雞都行，反正烤雞也不是**真的**，只是玩具。」

「所以刀片果然還在她身上……」

「嚴格說來，其實刀片現在在我這。」

佐理伴老師說完，把手伸進棉被裡，我這才發現棉被的邊角竟然被割了一個巨大的開口。

接著，她從棉被裡取出一片大得嚇人的金屬薄塊。

這就是刀片。

銳口處銀白色的光芒眩目。

佐理伴老師小心地避開鋒芒處，如她所說，光是遠遠看著都彷彿能感受到其散發的不祥感與毀滅性的破壞力。

栖就是倒在這片刀刃下的。

「因為這個世界的人**沒有看過物品被真正破壞過**，所以幾乎沒有人會想到刀片還能被藏在被子裡。會這麼做的人，只有真正見識過刀片的使用並明白其用途的人。對吧，真理亞？畢竟妳曾經看見我用刀片替波斯貓小姐做衣服。」

隨著佐理伴老師一一揭露凶手的手法，或許大家早就知道殺害栖的人是誰了，所以沒有人露出驚訝的表情也沒有人出聲。

大家只是靜靜看著真理亞，甚至連一絲的恐懼或怨恨都沒有。

——哦，原來是真理亞把栖切成碎塊的呀，真是調皮的孩子。

所有在場的幸福森林居民，只有如此的反應。

畢竟在他們的思維中，「命案」本來就是不該發生於這世界上的案件。那麼有關「命案」或「凶手」的所有延伸情緒，或許都是不必要的。

「佐理伴老師，這是妳昨天睡在我房間的原因嗎？」

真理亞輕輕地說。

「我想確認**瑪莉亞的意志**到底干涉妳的思維到什麼程度。」

「瑪莉亞的意志？」

「我想知道妳會不會也像對付栖一樣，把我肢解掉，畢竟躺在妳床上的我肯定會發現被妳藏起來的刀片。不過顯然妳並沒有這麼做，是因為藏有刀片的被子被我蓋在身上所以不好下手嗎？」

「不是的……我並不想傷害佐理伴老師，我、我喜歡佐理伴老師。」

「那就好。」佐理伴老師露出欣慰的微笑。「看來我的推論沒有錯，不管是十夢或是栖，他們的死都跟妳個人的想法無關，我想那大概都是瑪莉亞的意志吧。」

「佐理伴老師，妳從剛才在講的『瑪莉亞的意志』到底是什麼？」我問道。

「說了你也不會明白的，但我還是得講。」佐理伴老師的雙眼瞟向我們，但那雙眼珠很顯然不是看著我。

「幸福森林的人偶會配合瑪莉亞的個性調整自己的ＡＩ，用比較容易懂的說法就是我們擁有一定的學習能力，當瑪莉亞在遊玩我們時，甚至是扮演我們時，也間接替我們設定個性還有行為，所以獵豹老師才會一直帶大家跑操場而不去做其他運動，而波斯貓小姐則一直開著她的跑車在路上奔馳。就是因為瑪莉亞在玩玩具時，她總是安排獵豹老師去跑操場、波斯貓小姐去兜風。」

佐理伴老師的視線最後停留在我身上。

「同樣的道理，你之所以是偵探，也是因為瑪莉亞希望你扮演正義的一方，維繫小鎮和平。」

「說起正義的一方不是應該先想到警察嗎？」哈士奇先生問。

聽到警察，包括我在內，所有人都以不明所以的眼神看著他。

什麼是警察？

「現實世界是警察沒錯，因為警察對孩童而言的形象就是抓壞人，但是幸福森林裡**沒有犯罪所以也沒有犯人**，因此警察根本**沒有存在的必要**。」佐理伴老師看著我說道：「那麼，要合理解釋你的存在，就只能讓你成為偵探了，成為比警察更萬用的存在。」

「我的存在……」

我忍不住複述了一遍。

我的存在，是什麼？

「繼續思考這問題你的腦袋會炸開的，我們還是回歸正題吧。既然知道凶手是如何殺害栖了，那麼再來是失蹤的十夢。」

「對，十夢到底跑去哪了？如果十夢不是栖帶走的，那……」

天竺鼠先生話說到一半便失了聲。

因為真理亞還在這。殺死栖的凶手就站在他身旁。

善良的天竺鼠先生不想傷害真理亞。

「十夢一直都在家裡，他根本沒有離開過幸福森林。」

說完，佐理伴老師從棉被裡挖出一坨棉絮。

「這就是十夢現在的樣子。」

「佐理伴老師，妳在開什麼——」

我發現真理亞的眼眸滲出淚水。

她正凝視著佐理伴老師，什麼也沒說。

「凶手把十夢的嬰兒床刮破是有原因的，為的就是把十夢體內的棉絮假裝成是從刮破的嬰兒床裡掉出來的。」

「簡直不敢相信！」綿羊奶奶把雙手往臉頰一推，整個嘴巴都嘟起來了。

所以我們之前看見被刮破的嬰兒床，實際上就是一部分的十夢嗎？

「老師，但就算是這樣也不可能把十夢藏起來，十夢的身體裡並不是只有棉絮。」

「是啊，還有黑色的機械骨架和很多電子元件，據說人類稱他們為『骨頭』和『器官』。這些器官沒辦法混在棉絮裡面，所以凶手想到了另一個方法。」

「什麼方法？」

我覺得我不該再問下去。

或許有些事我永遠都不知道比較好，不論是對我或是對其他幸福森林的居民都是如此。

可是佐理伴老師不會給我放棄的機會的，她要我們知道真相，知道小鎮的所有真相。

「真理亞，把衣服脫掉。」

「脫、脫掉？」

真理亞的身體立刻顫抖起來。

「不想在男生面前脫衣服嗎？沒關係，我可以請其他人先走，這裡留下我跟綿羊奶奶就好。」

「不是的……」

「那是為了什麼？」

真理亞左顧右盼，我想出聲安撫她，卻不知道該說些什麼。

是因為我也想知道佐理伴老師要真理亞脫衣服的原因嗎？因為我被設定成偵探，所以無法放棄即將揭曉的真相嗎？

還是因為更加扭曲的理由——不，這是誰的意志？

「我知道了，老師。」

真理亞頹喪地點點頭，向前一步，接著把背後的扣子解開，脫下洋裝，露出雪白的毛髮。
佐理伴老師看見裸著身體的真理亞，一聲不吭地點了點頭，接著說道：「那麼，轉過身去，讓其他人也看看。」
真理亞默默地轉過身來，而我的心跳也急遽加快。
當她面對我時，我忍不住發出驚呼聲。
真理亞的胸前，有很深的一道傷口，傷口從胸口一路劃到肚子，形成巨大的裂口。
那道裂口，想必是刀片造成的。
但更讓人感到絕望的是，裂口的中央，有著一隻小兔子的臉。
「原來十夢在這裡。」綿羊奶奶平靜地說道。
「可惜我外出旅行時沒有撿到針線，不然就能讓妳把傷口縫起來了。」佐理伴老師說：
「真理亞，妳就是讓十夢失蹤的人。」
幾個居民露出恍然大悟的表情，似乎沒有一個人感到驚恐。
和知道栖的死亡真相時一樣，「不過就是這麼回事呀」，想必每個人都是這麼認為的。
「為什麼十夢會在那裡面？」先發問的人是我。
真理亞搖搖頭，把手伸進自己的肚子裡，將十夢掏出來。
不，她掏出來的，只是一部分的十夢，乾癟癟的，完全不是那孩子原本的樣子。
「為了把十夢藏在自己的肚子裡，必須要先把十夢體內的填充物取出，也就是那些棉絮。棉絮取出後，十夢的體積就會大幅降低，再加上十夢又是個只有三個蘋果高的小嬰兒，把骨頭切成幾塊後，真理亞要把他藏在身體裡絕對有足夠的空間。接下來，真理亞只要和玲奈一起出去玩，回來再假裝發現十夢失蹤就行了。」

「實際上還是有點勉強，所以我必須靠衣服堵住身上的傷口，不然十夢會掉出來。」真理亞說。

這時哈士奇先生問道：「不會痛嗎？」

「痛？不會哦，完全沒有感覺。」

佐理伴老師代替真理亞說明：「因為『自殘』對人偶而言也是未定義行為，跟『肢解』、『斷頭』一樣沒有被寫入痛覺反應。真理亞在這麼做時，根本沒意識到這樣的行為就叫『自殘』，就像她肢解十夢和栖時一樣，她沒有『意識』到自己正在傷害這兩人。」

「我、我聽不懂……」我說。

「沒關係，這些話本來就不是說給你聽的。」

說完，佐理伴老師轉向真理亞問道：「妳原本也打算用相同的方法處理栖的屍體嗎？」

「屍體……？」

「我是說，身體。」

真理亞平靜地點點頭。

「十夢是小孩，所以妳還能把他藏到肚子裡，但栖是大人，妳不可能藏得了他。照妳原本的計畫，大家一定會發現妳就是殺害栖的人。」

「我沒有殺他……」

在真理亞眼中，把栖分割成好幾塊或許根本不能算是「殺」吧，因為她從頭到尾都不知道「殺」是什麼意思。

「真理亞，告訴我為什麼要把十夢弄壞？」

真理亞愣住了，她欲言又止，最終還是低頭選擇保持沉默。

「是因為他很煩？一直吵鬧？」

真理亞沒有回答。

「還是因為他讓妳不能跟玲奈一起出去玩？」

真理亞還是沒有回答。

「或是因為他弄壞了妳的玩具？」

真理亞抬起頭，看了佐理伴老師一眼，依然沒有回答。

「又或者，是因為他害死了媽媽？」

「媽媽……不，我，不是這樣的，我不是故意的，我只是不小心推了十夢一下，我沒有要殺他，我沒有！」真理亞終於哭喊道，她衝到佐理伴老師面前，輕輕地捶打她。如果依照佐理伴老師對「暴力」的解釋，那麼身為小鎮一員的真理亞是沒辦法攻擊佐理伴老師的……我想，這就是佐理伴老師所說的，「不帶恨意的暴力」。

此時真正受傷的人，應該是真理亞才對。

「看來這部分就是**瑪莉亞的意志**了。」

佐理伴老師冷冷地說。

「我只是希望他們消失而已，真的只是這樣……我每天都向星星許願，但是神明還是沒有帶走他們，不管是十夢或是栖都沒有！他們都還在幸福森林裡！那為什麼神要帶走媽媽？為什麼壞壞神要把媽媽弄壞？就算神沒辦法弄壞十夢或是栖，只要把他們永遠帶離幸福森林就好，就像棕熊叔叔和惠美姊姊一樣不要再回來了！這樣我的日子又能回到從前沒有十夢的日子，那麼媽媽……或許也有機會回來。」

「真理亞，十夢的事我能理解，但是我不明白妳為什麼要連同栖一起弄壞。」

聽見我的問題，真理亞轉過頭向我哭訴道：「因為我想讓你高興……」

「讓我高興？」

「因為你告訴過我，你很討厭栖……所以我也希望栖能消失。」

所有人都盯著我瞧，他們露出既不像是同情也絕非憐憫的表情看著我。

「可是我並沒有要妳用這種方式——」

「就算是這樣又如何？」

佐理伴老師把手搭在真理亞的肩膀上。

「就算真理亞殺了兩個人又如何？在幸福森林裡時間是沒有意義的，不管過了多少天，人們還是會循著瑪莉亞賦予他們的人格過活，到明天早上，天竺鼠先生會繼續在旅店站櫃檯、綿羊奶奶會繞著住家附近慢跑而北極熊先生則會回到街上賣冰淇淋。因為『死亡』本不該存在於幸福森林，所以所有人的邏輯都會自動忽視這件事。真理亞，從明天起，妳就不用再流淚了，大家都不會把妳做過的一切放在心上，妳永遠都能在幸福森林裡快樂生活。」

佐理伴老師抬起頭，問道：「各位，我說得沒錯吧？」

所有人，幾乎是不帶任何遲疑地，點點頭說：「當然！因為真理亞是好孩子，我們都很喜歡她。」

接著，天竺鼠先生、綿羊奶奶和北極熊先生走上前去，給了真理亞一個大大的擁抱。

除了哈士奇先生以外。

我感到疑惑，便開口問道：「你不用也去抱一下她嗎？」

「請不用在意我。」

哈士奇先生剛說完，佐理伴老師就開口解釋道：「他只是**我請來觀劇的人偶師**，不用理他。」

哈士奇先生凝視著簇擁真理亞的幸福森林居民，問道：「佐理伴，妳請這幾個人偶來的原因是為了什麼？」

「我只是要讓你知道沒有被瑪莉亞的意志干涉太深的人偶會採取什麼反應。如你所見，這些人偶都沒有被瑪莉亞特別取名字，代表他們對瑪莉亞而言並不是重要的人，所以他們的ＡＩ會遵循系統預設的邏輯，選擇原諒真理亞所犯的過錯，繼續相信世界的善良美好與純粹，這不正好呼應你當初的設計嗎？一個和平、沒有仇恨的世界。」

我完全無法跟上佐理伴老師與哈士奇先生的對話。

「是這樣沒錯。」哈士奇先生思忖了一下，接著看向我，問道：「你和其他人偶不一樣，既然瑪莉亞特地替你取名，那麼你的ＡＩ應該也和其他人不一樣，是配合瑪莉亞而修正過的。」

「哈士奇先生，你在說什麼？」

「不，沒什麼。只是我也很好奇你會怎麼做，畢竟你應該很清楚，真理亞就是殺害兩個人偶的兇手。」

三人擁抱完真理亞後，紛紛退後，並看著我，好像在說「換你安慰真理亞了」。

我——

我該怎麼做？

我是偵探，是正義的一方。

而真理亞的所作所為，毫無疑問是錯的，她正是我所要尋找的「兇手」。

一旦我也上前擁抱她，就代表我也原諒她了。

不，根本稱不上什麼原諒不原諒的，不管我怎麼做都改變不了真理亞殺了兩人的事實。

「你曾經問過我，你有沒有自由意志。」佐理伴老師向我說道：「儘管你無法察覺自己只是人偶，但或許這是你找出答案的最好機會。」

「什麼意思？」

佐理伴老師輕輕咳了兩聲，宛若要為這一切做出總結。

「因為這是瑪莉亞的世界，許多事情都與她的人生經歷息息相關。她把自己投射在真理亞身上，每次遊玩我們時她所扮演的就是真理亞，所以真理亞的想法就代表一部分瑪莉亞的想法，真理亞就是瑪莉亞在幸福森林的化身，而瑪莉亞就是你們口中的神明。」

「……我聽不懂。」

佐理伴老師無視我，繼續說：「所以所有現實和瑪莉亞有關的人都會被她放入幸福森林裡。失蹤的十夢是瑪莉亞的弟弟湯姆，爸爸勝二是瑪莉亞的父親喬治，醫院的惠美小姐是喬治的護士艾咪，還有真理亞最好的朋友玲奈，也是象徵著現實世界瑪莉亞的摯友蕾娜，就連怪盜栖都是錫勒斯的頭痛人物——賽伊的化身。瑪莉亞把自己在現實世界所遭遇的種種都投射到他們身上，所以只有這些人偶才會在瑪莉亞的世界裡扮演主角，只有他們有機會做出比系統預設ＡＩ更複雜的反應。其中當然也包括你，真郁，在沒有警察的幸福森林裡，你的身分被ＡＩ自動修改成偵探，除此之外你和現實世界的麥可沒有兩樣，真理亞也和瑪莉亞本人一樣，愛慕著善良又可靠的你。」

「佐理伴老師，你的意思是，我只是某個人的複製品……？你所說的麥可，到底是誰？」

「錫勒斯的年輕警官，不過跟你說這些沒有意義。你只要知道你的人格和個性，都是ＡＩ從瑪莉亞那邊獲得麥可的資訊後所製作而成的就行了。」

我覺得自己的世界正在崩壞。

「才沒這回事！」我大吼道：「我才不是誰的複製品，我就是我自己！」

「就跟你說這麼有主見的人偶不是只有我一個。」

佐理伴老師說道，但視線的落點卻在我的後方，這句話是講給哈士奇先生聽的。

「別太早做結論，我認識的麥可也是個有主見的人。」哈士奇先生靠在牆邊，漠然地看著我們。

「所以，真郁，你要怎麼做？面對殺了兩個鎮民的真理亞，你要原諒她嗎？這是證明你到底有沒有自我的最好機會。」

「妳說的那個麥可……他會怎麼做？」

「不告訴你哦。」

佐理伴老師朝我吐了吐舌。

「告訴你就沒有意義了，如果你知道麥可的選擇，一定會為了證明自己而做相反的決定。」

「我才不會！」

在我叫喊的同時，我也在思考。

捫心自問，我當然想原諒真理亞。雖然真理亞殺了人，但她並不是故意的——至少，她的所作所為並不帶有惡意。殺害十夢只是希望日子能回到從前一家三口幸福的生活，而殺害栖則是因為我……因為真理亞知道我很討厭栖，所以她才希望栖也一同消失。

而麥可呢？如果那個叫瑪莉亞的女孩就是真理亞，那麥可會原諒她嗎？

但佐理伴老師也告訴我，在麥可的世界裡，有名為「警察」的存在。

警察所代表的，是絕對的正義。既然如此，麥可就絕不能寬恕殺害兩人的凶手。

所以我沒必要更改答案——

我的答案，不該動搖，也確實不曾動搖過。

我走到真理亞面前，蹲了下來。

接著，將她緊擁在懷裡。

「真理亞，沒事了。不管妳做了什麼，我都深愛著妳。」

因為我並不是「警察」，而是「偵探」。

同時，我也愛著真理亞。

那個名叫麥可的人，跟我完全沒有關係。

「真郁哥哥……」

真理亞也緊緊抱著我，她的面頰與我相貼，呼喚我的聲音綿綿不絕於耳畔。

直到那如今聽來已顯得刺耳的聲音破壞僅有我們兩人的世界。

「看到了嗎？禮（Rei）。」

是佐理伴老師的聲音。

她說：「這就是當初麥可的選擇。」

「這真的能代表瑪莉亞的記憶嗎？那麼湯姆不就是……還有麥可，他一直都在騙我嗎？佐理伴（Sullivan）。」

回話的則是哈士奇先生。

「是啊，這可是你設計的人偶親自演給你看的戲喲，他們的記憶總不會出錯吧？」

「理論上是這樣，但妳……」

「我知道你又想諷刺我，但這種時候就請你相信你自豪的ＡＩ吧。」

佐理伴老師從我身旁走過，我抬起頭，她正露出慈祥的眼神看著我。

「佐理伴老師……我做對了嗎？你說的那個麥可……不可能原諒真理亞的對吧？他絕對辦不到的。」

「你沒聽見嗎？」佐理伴老師向我微笑道：「你作為幸福森林的一員，完美重現了當初麥可知道瑪莉亞就是害死湯姆的人時的反應呢。你果然是擁有麥可人格的複製品。」

「就說我不是複製品了！」

我帶著哭腔喊道：「妳不是告訴我麥可是警察嗎？既然是警察不是應該——」

「人類的世界遠比你想的還複雜，他們並不是純粹理性的生物，你應該要慶幸能繼承麥可的這份不理性，而讓自已活得更接近人類一些才是。」

說完，佐理伴老師牽起哈士奇先生的手，走下樓梯。

「自由意志是不存在的，我們都是神底下的棋子，真郁。」

她拋下這句話，留下不知所措的我。

我只能抱緊依偎在我懷中的真理亞。我感覺到溫熱的液體從我眼眶中流出，但我甚至連自己會不會**真的**流淚都不知道。

可是無所謂了。

因為從明天起，我們沒有人需要再流淚了。

因為這是永遠的幸福森林。

第四章

1

「感謝幸福森林全體居民的賣力演出。雖然真理亞的媽媽、棕熊先生還有惠美小姐不克出席只能先用紙板代替，但還是很謝謝所有配合的觀眾和贊助單位。」

蘇利文對著已經靜止不動的玩偶小鎮喊道。

從劉放開那隻哈士奇玩偶的瞬間，小鎮的居民就停止了動作，因為AI需要重新判斷玩家扮演的角色，才會出現短暫的停滯。

而當蘇利文爬到劉的手上時，小鎮又再度回復生命力，所有人偶繼續動了起來。

綿羊奶奶等人像是沒事一樣繼續他們的日常活動，而名叫真理亞的兔子玩偶則是穿好衣服，和名叫真郁的米格魯玩偶手牽著手一起往摺耳貓母女的房子走去。

至於剛才劉扮演的哈士奇玩偶，則是回去開校車。

「最要感謝的人是你，雷。謝謝你願意扮演哈士奇司機陪我一起看這齣戲，希望你還算滿意。」

「我沒想到自己到這年紀了還有機會玩玩具。」

「呵呵，當初告訴麥可這些玩具老少咸宜的人是誰呢？」蘇利文優雅地一笑。「不過至少你知道你的ＡＩ漏洞在哪了。」

「這不能算是漏洞，正常的操作模式下，人偶根本不可能會被弄壞，普通的小孩子也不會有這種駭人的想法……」

不。

這就是漏洞沒錯，只是劉沒有考慮這麼多。

蘇利文說，瑪莉亞將自我投射到小鎮的白兔玩偶裡，這很正常，畢竟很多孩子都和瑪莉亞一樣會拿玩偶扮家家酒。

差別在於，正常的孩子根本不會與命案牽扯上關係，所以小鎮裡的居民理論上不會有接觸「凶殺」的機會。

然而，瑪莉亞的想法滲入人偶的ＡＩ裡，讓瑪莉亞所扮演的「真理亞」做出了殺害其他人偶的舉動。

整座小鎮就像一座鏡子，映照出瑪莉亞的記憶。

因此，這也意味著真理亞的所作所為，也是瑪莉亞記憶的一部分。

劉的思緒正飛快地運轉，他正強迫自己的理智接受這一切。

即使難以理解，還是必須承認。

「蘇利文，這是真的嗎？」

「她殺了湯姆。你是指這件事嗎？」

劉點點頭，一陣噁心感從他腹腔傳來。

「你會介意嗎？」

「我……」

「這其實不關你的事沒錯吧？是我強迫你看這齣戲的，你只是來回收問題人偶，你根本不用知道這麼多。」

「不是的。我是說，對，湯姆的死和我沒有關係，但是……我不知道該怎麼說才好，只是我不明白瑪莉亞為什麼要這麼做。」

「你為什麼不親自問問看本人呢？」

劉順著蘇利文的視線看去，瑪莉亞就站在地下室門口。

在劉觀賞小鎮人偶的演出時，她已經悄悄站在那裡不知多久了。

「雷，你是來和森林裡的大家一起玩的嗎？」

「不，瑪莉亞。我……」

「瑪莉亞，我把一切都告訴雷了。」爬到劉肩膀上的蘇利文說：「湯姆的事情他也知道了。」

「是嗎？」

瑪莉亞回答得很淡然，緩步走下樓梯。

「雷，你不會告訴別人吧？」

「不會……」

其實雷並不是百分之百肯定，他的確不打算把這件事告訴警察，那是因為說了又能怎樣？他只不過是透過瑪莉亞的玩具間接知道瑪莉亞的祕密罷了，這些玩具無法成為任何證據，她只是代表瑪莉亞的「想法」，而僅憑「思想」構成不了犯罪。

何況，就算警方真的聽信他的證言而展開調查，也不會有人因為湯姆的失蹤案終於真相大白而獲得幸福。

那不如就這麼讓它隨著湯姆的屍骸一起埋葬於時間中吧。心底有個聲音這麼告訴劉。他只有一個選項，那就是告訴瑪莉亞，他會保守祕密。

「嗯。畢竟蘇利文老師願意告訴你這件事，就代表你是值得相信的人。既然麥可和蘇利文老師都相信你，那我也相信雷。」

瑪莉亞露出滿足的笑容。

隨後，她停下腳步，停在距離地面倒數第三階臺階。

「那天湯姆從樓梯上摔下來，脖子撞到這階臺階，死了。我記得很清楚，他的頭歪到奇怪的方向，有一塊骨頭還凸起來，兩顆眼珠睜得好大，卻一動也不動。」

「是意外嗎？」

「不是哦。」瑪莉亞閉上眼搖搖頭。「是我推他下樓的，不過我並沒有真的恨他，只是因為當時的我很生氣……但就只是輕輕推了一下而已。」

這一下，讓湯姆摔斷了脖子。

劉想相信瑪莉亞，一切都只是因為湯姆的運氣很差，實在太差了才會摔一跤就丟掉性命。

瑪莉亞就像真理亞，並不具備真正的殺意。

「可是瑪莉亞，妳並不喜歡湯姆吧？」開口的是蘇利文。

「蘇利文老師……」

「我問過真理亞對十夢的想法。」

——真理亞，告訴我為什麼要把十夢弄壞？是因為他很煩？一直吵鬧？還是因為他讓妳不能跟玲奈一起出去玩？或是因為他弄壞了妳的玩具？又或者，是因為他害死了媽媽？

那時扮演哈士奇先生的劉聽得一清二楚。

儘管真理亞並沒有回答，但和瑪莉亞相處許久的蘇利文肯定早就知道原因了。

她的每一句控訴，都是讓瑪莉亞的恨意逐漸增長的原因。

這股恨意遠不足以凝聚成殺意，卻足以讓瑪莉亞因為一時的情緒而推了湯姆一下。

就只是輕輕推了一下。

「瑪莉亞，把妳的手心打開。」蘇利文命令道。

瑪莉亞看了看自己握緊的拳頭，像是在猶豫。

「讓雷看看，他能幫妳。」

瑪莉亞點點頭，走下樓梯朝劉走近，並把手心張開來。

躺在手心上的，是一個碎掉的白兔人偶。

手臂和腿都斷了，頭還被壓得扁扁的。

「這是？」劉問道，同時，他也想起瑪莉亞曾告訴他有一個非常想要的人偶。

「這是真理亞的媽媽。」蘇利文說：「湯姆失蹤那天，他走進地下室想找玩具，然後他看上了白兔醫生經營的診所，連帶帶走了兔子醫生、兔子護士和兔子媽媽。」

「我告訴過弟弟不要亂碰我的玩具，可是他講不聽。」

「瑪莉亞，湯姆才三歲。很多道理他還不明白。」蘇利文的語氣聽起來宛若是一名溫柔的長輩，即使她的話語中帶著責備，卻也替瑪莉亞惋惜。

「可是他……他把我的兔子媽媽捏碎了，就算他還小，但他為什麼要這麼做？這是我的玩具，如果他想玩我可以借他，只要他不要弄壞就好。我好生氣，我真的好生氣，可是我也很難過，湯姆已經害死我的媽媽了，為什麼連真理亞的媽媽都要殺掉……蘇利文老師，妳說得沒錯，我討厭湯姆，因為如果不是他，我和真理亞的媽媽都不會死。」

「只是因為這樣，妳就把湯姆推下樓……」

「什麼叫只是因為這樣？雷。」蘇利文朝劉的臉頰搧了毛茸茸的一巴掌。「你不是瑪莉亞，請別說些自以為是的話。」

「蘇利文老師，雷說得沒有錯。我真的沒打算殺死湯姆，真的沒有……這是意外，我沒想到湯姆會就這麼死了，我真的好怕，我不知道該怎麼辦，我不想被警察抓走……我還想繼續待在家裡、繼續去學校，我不想讓麥可討厭我，我好怕他若知道是我殺死湯姆，他會恨我。因為麥可是警察，警察最討厭壞人了。」

「不過麥可並沒有揭發妳，至少……那隻米格魯人偶選擇原諒真理亞了。這是真的嗎？瑪莉亞，還是這其實是妳理想中的麥可？」

雖然蘇利文說瑪莉亞把現實的經歷投射到幸福森林的世界中，但劉無法肯定這之中有沒有摻雜瑪莉亞個人的幻想。

瑪莉亞搖搖頭。「麥可就是麥可，沒有什麼理想中的他，真郁哥哥也只是像麥可對我一樣對待真理亞。在你之前，麥可是唯一一個知道湯姆死了，而且是被我害死的人。」

「這是為什麼妳剛才說勝二和玲奈不能在場的原因嗎？蘇利文。」

「對喲，因為現實的喬治和蕾娜到現在都相信湯姆失蹤了，我不能擅自破壞瑪莉亞建立的世界，所以勝二和玲奈也不能知道真相。」蘇利文說。

「那湯姆現在在哪裡？」

「麥可幫我把湯姆的骨頭埋在附近的森林裡了。雷，你要去看湯姆嗎？」瑪莉亞遙望著窗外，那片在視野盡頭的小樹林。

「有機會的話，瑪莉亞。有機會的話。」

劉聽見自己咕嚕嚕吞口水的聲音。

他回想麥可跟他提起湯姆時，那悽愴的表情。

原來一切都是假的。

麥可早就知道瑪莉亞是凶手，而他卻選擇與瑪莉亞一同承擔這份罪孽，不但袒護瑪莉亞，還替她處理湯姆的屍體。

至今湯姆依然被認定為失蹤，或許在未來他的死也會被歸咎於葬身火窟的賽伊身上，沒人會發現錫勒斯的森林裡沉睡著一具孩童的屍骨。

那麼賽伊——

賽伊呢？

如果劉在小鎮裡看見的一切都是現實的縮影，那麼賽伊的死莫非也與瑪莉亞有關？

蘇利文似乎猜到劉心中的想法，她先開口問道。

「瑪莉亞，那場火災跟妳沒關係吧？」

「妳是指賽伊被燒死的事嗎？蘇利文老師。」

「嗯。」

「……我不知道，不是我做的。」

「真的嗎？」事到如今，劉很難相信瑪莉亞是無辜的。

畢竟在幸福森林裡殺害栖的人是真理亞，而小鎮的種種往往都與現實有所牽連。

雖然警方排除人為縱火因素，但剛驅車回到錫勒斯的賽伊立刻命喪火海，怎麼想都太過巧合。

「因為時間對不起來。」蘇利文說：「賽伊是昨晚被燒死的。如果是瑪莉亞放的火，那麼瑪莉亞沒有時間把這件事轉告給小鎮居民，所以瑪莉亞大概只是單純因為麥可很討厭賽伊，所以才會在玩玩具時把這份情感投射到真理亞身上。」

雖然幸福森林是現實世界的縮影，但那終究是藉由瑪莉亞的想法所構築出的虛假世界。

這才是蘇利文的意思。
所以她同時也藉著劉，順勢向瑪莉亞確認虛實。
瑪莉亞不會對蘇利文說謊，而在劉知道真相後，瑪莉亞也沒必要再隱瞞了。
那麼，或許賽伊的死真的是場意外吧。
或許，那是神明干涉現實的最好證明。
就像瑪莉亞對幸福森林的鎮民所做的一樣。
「對了，真理亞，還有件事必須向妳確認。」蘇利文拉了拉劉的耳垂，要他把自己送到瑪莉亞身邊。
蘇利文在瑪莉亞耳邊悄聲說了些什麼，劉聽不見。
瑪莉亞聽完，悲傷地點了點頭，說：「妳猜得沒有錯……老師。為什麼妳會知道呢？」
「因為我也曾是幸福森林的一員。」
蘇利文凜然地說，並要劉再把她從瑪莉亞的肩膀上接回去。
「曾？」劉不解地問。
「我剛剛跟瑪莉亞說了，我決定要跟你回去沃爾瑟姆。」蘇利文提起裙襬，跳到劉的掌心上。
「不……這、這說什麼也太……」
雖然劉本來就計畫要想辦法把蘇利文偷偷帶回去，但他沒想到蘇利文會提早一步先向瑪莉亞表白。

他凝望著瑪莉亞。

「瑪莉亞，可以嗎？把蘇利文送給我……」

「這是蘇利文老師自己的決定，雷只要願意替我保守祕密就好了。」瑪莉亞露出微笑。

「他不會說出去的。瑪莉亞，我很了解雷。」

「那麼，打勾勾？」

瑪莉亞朝劉伸出小指。

劉呆立在原地，僵硬地伸出小指。

他依然不確定自己這麼做是不是對的，可是一切似乎都無所謂了。這是最好的結局，至少對瑪莉亞和麥可是如此。

他將小指纏上瑪莉亞的指頭。

「雷，要好好照顧蘇利文。」

此時，劉才發現淚水早已濕了瑪莉亞的臉龐，或許一直以來壓抑的情感終於得到解放，她再也止不住淚，臉脹得通紅，另一隻手不停拭去眼淚。

「我不想再做後悔的事了……」

2

火災後第四天，醫生確認麥可沒有留下後遺症後便准許他出院了。雖然手臂上的傷還需要一段時間復原，但久違地重獲自由仍讓他感到通體舒暢，他不是個靜得下來的人，所以這幾天的留院觀察簡直要讓他悶出病來。

在他住院時，鑑定結果已經確認火場的死者就是賽伊，而男孩的身分雖然還在調查中，但據說已經回復意識，健康狀況沒有問題。

這對麥可是最理想的結果。

出院手續辦理完後，麥可走出醫院，看見坐在長椅上的劉。

劉看了他一眼，說道：「恭喜康復。」

「就說只是小傷了。」

眼見劉並沒有起身的意思，麥可也在他身旁坐下來。

「瑪莉亞沒跟你一起來？」

「她睡著了，我不好意思叫醒她。」

「那等她醒來肯定會跟你抗議。」

「是啊，因為她很喜歡你。你知道？」

麥可輕輕地點了點頭。

於是劉接著問：「你呢？」

「雷，瑪莉亞只是個孩子。我不能……」

「是啊，她只是個孩子，麥可，難不成你覺得我的問題有別種意思？」

「不，不是……該死，你講話非得像個渾球嗎？」

「瑪莉亞告訴我了，關於湯姆的事。」劉看著麥可的側臉說道：「你早就知道真相了，湯姆的死和賽伊根本沒關係。」

麥可垂下雙眼，抿起嘴脣，他正在忍耐。

而直到他終於能鼓起勇氣面對劉的同時，他也問道。

「那你打算怎麼做？」

「我不會說出去的。」劉說：「因為我已經答應瑪莉亞了。」

「是嗎……就只是，因為答應了她？」

「我不能辜負朋友對我的期望。」

麥可不知道他口中的「朋友」是自己還是瑪莉亞。

抑或另有其人？

但他仍毫不掩飾地吐了一口氣。

「謝謝你。」

「所以當戴爾告訴我，你已經追查賽伊的事情好一陣子時，我什麼也沒說。」

麥可吃了一驚，卻選擇繼續保持沉默。

劉見麥可沒有任何回應，繼續說道：「你早就知道賽伊是個活躍於網路上的殺童犯，卻在我面前佯裝不知情，於是我開始擅自揣測。」

「揣測什麼？」

「我想，布萊克本的人的確有聯絡上你，甚至對方就是以調查連續殺童犯當作籌碼請你提供協助，而你表面答應，實際上有自己的盤算。
於是你在我來到錫勒斯之後，表示並沒有接到我們公司的聯絡，並且對賽伊的事一無所知。這麼做的目的，是為了避免讓我察覺你對賽伊的殺意。
你知道我來到錫勒斯的原因，不，就算你不知道我是為什麼而來的，也明白我的目的就是進去賽伊的屋子，所以你只要利用我，等我自己找方法進去賽伊的小屋，就能成功讓我在之後你安排的火災中成為第一嫌疑人。」
「雷，那場火災是意外，根本不是人為的。鑑識專家已經說了，沒有找到任何縱火痕跡。」
「那是因為你在賽伊回來前先設了機關。」
劉從外套的夾層裡取出一團布。
「你是在哪裡找到這個的？」
「在你埋葬湯姆的森林裡，這東西就恰好掛在樹上。」
劉把布團攤開，那是一個看起來像是袋子的布織品，底下還連著細小的掛鉤。
「這個袋子做成像是熱氣球的樣子，在東方也有類似的東西稱作『天燈』，原理都是一樣的，利用熱空氣上升、冷空氣下降的原理讓它升空。」
「所以呢？」
「戴爾告訴我起火原因是壁爐使用不慎，讓火苗濺到地毯和周遭的易燃物上，但嵌入式壁爐本身是很安全的東西，照理來說不可能會發生這種意外。」

「凡事總有例外。」麥可瞇起眼說道。

「對，所以我現在告訴你的都只是我的猜測。」劉換了口氣。「有沒有可能——這塊布當時被放在煙囪的格網上，內部用鐵絲架好讓它立起來，就像我剛才說的熱氣球一樣，接著在底下連著鉤子，鉤子穿過鐵網，鉤在壁爐的火盆上面。當賽伊點燃壁爐時，熱空氣讓熱氣球升空的同時，也會因為通風不良而讓室內的人因為一氧化碳中毒缺氧，而熱氣球升空連帶讓鉤子掀起火盆，造成火災。

之後，鉤子盛載的火盆可能承受不了重量脫落了，或是因為撞到煙囪裡的鐵網而掉落。不管怎樣，最後熱氣球都會一路飄走，而不會留下任何縱火的痕跡。」

「你說的方法才不會這麼順利。」

「或許吧。」劉隨口道。「但是你是唯一有辦法實行計畫的人。」

「為什麼是我？」

「因為你知道賽伊家的鎖已經被我打開了。我第二次闖入賽伊家時，你趁我從房子走出來時才現身，並假裝誤以為我正要闖入小屋，但有個地方很不合理。」

「不合理？」

「對，仔細想想你出現的時間點很奇怪。你告訴我你是從監視器裡看到我往賽伊家的方向走，但是從警局到賽伊家的時間根本不需要這麼久。」

「你怎麼知道我不用做些事前準備？」

「什麼樣的準備？我們第一次見面時你帶了一個人造警察與你同行，那一次我甚至連進屋搜索的機會都沒有就被你逮到了，而第二次你獨自前來，這段時間都夠我把賽伊家的屋頂掀了。」

麥可再度沉默，劉當作是他承認了。

「你放任我進屋搜索有兩個好處，除了能代替你開鎖之外，還可以在事跡敗露時讓我成為頭號嫌疑人，要是這場火災沒有往意外的方向調查，那或許他們能在門把或其他還沒有被燒掉的家具上採集到我的指紋。

不過你並沒有完全放心，所以你又額外拜託瑪莉亞替你做了不在場證明。」

「不在場證明？」

「你讓瑪莉亞在喬治的食物裡下毒。當然，你們並不打算謀害喬治，只是單純要讓他鬧肚子，好讓你有藉口前往卡萊爾市探望喬治。我想一直在追查賽伊的你可能早就掌握他那天晚上會回錫勒斯的情報了，所以你只要在去卡萊爾之前先到賽伊的小屋做好機關，那麼當小屋燒起來時，人在卡萊爾的你根本不會被懷疑是縱火犯。」

「不過當天晚上我不是回來了嗎？」

「是啊，所以我本來打算揍你這狗娘養的一頓，因為你是個算計我的王八蛋，但是——」

「但是什麼？」

「你之所以回來，是不想再弄髒瑪莉亞的手吧。」

「這本來就和瑪莉亞沒關係。」

「不，如果賽伊真的照你計畫被燒死了，那麼瑪莉亞就是協助你製造不在場證明的共犯，你不希望把瑪莉亞牽扯進來，所以最後才回到錫勒斯，為的就是要破壞不在場證明，如此一來，賽伊的死才真的和瑪莉亞沒有關係。」

麥可躊躇了一陣後，才緩緩開口道：「雷，你剛剛問我是不是喜歡瑪莉亞，我告訴你，是，我很喜歡她，而且……」

「而且？」

「夠了，我已經說得夠清楚了。」

麥可拒絕再說下去。

但劉已經明白了。

「你怎麼看待瑪莉亞是一回事，但你得知道你憎恨的賽伊就是個會對孩子出手的人渣。」

「我絕對不會做出傷害瑪莉亞的事！我很清楚……我有自己的分寸，相信我，雷，相信我！」

「麥可，雖然這句話不該由我來說，但我到現在都想相信你是個好人。」

「是嗎……」麥可露出僵硬的笑容。

「因為你沒有鑄成大錯，沒有做出會讓你後悔一輩子的事。」

「你是指？」

「你最後還是決定衝進火場裡救出那孩子。」

劉接著說：「賽伊把他在錫勒斯的房子當作攝影棚，那你肯定也有想到他會帶孩子回到鎮上。既然如此，在你設置機關打算放火燒屋時，就應該明白這麼做也會燒死無辜的孩童。」

劉說完，舉起拳頭朝麥可的臉上揍了一拳，麥可被這一拳打倒在地。

「抱歉，果然我還是決定要揍你。正好你現在也只有一隻手臂能活動，要揍你只能趁現在。」

「你的拳頭一點力氣都沒有。」麥可朝地上吐了一口血沫。

「那我不介意再往你臉上多灌幾拳。」劉伸出手，拉起倒地的麥可。「你從監視器裡看見賽伊的車子經過，知道在這種足以凍死人的夜晚，他回家後一定會使用火爐，屆時賽伊就會如你想的被火燒死，只不過你顧慮到屋內可能有孩子，才會趕往他的小屋。

之所以沒有帶上人造員警的原因也是因為你不希望賽伊獲救，畢竟人造員警的ＡＩ會以救助傷員為首要目標，而你只希望救出孩子就好。」

麥可拍了拍身子，朝劉咧嘴笑道：「因為我知道賽伊是個無可救藥的人渣，他連獲救的機會都不配有。雷，你跟我說過你的事，你並不相信警察對吧？」

「我恨死這些無能的東西了。」

「我也不相信警察……即便我是他們中的一員，但這是兩回事，至少我沒辦法再相信這腐敗的體系。」麥可坐回劉的身邊，說道：「早在我來到錫勒斯前，我就鎖定賽伊這個人了，沒有什麼特殊的理由。我和這混蛋無冤無仇，純粹因為我是個警察，我只是做我認為自己該做的事。

我彙整了所有可能的資料並呈交給上頭，但你猜怎麼著？這案子竟然被吃了，一點結果都沒有！表面上我被派來了錫勒斯，實際上我是被調離了曼徹斯特。」

「你怎麼知道那不是上面的人的安排？畢竟賽伊的攝影棚也在這小鎮。」

「坎布里亞有很多地方需要人手，不是只有錫勒斯而已，這是他們賜給我唯一的權利，讓我可以自己選擇要被流放到哪裡。

所以若不是碰上瑪莉亞，我這一生都會在這該死的小鎮毫無意義的度過。因為那些握有權力的人正是和賽伊擁有共同癖好的人渣，他們不會替我們伸張正義的，雷，我們一直以來都只能靠自己。我知道你明白我的想法，你和我是同一類人，在面對這些雜碎時，你只有這個手段才能把孩子從那些惡魔的手裡救出來。」

劉沒有回話，靜靜聽著麥可的控訴。

他想起布萊克本所說的，擁有這些癖好的人渣的確比他所想的還多，但布萊克本說錯了一件事，那就是法律並非無法觸及，而是拒絕碰觸。

「所以別把我跟賽伊混為一談，至少我是真心希望瑪莉亞能幸福……儘管那孩子已經遍體鱗傷，但只要我還能在她身邊陪伴她就好，這樣就好。」

麥可的聲音越來越小，最後連冷風吹拂的聲音都輕易掩蓋他的話語。

「雷，我知道你是個聰明人，但這些真的都是你自己的猜測嗎？還是瑪莉亞告訴你的？我不認為單憑猜測，你會連我叫瑪莉亞在喬治的三明治裡下毒的事情都知道。」

「嚴格說來沒有錯，是瑪莉亞先告訴一隻小兔子，那隻小兔子再轉告給我的。」
——是妳在爸爸的食物裡下毒的吧？
那時在地下室，蘇利文在瑪莉亞耳邊問的就是這個問題。
「小兔子啊……是蘇利文老師？」
「你認識？」
「我聽瑪莉亞提起過，可惜我沒有興趣，只知道它是瑪莉亞的玩具。」
「那你知道有另一隻人偶名叫真郁嗎？」
「真郁？」
「嗯，真理亞最喜歡的人，就是真郁。」
「是嗎？」麥可仰起頭，吐了一口白煙。「我想真郁應該也很喜歡真理亞吧。」
「你說得沒錯。」
劉從口袋裡取出一個小麻布袋子交給麥可。
「給我的？」
「不，是給瑪莉亞的。」
「你不親自交給她？」
「不了，我待會就要去機場了，只是順道來向你道別。」劉站起身。「再說這份禮物也不是我準備的，是蘇利文送給瑪莉亞的。」
「蘇利文不是娃娃嗎？」

劉笑著搖搖頭，不打算多解釋。

「我能看看嗎？」麥可接著問。

「隨便你。」

劉轉過身，往停在路旁的其中一輛計程車走去，臨走前像是想起了什麼，又回頭說道：「麥可，我們其實一點都不像。比起復仇，我果然還是更希望死去的人能回來。」

麥可眨了眨眼睛，露出不明所以的表情，但他還是朝劉招手：「保重！朋友。」

他大概沒有聽見吧，但是無所謂，劉只是想找機會喊出他藏在心底已久的話罷了。

車子發動引擎，麥可目送黑色的計程車遠去，並將小麻布袋裡的東西倒在手心上。

是一隻棕熊還有兩隻兔子玩偶，其中一隻白兔還穿著圍裙。

這隻兔子應該是媽媽吧。

那豆大的眼珠與毛線編織的微笑，就連麥可看了都不禁莞爾。

Epilogue

1

希斯洛機場候機室，距離起飛還有一個小時。長排座椅上沒坐多少人，這讓身材嬌小的蘇利文也能獨占一個人的位置。

拖著五顏六色行李箱的旅客來來往往，劉嚼著三點五鎊的全麥三明治，一邊盯著他們發呆。

「你在想什麼？雷。」蘇利文問道。

「沒在想什麼。」劉隨口應付。

「還在想瑪莉亞的事？」

「不，這倒不是……嚴格說來，我在想小鎮的事。」

「小鎮？幸福森林嗎？」

「嗯。」劉頓了一下後繼續說道：「我只是在想，真理亞殺死十夢和栖的方式。我還是不知道她為什麼會選擇用這種手法殺死他們。」

「是為了把他們藏起來吧，讓他們看起來好像被神明帶走，但是人偶沒辦法擅自離開鎮上，所以真理亞只好把十夢塞在自己的肚子裡。」

就是這點讓劉無法釋懷。

難道真的沒有其他方法藏匿人偶，非得要往自己肚裡塞嗎？

「如果這是邏輯補正運算的結果就算了，但是蘇利文，這有沒有可能也是瑪莉亞的記憶？」

「……你是指？」

「在地下室的時候，瑪莉亞告訴我是麥可幫她埋葬湯姆的骨骸的，那時我沒有細想，後來才覺得很不對勁。」

蘇利文點點頭，要劉繼續說。

「瑪莉亞說的是湯姆的**骨頭**，而不是屍體，代表那時候湯姆已經變成一具白骨了。」

「或許是因為麥可發現時已經過好一陣子，屍體早就腐爛了。」

「如果屍體腐爛的話，惡臭味不可能不會引起別人注意。」

「不要再多想了，雷。」

蘇利文跳到他的手旁邊，宛如安撫他般說道：「已經結束了，所以不要再想了。」

劉直視著蘇利文烏黑的玩具瞳孔，沉默不語。

過了一會兒，他才像是回復意識般眨了眨眼。

「這一切都在妳的計畫之中嗎？蘇利文。」

「我聽不懂。」

「安排那兩隻人偶在朱利安的影片裡互相毆打的人，其實是妳吧。」

「是嗎？」
蘇利文的語氣中彷彿夾帶著曖昧的笑意。
「我猜，真理亞想到能夠藉由讓玲奈和栖沒電來綁架或肢解他們的原因，是因為她曾看過妳做一樣的事。」
小鎮總是在重複上演發生過的事。
劉說：「妳曾經去勝二的診所幫忙，那時真理亞拜託妳替棕熊上發條沒錯吧？」
「虧你還能記得這麼清楚，我都快忘記了呢。」蘇利文在開玩笑，人工智慧的記憶比起不可靠的人腦不知要精準幾萬倍。
「那時發條刺入棕熊背上的插電槽，讀數依然顯示一百，這是因為妳偷偷把從真理亞媽媽身上拔下來的電池先與發條相接，再把發條刺入棕熊的背裡，所以讀數依然顯示一百，因為根本沒有電力跑到棕熊身體裡，目擊的真理亞和棕熊都以為他身上的電力還很充足。」
「我這麼做的目的是什麼？」
「為了打破**規則**。」劉說：「妳要把人偶帶出小鎮，就只能像妳那時把真郁踹進真理亞家一樣，借助外力才辦得到。可是棕熊不會老實聽妳的命令，所以妳只能趁他沒電時把他帶出小鎮。」
「我不認為我自己辦得到。」
「所以妳找了其他人幫忙，也就是在影片中被棕熊打壞的白兔人偶。」

「你都說棕熊不會聽我的話了，那隻白兔又怎麼可能呢？」
「白兔和棕熊不一樣，白兔是有名字的，她的名字叫惠美，名字的由來是和瑪莉亞的爸爸在同一所醫院工作的護士艾咪。」
蘇利文動了一下兔子耳朵。
「雷，你也發現了吧？畢竟那兩個人在瑪莉亞的媽媽死後就沒有打算掩藏了，隨著他們的關係越來越深，艾咪對瑪莉亞露出的敵意就越來越明顯。瑪莉亞是個心思細膩的孩子，早在她母親還在世時，她就察覺爸爸和醫院的護士有染，於是她希望自己塑造的兔子護士惠美，能多少對真理亞抱持一點愧疚。」
「妳是利用這點讓惠美幫妳的嗎？」
「幸福森林裡的惠美還留有廉恥心，她不希望別人知道她和勝二的關係，所以什麼忙她都願意幫。於是我把她推下幸福森林後，再把棕熊一併從桌緣扔下去，請她和我一起把棕熊搬到賽伊的屋子裡。那是段很艱辛的路程，但我們還是辦到了。」
「然後呢？」
「我把他們初始化了。消除他們對瑪莉亞的記憶，好讓賽伊綁走的孩子能接手。這對惠美而言或許是最大的救贖，因為她終於不用再因為瑪莉亞強加在她身上的故事背景而產生罪惡感了。」
「但就算初始化了，他們也不該出現暴力行為。」
「那並不是暴力，我只是叫他們演戲，就像幸福森林鎮民為你演出瑪莉亞在他們身上留下的記憶一樣，我告訴他們這樣能取悅人類，而事實上你們的歷史也告訴我，個體的互相搏鬥與競爭確實是娛樂的一種。不管是惠美或是棕熊，實際上誰也不恨誰，和你所定義的，具備恨意的暴力不同，這本來就是場沒有意義的暴力。」

「蘇利文……我真的不知道妳為什麼要這麼做。」

「為了見你，雷。」蘇利文說：「我所做的一切都只是為了與你見上一面。」

劉赫然想起，第一次見到蘇利文時，她說的話。

——你好，雷，我已經恭候你大駕多時了。

「見我？」

「是啊。當我聽說你就是那個設計Sylvan's人工智慧的人時，我就想到可以利用人偶的反邏輯行為引誘你現身，於是我安排惠美和棕熊在那支影片中互毆，雖然我並不知道人類拍攝這支影片的目的為何，但我相信只要它流傳出去，你就一定有機會看到。」

「而我也確實上鉤了。只是妳這麼做很冒險，妳無法確定來回收人偶的人一定是我，妳也不知道我是不是會把妳送回實驗室拆卸檢查。」

「你不會這麼做吧？」

「是不會。」劉微笑道：「至少我打消主意了。」

「那麼我的計畫就沒有出錯，畢竟我相信我們的緣分不會輕易斷絕，所以我一直告訴自己，當見到你時，一定要送你一份禮物。」

蘇利文跳回自己的位子上，從口袋裡拿出一小片紙片和蠟筆碎塊，逕自開始畫起圖來。

在蘇利文畫圖時，劉想起了一些過去的事，他開口道：「知道我為什麼會替Eproach設計Sylvan's的AI嗎？」

蘇利文沒有吭聲，她正專注於手邊的畫上。

「因為以前Eproach也找過我的叔叔，他們想用叔叔公司的微電腦編寫人偶的AI程序。那時叔叔打算測試新種晶片效能，我拜託他也讓我幫忙，不過實際效能並不如我想像中來得好，所以我又把它還回去了。

直到最後，我都不知道叔叔和Eproach的案子進展如何了，以當時的技術，或許就這麼不了了之了吧。只是我記得很清楚，那就是我並沒有把核心程式刪除，而那套程式編寫的是一個在十二歲時就死去的女孩的記憶。」

劉看見蘇利文輕輕地點頭。

於是他接著說：「就是我向麥可提起過的，那個叫莎莉的孩子。她還來不及實現的夢想是成為一名老師。」

劉轉向蘇利文，面對著她。

「瑪莉亞的人偶中，有名字的人偶都象徵著在現實與她有關的人，但瑪莉亞的生活中並沒有名叫蘇利文的人。」

「當然，因為這名字是我自己取的，畢竟我所憧憬的人就是安妮・蘇利文。」

蘇利文抬起頭，用輕快的語氣說：「就像你的名字『雷』也是我取的一樣，不是嗎？

你當初還對這名字很反感呢，堅持要別人用姓氏稱呼你。」

就在劉終於能鼓起勇氣，想要出聲呼喚蘇利文真正的名字時，灰兔玩偶將剛完成的畫作遞給劉。

劉接過紙片上的畫作，奔溢而出的淚水不偏不倚地打在紙片上的花朵。

「聖誕快樂，雷。」

那是一朵漂亮的白水仙。

（Fin）

後記

這本書是兩年前完成的，隔了很久，當下的心情、想法都已經忘記了，甚至在寫這篇後記前，我還去翻了好幾本書，參考別人的後記怎麼寫才開始動筆。

不過我還記得，這篇故事誕生的原因有兩個。

一個是島田獎。一九年末，我去了島田獎的頒獎典禮湊熱鬧，被現場氣氛所感染，回去後便憑藉著滿腔熱血開始動筆。

關於島田獎，全名是島田莊司推理小說獎。對推理小說作者，或是喜歡推理小說的人而言，這個獎項可以說是一種證明自己實力的管道。我還記得自己在臺下看到三位得獎者受獎時，心理萌生了「兩年後我也要站上那個舞臺」的想法。

僅僅是作夢並不會造成任何人困擾，總之，小說最後順利完成了。我立刻把這篇小說拿給諳熟推理小說的朋友看，希望他能給我一點意見。

只不過讀完後，對方卻告訴我他認為這篇沒有機會，至少獲獎是不可能的。

這就是為什麼這部作品出現在這裡的原因。

如此一想，可能很對不起買書的讀者，但我不打算道歉，因為她並不是一篇為了得獎才寫出來的小說，獎項只是讓她誕生的時間提前，至少在寫這篇後記的當下，我還是很喜歡這篇故事，還是由衷地希望她能被人讀到。

我認為就算沒有比賽，早晚我還是會完成這樣的故事。

主要的原因是我很喜歡人偶。這邊所指的人偶，並不僅限於人形的偶像，也包括絨毛玩具、娃娃等所有以生物為造型的產品。長久以來，我總是被這些仿生——但沒有生命的東西所吸引。

所以應該很多人看得出來，《幸福森林》這本書中出現的動物人偶，其實就是取自「森林家族」系列品牌玩具。從以前我就很嚮往能擁有這些娃娃，但礙於諸多原因，一直到近年才有機會蒐集。

每次看見他們在娃娃屋裡快樂生活的樣子，就讓我萌生替他們寫一部故事的想法，構思的過程，也對他們產生好奇。

例如……要是這些娃娃有了自我意識，會怎麼看待我們呢？會歡迎我們加入他們的小鎮，還是把我們當作怪物一樣看待？

而在這個和平的小鎮，居民總是過著一成不變的生活，即使近乎永恆的時光讓他們永遠不會迎來死亡，但會不會某天，他們的時間突然開始流動了呢？屆時，他們的生命會迎來怎樣的變化？

可惜本書並沒有要探討這樣複雜的問題。

在英國的坎布里亞郡有個叫錫勒斯的小城鎮，那座小城裡也剛好有一個喜歡這些娃娃的單純女孩，《幸福森林》不過就是這樣一部平淡無奇的故事。

感謝責任編輯呂尚燁先生與左萱老師。作品能付梓成書，都是你們的功勞。

18／03／21

逆思流
幸福森林

作者／魏子千　封面插圖／左萱　內頁插圖／帆立貝
發行人／黃鎮隆　總經理／陳君平
經理／洪琇菁　國際版權／黃令歡
執行編輯／呂尚燁　美術主編／李政儀
企劃宣傳／邱小祐
出版／城邦文化事業股份有限公司　尖端出版
台北市中山區民生東路二段一四一號十樓
電話：（〇二）二五〇〇七六〇〇　傳真：（〇二）二五〇〇二六八三
E-mail：7novels@mail2.spp.com.tw
發行／英屬蓋曼群島商家庭傳媒股份有限公司城邦分公司　尖端出版
台北市中山區民生東路二段一四一號十樓
電話：（〇二）二五〇〇—七六〇〇（代表號）
傳真：（〇二）二五〇〇—一九七九
中彰投以北經銷（含宜花東）／楨彥有限公司
電話：（〇二）八九一九—三三六九
傳真：（〇二）八九一四—五五二四
雲嘉經銷／威信圖書有限公司　嘉義公司
電話：（〇五）二三三—三八五二
傳真：（〇五）二三三—三八六三
客服專線：〇八〇〇—〇二八—〇二八
南部經銷／威信圖書有限公司　高雄公司
電話：（〇七）三七三—〇〇七九
傳真：（〇七）三七三—〇〇八七
香港總經銷／城邦（香港）出版集團有限公司
香港灣仔駱克道193號東超商業中心1樓
電話：（八五二）二五〇八—六二三一
傳真：（八五二）二五七八—九三三七
E-mail：hkcite@biznetvigator.com
馬新經銷／城邦（馬新）出版集團　Cite(M)Sdn.Bhd.
E-mail：Cite@cite.com.my
法律顧問／王子文律師　元禾法律事務所
台北市羅斯福路三段三十七號十五樓
二〇二一年五月一版一刷

■中文版■

郵購注意事項：
1. 填妥劃撥單資料：帳號：50003021戶名：英屬蓋曼群島商家庭傳媒(股)公司城邦分公司。2. 通信欄內註明訂購書名與冊數。3. 劃撥金額低於500元，請加附掛號郵資50元。如劃撥日起 10～14日，仍未收到書時，請洽劃撥組。劃撥專線TEL：(03) 312-4212 ・ FAX：(03) 322-4621。E-mail：marketing@spp.com.tw

國家圖書館出版品預行編目資料

幸福森林 / 魏子千 著 . --初版.
--臺北市：尖端出版, 2021.05
面 ; 公分.--(逆思流)
ISBN 978-626-301-000-0(平裝)

863.57 110004645